人间花木

周瘦鹃随笔集

周瘦鹃　著

吉林人民出版社

图书在版编目（CIP）数据

人间花木 / 周瘦鹃著 . -- 长春：吉林人民出版社，
2024.2
（周瘦鹃随笔集）
ISBN 978-7-206-20223-0

Ⅰ . ①人… Ⅱ . ①周… Ⅲ . ①随笔—作品集—中国—
当代 Ⅳ . ① I267.1

中国国家版本馆 CIP 数据核字（2024）第 006815 号

出 品 人：常　宏
选题策划：吴文阁　四季中天
责任编辑：张　娜
封面设计：李清逸

人间花木：周瘦鹃随笔集

RENJIAN HUAMU : ZHOU SHOUJUAN SUIBI JI

著　　者：周瘦鹃
出版发行：吉林人民出版社（长春市人民大街 7548 号　邮政编码：130022）
咨询电话：0431-85378007
印　　刷：天津画中画印刷有限公司
开　　本：650mm×960mm　　　　1/16
印　　张：24.5　　　　　　　字　　数：290 千字
标准书号：ISBN 978-7-206-20223-0
版　　次：2024 年 2 月第 1 版　　印　　次：2024 年 2 月第 1 次印刷
定　　价：68.00 元

出版说明

周瘦鹃，原名祖福，字国贤，笔名瘦鹃、紫罗兰庵主人、泣红等，后以笔名为正名，祖籍安徽歙县，1895年生于上海，我国近代著名的作家、翻译家、编辑家、园艺家，民国时期通俗文学"礼拜六派"创始人之一，"鸳鸯蝴蝶派"代表人物。周瘦鹃集创作、翻译、编辑于一身，著译累累，是当时上海文坛的风云人物，他翻译的《欧美名家短篇小说丛刻》被鲁迅誉为"近来译事之光"。他创作的散文、小说，已初具现代都市文学特征。作为一位"名编"，他在二十世纪二三十年代几乎撑起了上海市民大众文坛的"半爿天"，相继推出了张爱玲、秦瘦鸥等著名作家。

周瘦鹃的散文随笔创作，持续将近半个世纪，所作题材广泛，形式多样，散见于《东方杂志》《中华小说界》《小说月报》《申报》《礼拜六》等近百家报刊，发表数量巨大。新中国成立后，周瘦鹃创作了不少谈花木、风俗、名物、游记等的文章，他一边写作，一边以相当大的精力从事园艺工作，他在自己的庭园里栽花培草，种植盆景，开辟了苏州有名的"周家花园"。有学者认为，他的散文成就远高于小说，其中尤以花木小品、山水游记、民俗掌故为"三绝"，这也是他后期的作品。这些作品，兼具知识性和趣味性，文笔隽永，行文流畅，娓娓道来，具有相当的可读性。

鉴于此，我们编选了这部散文随笔集，希望本书既能展现周瘦鹃的审美趣味，又能兼顾当下读者的阅读特点，编选说明如下：

一、选自周瘦鹃最具代表性的四部散文随笔集《花花草草》《花前琐记》《花前续记》《花前新记》。

二、保留原作中符合当时语境的表述，只对错别字、常识性错误进行改动。

三、参照2012年6月实施的《出版物上数字用法》国家标准，在"得体""局部体例一致""同类别同形式"等原则下，对原书中涉及年龄、年月日、数字等数字用法，不做改动（引文、表格和括号内特别注明的除外）。中华人民共和国成立后的年、月、日统一采用公元纪年法表示。

周瘦鹃是一个爱美成嗜的人，即使在最平凡的生活里，他也没有放弃对美的追求。正如法国思想家、文学家罗曼·罗兰在《米开朗基罗传》中所说，世界上只有一种真正的英雄主义，那就是认清生活的真相后依然热爱它。阅读周瘦鹃的文章，我们可以透过他的视角，来发现世界的美和充满诗意的生活，以及那些花草树木中隐藏着的人生哲理与丰厚知识。相信广大读者，能够从他的作品中得到有益的启示和借鉴。

编　者

目 录
contents

第一辑　花花草草

前　记 …………………………………………………… 003

迎春花 …………………………………………………… 005

梅花时节 ………………………………………………… 007

邓尉梅花锦作堆 ………………………………………… 009

百花生日 ………………………………………………… 011

桃花琐话 ………………………………………………… 013

山茶花开春未归 ………………………………………… 016

山茶续话 ………………………………………………… 018

国色天香说牡丹 ………………………………………… 020

绰约蝶尾春 ……………………………………………… 022

蔷薇开殿春风 …………………………………………… 024

杜鹃花发映山红 ………………………………………… 026

凌霄百尺英 ……………………………………………… 028

蕊珠如火一时开 …………………………………………… 031

谈谈莲花 ……………………………………………………… 033

枇杷树树香 …………………………………………………… 037

夏果摘杨梅 …………………………………………………… 039

年来处处食西瓜 …………………………………………… 041

闲话荔枝 ……………………………………………………… 043

秋菊有佳色 …………………………………………………… 045

仲秋的花与果 ……………………………………………… 049

枸　杞 ………………………………………………………… 051

蓼花和木芙蓉花 …………………………………………… 053

新西湖 ………………………………………………………… 056

无锡印象 ……………………………………………………… 062

上方山 ………………………………………………………… 067

双　塔 ………………………………………………………… 069

卖花声 ………………………………………………………… 071

花雨缤纷春去了 …………………………………………… 073

清明时节 ……………………………………………………… 075

端午景 ………………………………………………………… 077

花竹幽窗午梦长 …………………………………………… 079

檀香扇 ………………………………………………………… 081

鸭　话 ………………………………………………………… 083

洞庭碧螺春 …………………………………………………… 086

顾绣与苏绣 …………………………………………………… 088

第二辑 花前琐记

前 言 …………………………………………………………… 093

闲话刺绣 …………………………………………………… 095

好女儿花 …………………………………………………… 097

送寒衣 ……………………………………………………… 099

上元灯话 …………………………………………………… 101

再话上元灯 ………………………………………………… 103

反闲篇 ……………………………………………………… 105

老少年 ……………………………………………………… 107

岁朝清供 …………………………………………………… 109

闹岁人家别样春 …………………………………………… 111

千家笑语漏迟迟 …………………………………………… 113

岁寒二友 …………………………………………………… 115

橘的天下 …………………………………………………… 118

得水能仙天与奇 …………………………………………… 120

石 湖 ……………………………………………………… 122

梦 ………………………………………………………… 124

"梁祝"本事考 …………………………………………… 126

"梁祝"的家具 …………………………………………… 129

苏州的宝树 ………………………………………………… 131

花光一片紫云堆…………………………………………… 134

插　花……………………………………………………… 136

再谈插花…………………………………………………… 138

不依时节乱开花…………………………………………… 141

闻木犀香…………………………………………………… 144

养金鱼……………………………………………………… 147

再谈养金鱼………………………………………………… 149

展览会……………………………………………………… 152

准备工作…………………………………………………… 155

一年无事为花忙…………………………………………… 158

花木之癖…………………………………………………… 161

劳者自歌…………………………………………………… 163

姑苏城外寒山寺…………………………………………… 165

壮士千秋不死……………………………………………… 167

记义士梅…………………………………………………… 169

为唐伯虎诉冤……………………………………………… 172

江南第一风流才子………………………………………… 174

一盏清泉养水仙…………………………………………… 176

问梅花消息………………………………………………… 178

第三辑　花前续记

杏花春雨江南……………………………………………… 183

一瓣心香拜鲁迅 …………………………………… 185

长眠西湖的章太炎 ………………………………… 188

易开易谢的樱花 …………………………………… 190

健康第一 …………………………………………… 193

梅君歌舞倾天下 …………………………………… 195

一生低首紫罗兰 …………………………………… 197

阖第光临看杂技 …………………………………… 200

珠联璧合走钢丝 …………………………………… 202

姊妹花枝 …………………………………………… 204

采 薪 ……………………………………………… 206

看了《黑孩子》 …………………………………… 208

清芬六出水栀子 …………………………………… 210

文人爱猫 …………………………………………… 213

静安八景 …………………………………………… 216

茉莉开时香满枝 …………………………………… 218

平民的天使 ………………………………………… 221

荷花的生日 ………………………………………… 224

神话《水晶宫》 …………………………………… 226

殡舍作动物园 ……………………………………… 228

一枝珍重见昙花 …………………………………… 230

寄畅园剪影 ………………………………………… 232

紫薇长放半年花 …………………………………… 234

轻红擘荔枝 …………………………………………………… 236

记畚人 ………………………………………………………… 238

明末遗恨《碧血花》 ………………………………………… 240

吾家的灵芝 …………………………………………………… 243

白话的情词 …………………………………………………… 246

杨贵妃吃荔枝 ………………………………………………… 249

《红楼》琐话 ………………………………………………… 251

关于花的恋爱故事 …………………………………………… 254

甪直之行 ……………………………………………………… 257

日本的花道 …………………………………………………… 259

田间诗人陆龟蒙 ……………………………………………… 261

花木的神话 …………………………………………………… 264

寒云忆语 ……………………………………………………… 266

杨彭年所制的花盆 …………………………………………… 268

无　言 ………………………………………………………… 271

第四辑　花前新记

灯　话 ………………………………………………………… 275

邓尉探梅 ……………………………………………………… 279

萼绿华 ………………………………………………………… 282

我为什么爱梅花 ……………………………………………… 284

茶　话 ………………………………………………………… 286

山茶花 …………………………………………… 290

关于汉明妃 ……………………………………… 292

但有一枝堪比玉 ………………………………… 294

神仙庙前看花去 ………………………………… 296

乞巧望双星 ……………………………………… 298

闲话《十五贯》 ………………………………… 301

蔗浆玉碗冰泠泠 ………………………………… 303

和台风搏斗的一夜 ……………………………… 305

枣 ………………………………………………… 308

谈 虎 …………………………………………… 311

咖啡琐话 ………………………………………… 313

探梅记 …………………………………………… 316

百花齐放中的一朵好花 ………………………… 319

回首当年话昆剧 ………………………………… 322

"云、飞"二三事 ……………………………… 324

霜叶红于二月花 ………………………………… 326

闲话《礼拜六》 ………………………………… 329

秋菊有佳色 ……………………………………… 332

菊 展 …………………………………………… 336

我爱菊花 ………………………………………… 339

日本来的客 ……………………………………… 341

送 灶 …………………………………………… 344

歌颂诗人白乐天 ······················· 346

上甘岭下战士强 ······················· 349

不断连环宝带桥 ······················· 352

七鬶八盖 ····························· 354

盆栽盆景一席谈 ······················· 356

有朋自远方来 ························· 359

上海大厦剪影 ························· 362

把我的花和瓜种到苏联去 ············· 365

石公山畔此勾留 ······················· 367

夏天的瓶供 ··························· 370

热　话 ······························· 373

清凉味 ······························· 376

农村小景放牧图 ······················· 378

第一辑　花花草草

上海文化出版社一九五六年九月初版

前　记

我是一个特别爱好花草的人，一天二十四小时，除了睡眠七八小时，和出席各种会议或动笔写写文章以外，大半的时间，都为了花草而忙着。古诗人曾有"一年无事为花忙"之句，而我却即使有事，也依然要设法分出时间来，为花而忙的。有时甚至忙得过了头，废寝忘食，影响了健康；这不仅仅是寻常的爱好，简直是做了花草的奴隶了。

我的家园，自从解放以来，就向群众开放，来者不拒。全国各地的工农兵以及首长、干部和国际友人们，都来参观我的花草，表示特殊的好感；使我精神上得到了莫大的安慰，也增加了我劳动的热情，总想精益求精，使他们乘兴而来，不要败兴而去。有好多来宾还要求我多写些有关花草的文章，以供观摩。我兴奋之余，就把一枝闲搁了十多年的笔，重新动了起来，居然乐此不疲。老友沈禹钟兄去秋特来看花，赠诗多首，中有"闭户自开花世界，著书能斗月精神"之句，虽说有些过誉，倒也给予我一种鼓励。

本书所收的散文三十五篇，都是一九五五年的作品，分为二辑：第一辑为我所爱好的花草果品张目，颂德歌功，不遗余力；第二辑记记游踪，写写风土俗尚，谈谈苏州的手工艺，有的虽说与花花草草无关，然而也可以说是日常生活中的花花草草，反映出我在这新中国的新社会中，是过得非常美好，非常愉快的。因此统名之曰"花花草草"，也未始不可。

一九五六年五一劳动节周瘦鹃记于紫罗兰盦

迎春花

迎春花又名金腰带，是一种小型灌木，往往数株丛生，也有独本而露根，伸张如龙爪的，姿态最美。干高一二尺、三四尺不等，可作盆栽，要是种在地上，可达一丈以上。茎作方形，上端纤细而延长，因有"金腰带"之称。茎上对节生小枝，一枝有三叶，叶厚，作深绿色，与小椒叶很相像而没有锯齿。春前开鹅黄色小花，六瓣，略似瑞香，不会结实，又有开花作两叠的，自是异种，也许来自日本。花后剪其枝条，插在肥土中即活，二三月中用烊牲水浇灌，来春花必繁茂。

迎春虽很平凡，而开在梅花之先，并且性不畏寒，花时很长，与梅花仿佛。我曾有句云："不耐严冬寒彻骨，如何迎得好春来。"顾名思义，自是花中儿儿。然而虽说它并不畏寒，可是前二年初冬时，寒流突然袭来，也竟抵抗不得，我旧有的几株老干迎春，都是断送在这一次寒流之下的；只有一株悬崖形的至今无恙，如鲁灵光之巍然独存。旧籍中称迎春为僭客，又有品为六品四命和七品三命的，不知何所取义。迎春枝条多长而纤细，婀娜多姿，种在深盆中，作悬崖形，使它的柔条纷披下垂，最为美观。

迎春花倒也是古已有之的，唐宋时代，就见之于诗人笔下了。如白香山《玩迎春花赠杨郎中》云："金英翠萼带春寒，黄色花中有几般。凭君语向游人道，莫作蔓菁花眼看。"韩琦《中书东厅·迎春》云："覆阑纤弱绿条长，带雪冲寒坼嫩黄。迎得春来非自足，百花千卉共芬芳。"刘敞《阁前迎春花》云："沉沉华省锁红尘，忽地花枝觉岁新。为问名园最深处，不知迎得几多春。"断句如晏殊《咏迎春》云："浅艳侔莺羽，纤条结兔丝。偏凌早春发，应诮众芳迟。"以花色比作黄莺的羽毛，以枝条比作纤柔的兔丝，更以花之早开为当然，而诮他花之迟放，寥寥二十字，已将迎春花的特点写尽了。

词中咏迎春的较少，宋人赵师侠曾有《清平乐》一阕云："纤秾娇小，也解争春早。占得中央颜色好。装点枝枝新巧。　　东皇初到江城。殷勤先去迎春。乞与黄金腰带，压持红紫纷纷。"将迎春和金腰带两个名称，全都带上了。

今年立春较迟，迎春花也开得迟了一些；可是我有一盆老本的，在一个月以前已疏疏落落地开了。此外，如悬崖形的一本和其他小型的三本，都还含苞未放，大概真要捱到了立春节方肯迎春吧？

梅花时节

　　梅花延迟了一个月，终于在农历二月下旬，烂烂漫漫地开起来，可是已使人等得有些不耐烦了。梅开在百花之先，所以在花谱中总是居第一位，而它的品格，在百花中也确有居第一位的可能。古人曾说："水陆草木之花，香而可爱者甚众，梅独先天下而春，故首及之。"先天下而春，就是梅花的可爱与可贵处。

　　古时梅花种类很多，有重叶梅、官城梅、同心梅、照水梅、台阁梅、九英梅、丽枝梅、品字梅、百叶缃梅、消梅、时梅、墨梅、侯梅、紫梅诸种，现在大半断种。我园子里所有的，有绿萼梅、玉蝶梅、朱砂红梅、胭脂红梅、铁骨红梅、江梅、淡红梅、送春梅，以及日本种的鹿儿岛梅、乙女梅、花条梅、单瓣红梅等。这各种梅花，有的种在地上，有的栽在盆里，内中也有老干枯干，这要算是梅花中的瑰宝了。

　　我对梅花有特殊的爱好，寒香阁中，平日本来陈列着瓷、铜、木、石、陶等梅花古玩，四壁又张挂着《香雪海》《梅花书屋》《探梅图》《梅花诗》等旧书画。到了梅花时节，更少不了要供着活色生香的梅花，盆梅和瓶梅，全都上场了。还有梅丘上的那间梅屋，本来窗上门上都有梅花图案，并挂着用银杏木刻就的宋代杨补之和元代王元章的画梅，而雄踞中央的，还有一只浮雕梅花的六角几。今年，我在东角和西角的矮几上，分陈着两盆老干的绿萼梅，所谓疏影横斜，暗香浮动，那是当之无愧的。那六角几上的一只古陶坛中，插着一枝铁骨红梅；而一只树根几上安放着的唐代大诗人白香山手植桧的一段枯木中，插上一枝胭脂红梅，于是这梅花时节的梅屋，也就楚楚可观了。

此外，如爱莲堂和紫罗兰盦中的案上几上，更陈列着二十多盆大型、小型的梅桩，而以苏州故名画师顾鹤逸先生手植的那株绿萼老梅为甲观，枯干苍古入画，好像一头鹤鼓翼而舞，我因名之曰"鹤舞"。这一株老梅，寿在百龄以上，顾氏后人移赠于我，已历三年，我珍如拱璧，苦心培养，今年的成绩，更胜于前二年，这是我所沾沾自喜的。

农历二月二十五日起，梅屋、梅丘一带的十多株梅树，全都盛开，就中以全白而单瓣的江梅为多。宋代范成大所谓"疏瘦有韵"，得"荒寒清绝"之趣。此外，如绿萼梅、淡红梅、朱砂红梅、胭脂红梅和日本种的鹿儿岛梅、乙女梅等，点缀其间，蔚为大观。从梅屋门前向下一望，自成丽瞩，朋友们称之为"小香雪海"，我说不敢称海，还是称之为"香雪溪"吧。我所作歌颂梅花的诗词不少，现在把我口头常在吟哦着的几首梅屋诗写在这里："冷艳幽香入梦闲，红苞绿萼簇回环。此间亦有巢居阁，不羡逋仙一角山。""屋小屏深膝可容，隔帘花影一重重。日长无事偏多梦，梦到罗浮四百峰。""合让幽人住此中，敲诗写韵对梅丛。南枝日暖花如锦，掩映湘帘一桁红。""闻香常自掩重扃，折得梅花插玉瓶。昨夜东风今夜月，冰魂依约上银屏。"这梅花时节的梅屋，确是可以流连一下的。

邓尉梅花锦作堆

"邓尉梅花锦作堆,千枝万朵满山隈。几时修得山中住,朝夕吹香嚼蕊来。"

这是我往年在梅花时节为了怀念邓尉山梅花而作。邓尉在吴县西五十里的光福乡。因汉代有邓尉隐居于此,故以为名。宋代淳祐年间,高士查莘在山坞大种梅树,后来山中人就都以种梅为业。梅花时节,满山香雪重重,皑皑一白,绿萼红英,也错杂其间,数十里幽香不断。清代诗人金恭曾有小记云:"小雪初晴,余寒送腊,具鹤氅浩然巾,入邓尉山,看红梅绿萼,十步一坐,坐浮一大白,花香枝影,迎送数十里。"往年邓尉梅花之盛而美,可以想见。附近如玄墓、弹山、青芝、西碛、铜井、马驾诸山,也都有千树万树的梅花,而以邓尉为代表,因此古今来文人墨客所作的文章诗词,都在歌颂邓尉的梅花了。

玄墓在邓尉东南六里,两地实在是一山相连的。看梅人一路从邓尉到玄墓,所谓"花外见晴雪,花里闻香风",真的使眼鼻受用不尽。清代李福有《玄墓探梅歌》云:"雪花如掌重云障,一丝春向寒中酿。春信微茫何处寻,昨宵吹到梅梢上。太湖之滨小邓林,千株空作横斜状。铜坑寥寂悄无踪,石壁嵯峨冷相向。踏残明月锁香痕,翠羽啾啾共惆怅。报道前村消息真,冲寒那顾攀层嶂。玉貌惊看试半妆,霜华喜见裁新样。酾酒临风各有情,小别经年道无恙。此花与我宿缘多，冰雪满衿抱微尚。相逢差慰一春心，空山不负骑驴访。"我在抗战胜利后一年春初，也曾探梅玄墓，见梅树已大遭摧残，圣恩寺前，几已荡然无存，后面真假山那里倒还有好多株老梅，尚可一看。还元阁中旧藏的《一蒲团外万梅花》长卷，前半早已失去，只剩胡三桥一画和现代人所题跋的诗词了。

马驾山在铜井山东，山并不高，清初遍山都种有梅树。花时丛丛香雪，有如一片香海，康熙年间巡抚宋荦在崖壁上题了"香雪海"三字。康熙、乾隆二帝也曾到此一游。我在二十余年前来此探梅时，不但见本山上全是梅花，就是望到远处也一片雪白，真不愧为香雪海了。汪琬游记中也说："列坐其地，俯窥旁瞩，濛然曷然，曳若长练，凝若积雪，绵谷跨岭，无一非梅者。"可是去秋我与苏州市园林管理处同人为了要整修山顶上的梅花亭，前去察看，见山上连一株梅树都没有了。梅花亭也残破，香雪海一碑尚在山麓。我家藏有清代吴大澂所画《香雪海》横幅，挂在寒香阁中，梅花时节，朝夕观赏，也就聊当卧游了。

今秋，香雪海上的梅花亭和亭下斜坡上的轩，都已修好了，自觉楚楚可观。可是山上、山下和山的四周，还要种上千百株的梅树，那么开花时香雪丛丛，才不负"香雪海"这一个美好的名称。

百花生日

百花生日又称花朝，日期倒有三个：宋时洛阳风俗以二月二日为花朝节，又为挑菜节；东京以二月十二日为花朝，作扑蝶会；成都以二月十五日为花朝，也有扑蝶会。昔人以挑菜、扑蝶点缀花朝，事实上这时期蝴蝶绝无仅有，不知怎样作扑蝶会的。挑菜倒大有可为，如荠菜、马兰头等，都可挑来做菜，鲜嫩可口，不过现在早已没有挑菜节这个名目了。总之，花朝在二月，是肯定的；正如汉张衡《归田赋》所谓"仲春令月，时和气清，原隰郁茂，百草滋荣"。百草既已滋荣，百花也萌芽起来，称花朝为百花生日，也是很恰当的。

苏州风俗，一向以农历二月十二日为花朝。女郎们剪了五色彩缯黏花枝上，称为"赏红"；现在可简化了，不用彩缯而用红纸，又做了三角形的小红旗插在花盆里，为花祝寿。从前虎丘花神庙中，还要献牲击乐，以祝花诞。清代蔡云《吴歈》所谓："百花生日是良辰，未到花朝一半春。红紫万千披锦绣，尚劳点缀贺花神。"此诗就是专咏这回事的。虎丘花神庙有一联很为工妙："一百八记钟声，唤起万家春梦；二十四番风信，吹香七里山塘。"不知是何人手笔？

唐代武则天于花朝日游园，令宫女采了百花，和米捣碎，蒸成了糕，赐与从臣。宋代制度，花朝日守土官必须到郊外去察看农事。明代宣德二年，御制花朝诗，赐尚书裴本。这些故事，都可作花朝谈助。

我于每年花朝前后梅花怒放时，例必邀知友八九人作酒会或茶会，一面赏梅，一面也算为百花祝寿，总是兴高采烈的。只记得当年日寇侵入苏州后的第二年，我局促地住在上海一角小楼中，花朝日恰逢大雨，而心境又很恶劣，曾以一绝句寄慨云："夭桃沐雨如沾泪，弱柳梳风带恨飘。燕子不来帘箔静，百无聊赖是今朝。"那年节令较早，所以花朝日桃花已开放了。

任何人逢到自己的生日，总是希望这一天是日暖风和的；花朝是百花的生日，更非日暖风和不可，下了雨，可就把花盆里的红纸旗都打坏了。清末诗人樊樊山有《花朝喜晴》一诗云："准备芳辰荐寿杯，南山佳气入楼台。鹊如漆吏荒唐语，花为三郎烂漫开。甚欲挽留佳日住，都曾经历苦寒来。晚霞幽草皆颜色，天意分明莫浪猜。"第五六句很有意义。

词中咏花朝的，我最爱清代画家兼词人改七芗有一阕《菩萨蛮》云："晓寒如水莺如织。苔香软印沙棠屐。幡影小红阑。销魂似去年。　春人开笑口。低祝花同寿。花语记分明。百花同日生。"又董舜民《蝶恋花·花朝和内》云："屈指春光将过半。又是花朝，花信春莺唤。情绪繁花花影乱，护花花下将花看。拈花笑倩如花伴。细读花间，花也应肠断。花落花开花事换，编成花史山妻管。"词中共有十五个花字，用以歌咏百花生日，确是很适合的。

桃花琐话

"桃之夭夭，灼灼其华"，这是《诗经》中的名句。每逢阳春三月，见了那烂烂漫漫的一树红霞，就不由得要想起这八个字来，花枝的强劲，花朵的茂美，就活现在眼前了。桃，到处都有，真是广大群众的朋友，博得普遍的喜爱。

桃的种类不少，大致可分单瓣、复瓣二大类。单瓣的能结实，有一种十月桃，迟至十月才结实，产地不详。复瓣的有碧桃，分白色、红色、红白相间、白地红点与粉红诸色，而以粉红色为最名贵。他如鸳鸯桃、寿星桃、日月桃、瑞仙桃、美人桃（即人面桃）等，也大都是复瓣的。

我有一株盆栽的老桃树，至少有三四十年的树龄，在吾家也已十多年了，枯干槎桠，好像是一块绉瘦透漏的怪石。桃干最易枯朽，难以持久，而这一株却很坚实，可说是得天独厚。每年着花很多，并能结实，去年就结了十多个桃子，摘去了大半，剩下六个，虽不很大，而也有甜味。我吃了最后的一个，算是劳动的报酬，胜利的果实。我又有一株安徽产的碧桃，也是数十年物，干身粗如人臂，屈曲下垂，作悬崖形。花为复瓣，大似银圆，作粉红色，很为难得，每年着花累累，鲜艳可爱。这两株桃花，同时艳发，朋友们都称之为吾家盆栽中的二宝。

晋代陶渊明作《桃花源记》，原是寓言八九，并非真有其地，而后世读者，都向往于这个世外桃源，也足见其文字之魅力了。我藏有明代周东邨所作《桃花源图》大幅，上有嘉靖某某年字样，笔酣墨饱，精力弥满，经吾友吴湖帆兄鉴定，疑是他的高足仇十洲的代笔。我受了此画的影响，因于前二年制一大型水石盆景，有山、有水、有洞、有屋舍、有田野、有船、有渔人、有桃花林、有种田的农民，俨然是一幅《桃花源图》，自以为平生得意之作。可是桃花并不是真的，我将天竹剪成短枝，除去红子，就有一个个小颗粒，抹上了红漆，居然活像是具体而微的桃花了。

桃花必须密植成林，花时云蒸霞蔚，如火如荼，才觉得分外好看。据《武夷杂记》载："春山雾时，满鼻皆新绿香，访鼓楼坑十里桃花，策杖独行，随流折步，春意尤闲。"又宁波府城东，相传汉代刘晨、阮肇二人曾在此采药，春月桃花万树，俨然是桃源模样。茅山乾元观，前有道士姜麻子，从扬州乞得烂桃核好几石，在空山月明中下种，后来长出无数桃树，长达五里余。西湖包家山，宋时有"蒸霞"匾额，因山上独多桃花之故，二三月间，游人纷纷来看桃花，称之为"小桃源"。又栖霞岭满山满谷都是桃花，仿佛红霞积聚，因以为名。古田县黄蘗山桃树密集，山下有桃坞、桃湖、桃洲、桃溪诸胜，简直到处都是桃花了。又溆浦一名华盖山，从前曾有人种下了千树桃花，至今有桃花圃之称。上海龙华一带，旧有桃树极盛，每逢春光好时，游人趋之若鹜，而后来却逐渐减少。现在龙华塔已修复了，我以为还该种植桃树千百株，才可恢复旧观。苏州市园林管理处今春在城东动物园对面的城墙上，种了桃树几百株，将来开了花，红霞照眼，真如一面大锦屏了。

苏州城内西北隅，有桃花坞，现在虽只是一条长街，大概古时是有很多桃花的。明代大画家唐寅（伯虎）晚年曾卜宅于此，卖画为活，其居处名桃花庵，后来改为准提庵了。

唐明皇御苑中，有千叶桃花，每逢桃花盛开时，与杨贵妃天天宴饮树下，他说："不独萱草忘忧，此花亦能销恨。"他又亲自折了一枝，插在贵妃的宝冠上，端详着笑道："此花尤能助娇态也。"所谓千叶桃花，就是碧桃，因为它是复瓣之故，比了单瓣的更见娇艳。我的园子里，旧有碧桃四株，三株是深红色的，一株是红白相间的，树干高三丈余，盛开时真如一片赤城霞，十分鲜艳，园外也可望见，在万绿丛中，特别动目。花落时猩红满地，好似铺上了一条红地毯。可惜因树龄都在二十年以上，先后枯死了，这是一个不可弥补的损失！词中咏碧桃的不多见，曾见宋代秦观有《虞美人》一阕云："碧桃天上栽和露。不是凡花数。乱山深处水潆回。可惜一枝如画向谁开。　　轻寒细雨情何限。不道春难管。为君沉醉一何妨，只怕酒醒时候断人肠。"他说"不是凡花数"，这是给予碧桃花的一个很高的评价。

山茶花开春未归

"山茶花开春未归，春归正值花盛时"，这是宋代曾巩咏山茶花句，将山茶开花的时期说得很明白。其实一冬在温室中培养的，那么不待春来，早就开花了。今年春初，春寒料峭，并在下雪的时光，我却在南京玄武湖公园的莳花展览会中，看到了好几十盆在温室中催开的山茶。我最爱一种花鹤顶，花瓣并不整齐，色作深红，有几瓣洒大白斑，十分别致。又有倚阑娇一种，白瓣中洒红点红丝；红妆素裹一种，白瓣洒红斑。这两种花如其名，都很可爱。花瓣全白，花朵特大的，名无瑕玉。又有满月与睡鹤二种，也是全白大花，与无瑕玉是大同小异的。桃红色的有合欢娇、粉妆楼、醉杨妃三种，正与花名同样的娇艳。这时我家园子里的十多盆山茶，还是像睡熟似的，毫无动静，不料在南京却看到了这许多烂烂漫漫的山茶花，自庆眼福不浅！真如宋代俞国宝诗所谓"归来不负西游眼，曾识人间未见花"了。

山茶一称玉茗，又名曼陀罗。苏州拙政园有十八曼陀罗花馆，就因为往年前庭有十八株山茶花之故。树身高的达一丈以外，低的约二三尺，可作盆栽；叶厚而硬，有棱，作深绿色，终年不凋。惜树干不易长大，老干枯干绝少。抗日战争以前，我有一株悬崖形老干的银红色山茶，直径在六寸以外，入春开花百余朵，鲜艳欲滴。又有一株半悬崖形的纯白色山茶，名雪塔，干已半枯，苍老可喜。可惜这两株已先后病死。幸喜前年又得了一株老干的雪塔，高约丈许，亭亭如盖，种在一只圆形古砂盆中，去春着花百余，一白如雪。只因去冬严寒，立春后还含苞未放，有的花蕊已僵化了。

山茶以云南产为最，有滇茶之称。据《滇中茶花记》说："茶花最甲海内，种类七十有二，冬末、春初盛开，大于牡丹，一望若火齐云锦，烁日蒸霞。南城邓直指有茶花百韵诗，言茶有数绝：寿经三四百年，尚如新植；枝干高竦四五丈，大可合抱；肤纹苍润，黯若古云气樽罍；枝条黝纠，状如麈尾龙形；蟠根轮囷离奇，可凭而几，可借而枕；丰叶深沉如幄；性耐霜雪，四时常青；次第开放，历二三月；水养瓶中，十余日颜色不变。"山茶花的耐久，我们大家知道。至于"寿经三四百年"，"高竦四五丈，大可合抱"，并且"蟠根轮囷离奇"的，却从未见过，真使人神往于昆明池边了。又据闻云南会城的沐氏西园中，有楼名簇锦，四面种着几十株二丈高的山茶，花簇其上，数以万计，紫的、红的、白的、洒金的，色色都有，灿若云锦，曾有人宠之以诗，有"十丈锦屏开绿野，两行红粉拥朱楼"之句，看了这数以万计的各色茶花，真觉得洋洋大观，大可过瘾了。

山茶续话

旧时山茶品种既繁，名色亦多。作浅红色的有真珠茶、串珠茶、正宫粉、赛宫粉、杨妃茶诸品，深红色的有照殿红、一捻红、千叶红诸品，纯白色的有茉莉茶、千叶白诸品。最难得的有一种焦萼白宝珠，花蕊纯白，形如宝珠，有清香，九月间即开放。又有一种玛瑙茶，产于温州，兼红、黄二色，深红为盘，白粉作心，确是此中异种。又有一种鹤顶茶，产于云南，大如莲花，猩红如血，中心塞满，好似鹤顶。又有一种像山踯躅般开小花的，名踯躅茶。又有一种结实如梨子的，名南山茶，产于广州。此外，如云茶、宝珠茶、磬口茶、石榴茶、海榴茶、菜榴茶等，都以形态胜。更有黄色的山茶，为生平所未见。最奇怪的，明代正德年间，有人在青山的僧寺中见到一种鹦鹉山茶，花形活像一头鹦鹉，左右两花瓣互掩，似是双翼，中间另有两花瓣合成腹部，两花须下垂如足，花蒂横生如头，两面更有黑点各一，似是双目：这真是闻所未闻的怪种了。

近年来苏州所见的山茶，大都来自金华，如粉红色洒红条的名槟榔，而园圃中卖花人却称之为抓破脸；其实抓破脸是白色洒红条的，宛如白脸被人抓破而出血一样，现在已看不到了。此外，如一干而开数色花的，名十八学士，可说绝无仅有；就是开花一红、白的二乔，也少见了。常见的有洒金、六角大红、六角大白、小桃红、雪塔、东方亮等。至于松波、狩衣、荒狮子等，那都是日本种。

苏州拙政园旧有宝珠山茶三四株，交柯连理，得势争高，每花时巨丽鲜妍，纷披照曬，为江南所仅见。明末吴梅村曾作长歌咏之，有"拙政园内山茶花，一株两株枝交加。艳如天孙织云锦，赪如姹女烧丹砂。吐如珊瑚缀火齐，映如蝌蚪凌朝霞"诸句，妍丽可以想见。这一首诗曾由南皮张枢写就，刻在香洲的屏门上，字作金色，二十年前我曾亲自见过，经过了抗日战争，这屏门早已被毁，现在却换上一面大镜子了。

明代袁中郎《瓶史》，品题山茶有云："山茶鲜妍，石氏之翩风，羊家之静婉也；黄白山茶韵胜其姿，郭冠军之春风也。"以花比人，自很隽妙；杨妃山茶也是以花比人的。清代词人董舜民曾填《好时光》一词宠之云："一捻指痕轻染，千片汗、色微销。乍醒沉香亭上梦，芳魂带叶飘。　照耀临池处，恍上马、映多娇。疑向三郎语，时作舞纤腰。"

宋代爱国诗人陆放翁爱山茶，一再赋诗咏叹，如："雪里开花到春晚，世间耐久孰如君。凭阑叹息无人会，三十年前宴海云。"又见山茶一树，自冬直至清明后，着花不已，宠以诗云："东园三日雨兼风，桃李飘零扫地空。惟有山茶偏耐久，绿丛又放数枝红。"花中能耐久的，确以山茶为最，一花开了半月，还是鲜艳如故，不过它喜阴恶阳，种花者不可不知。

国色天香说牡丹

宋代欧阳修《牡丹记》，说洛阳以谷雨为牡丹开候；吴中也有"谷雨三朝看牡丹"之谚，所以每年谷雨节一到，牡丹也烂烂漫漫地开放了。今年农历三月二十九日，是谷雨节，而吾家爱莲堂前牡丹台上粉霞色的玉楼春，已开放了三天，真是玉笑珠香，娇艳欲滴，开得恰到好处。因为去冬严寒，今春着花较少，白牡丹与二乔都没有花，紫牡丹含苞僵化；还有名种紫绢，也后期开放，瓣薄如绢，色作紫红，自是此中俊物，我徘徊花前，饱餐秀色，真的是可以忘饥了。

牡丹有鼠姑、鹿菲、百两金等别名，都不雅；又因花似芍药而本干如木，又名木芍药。古时种类极多，据说多至三百七十余种，以姚黄、魏紫为最著。他如玛瑙盘、御衣黄、七宝冠、殿春芳、海天霞、鞓红、醉杨妃、醉西施、无瑕玉、万卷书、檀心玉凤、紫罗袍、鹿胎、萼绿华等种种名色，实在不胜枚举，可是大半已断了种。

唐开元中，明皇与杨妃在沉香亭前赏牡丹，梨园弟子李龟年捧檀板率众乐前去，将歌唱，明皇不喜旧乐，因命翰林学士李白进《清平调》辞三章。我最爱他咏白牡丹的一章："云想衣裳花想容。春风拂槛露华浓。若非群玉山头见，会向瑶台月下逢。"还有咏红牡丹的一章："一枝红艳露凝香，云雨巫山枉断肠。借问汉宫谁得似？可怜飞燕倚新妆。"又太和、开成中，有中书舍人李正封咏牡丹诗，有"国色朝酣酒，天香夜染衣"之句，当时皇帝听了，大加称赏；一面带笑对他的妃子说道："你只要在妆台镜前，喝一紫金盏酒，那就可以切合正封的诗句了。"

宋代张功甫镃，爱好花木，曾有《梅品》一作，文字也很娴雅。他于牡丹花开放时，招邀友好，举行牡丹会。宾客齐集后，堂中寂无所有，一会儿他问："香已发了没有？"左右回说发了；于是吩咐卷帘，立时有异香自内发出，一座皆香。当有歌姬多人或捧酒肴，或携丝竹，姗姗而来；另有白衣美人十位，所有首饰衣领全是牡丹，头戴照殿红，一姬拍檀板歌唱侑觞，歌罢乐作，才退下去。随后帘又下垂，宾客谈笑自若。不久香又发出，重又卷帘，另有十姬换了衣服和牡丹款步而至，大抵戴白花的穿紫衣，戴紫花的穿鹅黄衣，戴黄花的穿红衣，如此饮酒十杯，衣服和牡丹也更换十次；所歌唱的都是前辈的牡丹名词，酒阑席散，姬人和歌唱者列行送客，烛光香雾中，歌吹杂作，宾客们恍恍惚惚，好似登仙一样。这一个赏牡丹的故事，充分反映了官僚地主阶级极尽奢侈腐化的享乐生活。

牡丹时节最怕下雨，牡丹一着了雨，就会低下头来，分外的楚楚可怜。明代文人王百穀《答任圆甫书》云："佳什见投，与名花并艳，贫里生色矣。得近况于张山人所，甚悉，姚魏千畦，不减石家金谷，颇憾雨师无赖，击碎十尺红珊瑚耳。"牡丹花开放之后，一经风雨就败；因此风伯和雨师倒变成了牡丹的大敌。

清代乾隆年间，东台举人徐述夔作《紫牡丹》诗，有"夺朱非正色，异种亦称王"一联，借紫牡丹来指斥清朝统治者，的是有心人。其坟墓在石湖磨盘山上，墓碑上大书"紫牡丹诗人徐述夔先生之墓"。如此诗人，才不愧诗人之称。

绰约婪尾春

婪尾春，是芍药的别名，创始于唐宋两代的文人，婪尾是最后之杯，芍药殿春而放，因有此称。《本草》说芍药谐音绰约，是美好的意思，但看芍药的花容，确是美好可爱的。此外，又有将离、余容、没骨花诸名称，都富有诗意。芍药是草本花，种下之后，宿根留在土中，每年农历十月生芽，春初丛丛挺出，作嫩红色，很为鲜艳。长成后高达二尺许，每茎一枝三叶，叶与牡丹很相像，可是狭长一些；春末开花，有紫色的、红色的、白色的、浅红色的，而以黄色为最名贵。据说扬州芍药，冠于天下，多至三十余种，紫色的有宝妆成、叠香英、宿妆殷诸品，红色的有冠群芳、醉娇红、点妆红、试浓妆诸品，白色的有晓妆新、玉逍遥、试梅妆诸品，浅红色的有醉西施、怨春红、浅妆匀诸品，黄色的有金带围、道妆成、御衣黄诸品。顾名思义，可见芍药之美好，不亚于牡丹，昔人称为娇客，自可当之无愧。

芍药以扬州为最，宋人诗词中都曾加以歌颂，如苏东坡《题赵昌芍药》云："倚竹佳人翠袖长，天寒犹着薄罗裳。扬州近日红千叶，自是风流时世妆。"黄山谷《广陵早春》云："春风十里珠帘卷，仿佛三生杜牧之。红药梢头初茧栗，扬州风物鬓成丝。"韩元吉《浪淘沙》云："鹨鹕怨花残。谁道春阑。多情红药待君看。浓淡晓妆新意态，独占西园。　　风叶万枝繁。犹记平山。五云楼映玉成盘。二十四桥明月下，谁凭朱阑。"东坡曾说："扬州芍药为天下冠。"蔡繁卿守扬州时，举行万花会，搜集芍药千万枝，人家园圃中都被搜一空，手下吏役，又趁火打劫，无恶不作，人民敢怒不敢言。东坡一到，问起民间疾苦，都说以此事扰民为最，从此万花会就不再举行了。庆历年间，韩魏公以资政殿学士帅淮南，有一天见后园中有芍药一本，分作四歧，每歧各出一花，上下都作红色，而中间却间以黄蕊，那时扬州并无此种，原来这是异种金缠腰。韩欣赏之下，特地置酒高会。

苏州城内网师园中，有堂名"殿春簃"，庭前全种芍药，竟如种菜一般。旧友张善子、张大千二画师寄寓园中时，我曾往观赏，真有美不胜收之感；不知今尚无恙否？今年吾园芍药大开，有红、白、浅红三色，色香不让牡丹，剪了几枝插胆瓶中，供之爱莲堂中，香满一堂。白色的五枝，用雍正黄瓷瓶插供，更觉娟净可喜，因忆清代满族诗人塞尔赫有咏白芍药诗云："珠帘入夜卷琼钩，谢女怀香倚玉楼。风暖月明娇欲堕，依稀残梦在扬州。"在花前三复诵之，觉此花此诗，堪称双绝，真的是花不负诗，诗不负花了。

蔷薇开殿春风

"春雨。春雨。染出春花无数。蔷薇开殿春风。满架花光艳浓。浓艳。浓艳。疏密浅深相间。"

这是清代词人叶申芗咏蔷薇的《转应曲》。所谓"蔷薇开殿春风"，就是说蔷薇是开在春末的最后的花了。蔷薇是落叶灌木，青茎多刺，因有刺红、山棘诸称，花型有大有小，花瓣有单有复，有红、白、黄、深紫、粉红诸色。花有香的，有不香的，而以单瓣的野蔷薇为最香，可以浸酒窨茶。因它不须栽种，丛生郊野间，所以别号野客。宋代姜特立有《野蔷薇》一诗云："拟花无品格，在野有光辉。香薄当初夏，阴浓蔽夕晖。篱根堆素锦，树杪挂明玑。万物生天地，时来无细微。"足为此花张目。

蔷薇又名买笑花，源出汉代，现在几乎没有人知道了。汉武帝与妃子丽娟在园中看花，那时蔷薇刚开放，好似含笑向人，武帝说："此花绝胜佳人笑也。"丽娟戏问道："笑可以买么？"武帝回说："可以的。"于是丽娟就取出黄金百斤，作为买笑钱，让武帝尽一日之欢。因此之故，蔷薇就得了一个"买笑"的别名。

英国大诗人彭斯（R. Burns）有著名的诗篇《一朵红红的蔷薇》，为赠别他的恋人而作，即以红蔷薇比作恋人。苏曼殊曾把它译成中文，以"炯炯赤墙靡"为题，诗云："炯炯赤墙靡，首夏初发苞。恻恻清商曲，眇昔何远姚！""予美谅夭绍，幽情申自持。沧海会流枯，相爱无绝期。""沧海会流枯，顽石烂炎熹。微命属如缕，相爱无绝期。""掺袂别予美，离隔在须臾。阿阳早日归，万里莫踟蹰。"

中国国药店有野蔷薇露，饮之清火辟暑。唐代柳宗元得韩愈所寄诗，先以蔷薇露洗了手，方始开读。寿皇时禁中供御酒，名蔷薇露，大概也是用蔷薇花制成的。宋代大食国、爪哇国等出蔷薇露，洒在衣上，其香经年不退，大约就是现代的上品香水了。

蔷薇蔓生，枝条极长，或攀在墙上，或搭在架上，或结成屏风，开花时几百朵团簇一起，自觉灿烂可观；如果铺在地上，那就好像是一堆锦被了。彭州的蔷薇，俗称锦被堆花，宋代徐积曾有《锦被堆》一诗云："春风萧索为谁张，日暖仍熏百和香。遮处好将罗作帐，衬来堪用玉为床。风吹乱展文君宅，月下还铺宋玉墙。好向谢家池上种，绿波深处盖鸳鸯。"句句说花，却句句贴切锦被，自是一首加工的好诗。吾家紫罗兰盦南窗外，曾于八年前种了一株黄蔷薇，现在已攀满了一堵南墙，真如锦屏一样；春暮着花好几百朵，妙香四溢，含蕊时作鹅黄色，最为美观，可惜开足后就淡下来了。明代张新有诗咏黄蔷薇云："并占东风一种香，为嫌脂粉学姚黄。饶他姊妹多相妒，总是输君浅淡妆。"

杜鹃花发映山红

　　杜鹃花一名映山红，农历三四月间杜鹃啼血时，此花便烂烂漫漫地开放起来，映得满山都红，因之有这两个名称。此外，又有踯躅、红踯躅、山踯躅、谢豹花、山石榴诸名，而日本却称之为皋月，不知所本。花枝低则一二尺，高则四五尺，听说黄山和天目山中，有高达一丈外的。一枝着花三数，有红、紫、黄、白、浅红诸色，有单瓣、双瓣、复瓣之别。春季开放的称为春鹃，夏季开放的称为夏鹃。春鹃多单瓣与双瓣，桃鹃夏开，却为复瓣，并且不止一色，有作桃红色的，也有白地而加红线条的。四川、云南二省都以产杜鹃花名闻天下，多为双瓣。国外则推荷兰所产为最，复瓣而边缘有褶皱，状如荷叶边；日本人取其种，将花粉交配，异种特多；著名的有王冠、天女舞、四海波、寒牡丹、残月、晓山诸种。二十余年前，我搜罗了几十种，可惜在抗日战争期间，避地他乡，失于培养，先后枯死了。

　　清初陈维岳有《杜鹃花小记》云："杜鹃产蜀中，素有名，宜兴善权洞杜鹃，生石壁间，花硕大，瓣有泪点，最为佳本，不亚蜀中也。杜鹃以花鸟并名，昔少陵幽愁拜鸟，今是花亦可吊矣。"善权洞产生瓣有泪点的杜鹃花，倒是闻所未闻，不知今仍有之否？

　　昔人诗中咏杜鹃花的，多牵连到鸟中的杜鹃，甚至说是杜鹃啼血染成红色的。唐代李白《宣城见杜鹃花》云："蜀国曾闻子规鸟，宣城还见杜鹃花。一叫一回肠一断，三春三月忆三巴。"韩偓《净兴寺杜鹃花》云："一园红艳醉坡陀，自蒂连梢簇蒨罗。蜀魄未归长滴血，只应偏滴此丛多。"杨万里《杜鹃花》云："泣露啼红作么生？开时偏值杜鹃声。杜鹃口血能多少，恐是征人滴泪成。"杨巽斋《杜鹃花》云："鲜红滴滴映霞明，尽是冤禽血染成。羁客有家归未得，对花无语两含情。"红杜鹃花如果说是杜鹃啼血所染，其他紫、白、黄诸色的杜鹃花，那又该怎么说呢？可见这种说法是不科学的。

我于抗日战争以前，曾以重价买得盆栽杜鹃花一本，似为百年外物，苍古不凡。枯干粗如人臂，下部一根斜出，衬以苔石，活像一头老猿蹲在那里，花作深红色，鲜艳异常，我曾宠之以诗："杜鹃古木上盆栽，绝肖孤猿踞碧苔。花到三春红绰约，明珰翠羽入帘来。"抗战期间我不在家，根须受了蚁害，竟以致命。幸而前年又得了紫杜鹃花一大盆，盆也古旧，四周满绘山水，似是清初大画家王鉴所画的崇山峻岭，曲涧长河。这是清代潘祖荫的遗物，当作传家之宝。这盆花原为五干，入范氏手，枯死其二，范氏去世，归于我有。今年盛开紫红色花数百朵，密密层层，有如锦绣堆一般；来宾们观赏之下，莫不欢喜赞叹。

凌霄百尺英

花中凌霄直上，愈攀愈高，可以高达百尺以上，烂漫着花的，只有一种，就是凌霄，真的是名副其实。凌霄别名陵苕，又名紫葳。《本草》说，俗称色彩中红艳的，叫做紫葳。凌霄花也是红而艳的，因有此名。还有一个怪名叫鬼目，用意不明。凌霄为藤本，山野间到处都有，蔓长二三尺时，只须旁有高大的树木，就会攀缘而上，树有多高，它也攀得多高，蔓生细须，牢牢地着在树身上，虽有大风雨也不会刮落下来。春初枝条生长极快，叶尖长对生，像紫藤而较小，色也较深。农历六月间，每枝着花十余朵，也是对生的，花头浅裂作五瓣，初作火黄色，分批开放，入秋红艳可爱。不过花与萼附着不牢，一遇风雨，就纷纷脱落，这是唯一的憾事！唐代大诗人白乐天的一首《有木诗》，写凌霄个性，入木三分，诗云："有木名凌霄，擢秀非孤标。偶依一株树，遂抽百尺条。托根附树身，开花寄树梢。自谓得其势，无因有动摇。一旦树摧倒，独立暂飘飖。疾风从东起，吹折不终朝。朝为拂云花，暮为委地樵。寄言立身者，勿学柔弱苗。"通篇劝人重自立，戒依赖，富有教育意义。

凌霄花虽说善于依附，一定要靠别的树攀缘而上，然而也有挺然独立的。宋代富郑公所住洛阳的园圃里，有一株凌霄，竟无所依附而夭矫直上，高四丈，围三尺余，花开时，其大如杯，有人加以颂赞，竟称之为花木中的豪杰。苏州名画师赵子云前辈的庭园中，也有一株独立的凌霄，高不过丈余，枝条四张，亭亭如盖，可是去年已枯朽了一半，今春赵翁去世，不知此树得延残喘否？

宋代西湖藏春坞门前，有古松二株，都有凌霄花攀附其上，诗僧清顺，惯常在松下作午睡。那时苏东坡正作郡守，有一天屏去骑从，单身来访，恰好松风谡谡，吹落了不少花朵，清顺就指着落花索句，东坡为作《木兰花》词云："双龙对起。白甲苍髯烟雨里。疏影微香。下有幽人昼梦长。　　湖风清软。双鹊飞来争噪晚。翠飐红轻。时堕凌霄百尺英。"

古人诗赋中，对于凌霄花的依赖性都有微词，有人更讥之为势客，就是说它仗势而向上爬。可是清代李笠翁却偏偏相反，他说："藤花之可敬者，莫若凌霄，然望之如天际真人，卒急不能招致，是可敬亦可恨也！欲得此花，必先蓄奇石古木以待，不则无所依附而不生，生亦不大。"他对于依附不以为意，反以其高高在上为可敬，真的是别有见地。

我有盆栽凌霄花一株，作悬崖形，每年着花累累，枝条纷披，越见得婀娜有致。此本为故名画师邹荆盦前辈所爱培，他逝世后，由其夫人移赠于我，以作纪念。我见花如见故人，不胜凄感！我的园子里，有大杨树二株，高三四丈，十余年前我在树根上种了两株凌霄，现在干粗如壮夫之臂，攀附已达树梢，入夏着花无数，给碧绿的杨叶衬托着，分外妍丽。我于梅丘的高峰下也种了一株，枝条交纠攀缘而上，早已直上峰巅。因忆宋代范成大寿栎堂前的小山峰上凌霄花盛开，葱蒨如画，因名之曰"凌霄峰"，并咏以诗云："天风摇曳宝花垂，花下仙人住翠微。一夜新枝香焙暖，旋薰金缕绿罗衣。""山容花意各翔空，题作凌霄第一峰。门外轮蹄尘扑地，呼来借与一枝笻。"峰名凌霄，恰好与花媲美，那么我的一峰也可称为凌霄峰了。

蕊珠如火一时开

春光老去，花事阑珊，庭园中万绿成阴，几乎连一朵花都没有，只有仗着那红若火齐的石榴花来点缀风光，正如元代诗人马祖常所谓"只待绿阴芳树合，蕊珠如火一时开"了。

石榴一名丹若，一名沃丹，一名金罂，又名安石榴。据说汉代张骞出使西域时，从涂林安石国得了种子带回来的；所以唐代元稹诗，有"何年安石国，万里贡榴花。迢递河源道，因依汉使槎"之句。树高一二丈不等，叶狭长，农历五月间开花，作鲜红色，也有黄白、浅红诸色，也有红花白边和白花红边的，较为名贵。花有单瓣、复瓣之别，单瓣结实，复瓣不结实；又有一种中心花瓣突起如楼台的，叫做重台石榴。有经常开花的，名四季石榴；另有一种小本细叶开花猩红如火焰的，名火石榴，高只一尺许，栽在盆内，可作案头清供。

据旧籍中记载，石榴有两个神话。其一，闽县东山有榴花洞，唐代永泰年间，有樵夫蓝超遇白鹿一头，一路追赶，渡水进石门，先窄后宽，内有鸡犬人家，一老叟对他说："我是避秦人，您能不能留在这里？"蓝回说且回去诀别了家人再来，由老叟给了他一枝石榴花，兴辞而出，好似梦境一样；后来再去，竟不知所在。其二，唐代天宝年间，有处士崔元徽，春夜遇见女伴十余人，一穿绿衣的自称姓杨，又指一个穿红衣的是石家阿措。当时又有封家十八姨来，诸女伴进酒歌唱；十八姨举动轻佻，举杯时泼翻了酒，污阿措衣，阿措作色而起，原来她就是安石榴，而十八姨就是风神。

梁代以《别赋》著名的江淹，有《石榴颂》云："美木艳树，谁望谁待。缥叶翠萼，红华绛采。焖烈泉石，芬披山海。奇丽不移，霜雪空改。"写得与石榴花一般的华艳，更增高了它的身价。词中咏石榴花的，我最爱元代刘铉《乌夜啼》云："垂杨影里残红。甚匆匆。只有榴花、全不怨东风。　　暮雨急，晓霞湿，绿玲珑。比似茜裙初染、一般同。"清代陈其年《江城子》云："蒨裙提出锦箱中。向花丛。斗娇容。裙影花光，都到十分浓。记得夜凉低压鬓，偏爱把，绿云笼。　　如今朱实画檐东。乱薰风。缀晴空。极望累累、高下绽房栊。欲摘又怜多子甚，相对笑，瓠犀红。"两词都以妇女的红裙与石榴花相比，自是美妙。

吾园弄月池畔，有石榴一大株，高丈余。年年着花数百朵，真如火焰烧枝。此外盆栽多株，都是老干，中有一本为百余年物，已岌岌欲危。另有一小株，高只三四寸，先后开花四朵，而一次只开一花，有一位诗友见了，微吟王荆公句云："万绿丛中红一点，动人春色不须多。"

谈谈莲花

宋代周濂溪作《爱莲说》，对于出淤泥而不染的莲花，给予最高的评价，自是莲花知己。所以后人推定一年十二个月的花神，就推濂溪先生为六月莲花之神。我生平淡泊自甘，从不作攀龙附凤之想，而对于花木事，却乐于攀附。只因生来姓的是周，而世世相传的堂名，恰好又是"爱莲"二字，因此对这君子之花却要攀附一下，称之为"吾家花"。

莲花的别名最多，曰芙蕖，曰芙蓉，曰水芝，曰藕花，曰水芸，曰水旦，曰水华，曰泽芝，曰玉环，而最普通的是荷花。现在大家通称莲花或荷花，而不及其他了。莲花的种类也特别多，有并头莲、四面莲、一品莲、千叶莲、重台莲，等等，还有其他光怪陆离的异种，早就绝无而仅有，无法罗致。

正仪镇附近有一个古莲池，至今还开着天竺种的千叶莲花。据叶遐庵前辈考证，这些莲花还是元代名流顾阿瑛所手植的；因此会同几位好古之士，在池旁盖了几间屋子，雇人守护这座莲池。抗日战争前，我曾往观光，看到了一朵娇红的千叶莲花，油然而生思古之情，回来做了一首诗，有"莲花千叶香如旧，苦忆当年顾阿瑛"之句。这些年来，听说池中莲仍然无恙。据闻顾阿瑛下种时，都用石板压住，后来莲花就从石缝中挺生出来，人家要去掘取，也不容易，所以直到如今，这千叶莲花还是"只此一家，并无分出"。可是吾园邻近的倪氏金鱼园中，有一个小方塘，也种着千叶莲花，不知是哪里得来的种子？每年开花时，总得采几朵来给我作瓶供，花作桃红色，很为鲜艳，花型特大，花瓣多得数不清。今秋天旱水浅，已由花工张锦前去挖了几株藕来，安放在两个缸中，明夏我也就有两缸千叶莲花可作清供了。最近园林管理处已向倪氏买下了他全塘的种藕，明春就得移种在狮子林的莲塘中，以供群众观赏，比了关闭在那金鱼园中孤芳自赏，实在有意义得多。

凡是美的花，谁都愿它留在枝头，自开自落，而莲却可采。古今来的诗人词客，多有加以咏叹的。就是古乐府中也有《采莲曲》，是梁武帝所作，曲和云："采莲渚，窈窕舞佳人"，因此就以"采莲"名其曲。又《乐府集》载："羊侃性豪侈，善音律，有舞人张静婉者，容色绝世，时人咸推其能为掌上舞。侃尝自造《采莲》《棹歌》两曲，甚为新致，乐府谓之《张静婉采莲曲》。"至于唐代的几位大诗人，几乎每人都有一首《采莲曲》，真是美不胜收，现在且将清代诗人的两首古诗录在这里。如马铨四言古云："南湖之南，东津之东。摇摇桂楫，采采芙蓉。左右流水，真香满空。眷此良夜，月华露浓。秋红老矣，零落从风。美人玉面，隔岁如逢。褰裳欲涉，不知所终。"徐倬七言古云："溪女盈盈朝浣纱，单衫玉腕荡舟斜，含情含怨折荷华。折荷华，遗所思，望不来，吹参差。"词如毛大可《点绛唇》云："南浦风微，画桡已到深深处。藕花遮住，不许穿花去。　隔藕丛丛，似有人言语。难寻溯，乱红无主，一望斜阳暮。"王锡振《浣溪纱》云："隔浦闻歌记采莲。采莲花好阿谁边。乱红遥指白鸥前。　日暮暂回金勒辔，柳阴闲系木兰船。被风吹去宿花间。"

吴锡麒《虞美人》云："寻莲觅藕风波里。本是同根蒂。因缘只赖一丝牵。但愿郎心如藕妾如莲。 带头绾个成双结。莫与闲鸥说。将家来住水云乡，为道买邻难得遇鸳鸯。"孙汝兰《百尺楼》云："郎去采莲花，侬去收莲子。莲子同心共一房，侬可如莲子。 侬去采莲花，郎去收莲子。莲子同房各一心，郎莫如莲子。"这几首诗词都雅韵欲流，行墨间似乎带着莲花香。

前年农历六月二十四日，就是所谓莲花的生日，曾与老友程小青、陶冷月二兄雇了一艘船，同往黄天荡观莲，虽没有深入荡中，却也看到了不少亭亭玉立的白莲花，瞧上去不染纤尘，一白如雪，煞是可爱！关于白莲花的故事，有足供谈助的，如唐代开元、天宝间，太液池千叶白莲开，唐明皇与杨贵妃同去观赏，皇指妃对左右说："何如此解语花？"他的意思，就是以为白莲不解语，不如他的爱人了。又元和中，苏昌远居吴下，遇一女郎，素衣红脸，他把一个玉环赠与她。有一天见槛前白莲花开，花蕊中有一物，却就是他的玉环，于是忙将这白莲花折断了。这一段故事，简直把白莲瞧作花妖，当然是不可凭信的。

昔人赞美白莲花的诗，我最爱唐代陆龟蒙七言绝句，云："素花多蒙别艳欺，此花真合在瑶池。还应有恨无人觉，月晓风清欲堕时。"宋代杨亿五言绝句云："昨夜三更里，嫦娥堕玉簪。冯夷不敢受，捧出碧波心。"清代徐灼七言绝句云："凉云簇簇水泠泠，一段幽香唤未醒。忽忆花间人拜月，素妆娇倚水晶屏。"又清末革命先烈秋瑾七律云："莫是仙娥坠玉珰，宵来幻出水云乡。朦胧池畔讶堆雪，淡泊风前有异香。国色由来夸素面，佳人原不借浓妆。东皇为恐红尘涴，亲赐寒簧明月裳。"这四首诗，可算是赞美白莲花的代表作。

苏州公园去吾家不远，园中有两个莲塘，一大一小，种的都是红莲花，鲜艳可爱。入夏我常去观赏，瞧着那一丛丛的翠盖红裳，流连忘返。至于吾家梅丘下的莲塘中，虽有白色、浅红色两种，今年曾开了好几十朵，不过占地太小，同时也只开二三朵，不足以餍馋眼。旧有四面观音，已在沦陷期间断了种，去春曾向公园中移植红莲数枝，发了叶，并未开花，那只得再等明年了。乡前辈潘季儒先生，擅种缸莲，有层台、洒金、镶边玉钵盂、绿荷、粉千叶等名种，叹为观止。三年前分根见赐，喜不自胜，年年都是开得好好的。

老友卢彬士先生，是吴中培植碗莲的唯一能手，能在小小一个碗里，开出一朵朵红莲花来。今年开花时节，以一碗相赠，作爱莲堂案头清供。据说这种藕是从安徽一个和尚那里得来的。可惜室内不能供得太久，怕别的菡萏开不出来，供了半小时，就要急急的移出去了。

枇杷树树香

苏州市的水果铺里，自从柑橘落市以后，就略显寂寞。直到初夏枇杷上市，才又热闹起来，到处是金丸累累，可说是枇杷的天下了。枇杷树高一二丈，粗枝大叶，浓阴如幄，好在四时常绿，经冬不凋，因有枇杷晚翠之称。花型很小，在风雪中开放，白色五瓣，微有香气，唐代诗人杜甫因有"枇杷树树香"之句。昔人称颂枇杷，说它秋萌冬花，春实夏熟，备四时之气，其他果树，没有一种可以比得上的。它有两个别名——卢橘与炎果。又因其色黄似蜡，称为蜡兄；大叶粗枝，称为粗客。它于农历三四月间结实，皮色有深黄有淡黄，肉色有红有白，红的称红沙，又名大红袍；白的称白沙，甜美胜于红沙。苏州洞庭东西山，都是枇杷著名的产地，尤以东山湾里所产的红沙，槎湾所产的白沙为最美。每年槎湾白沙枇杷上市时，我总要一快朵颐，大的如胡桃，小的如荸荠，因称荸荠种，肉细而甜，核少而汁多，确是此中俊物，可惜产量较少，一会儿就没有了。

枇杷色作金黄，因此诗人们都以金丸作比。如宋代刘子翚句云："万颗金丸缀树稠，遗根汉苑识风流。"明代高启诗云："落叶空林忽有香，疏花吹雪过东墙。居僧记取南风后，留个金丸待我尝。"近代吴昌硕诗云："五月天气换葛衣，山中卢橘黄且肥。鸟疑金弹不敢啄，忍饥空向林间飞。"其实这是诗人的想象，并非事实，像吾家园子里的三株枇杷，一到黄熟时，就有不少是给鸟类抢先尝新的。

明代大画家沈石田，有友人送枇杷给他，信上误写了琵琶，沈戏答云："承惠琵琶，开奁骇甚！听之无声，食之有味，乃知古来司马泪于浔阳，明妃怨于塞上，皆为一啖之需耳。今后觅之，当于杨柳晓风、梧桐秋雨之际也。"石田此信原很隽妙，但据辞书载，琵琶一作"枇杷"，可是不知枇杷能不能也通融一下，写作"琵琶"呢？

清代朱竹垞，有《明月棹孤舟》一词咏枇杷云："几阵疏疏梅子雨。也催得嫩黄如许。笑逐金丸，看携素手，犹带晓来纤露。　寒叶青青香树树。记东溪旧曾游处。日影堂阴，雪晴花下，长见那人窥户。"又宋代周必大咏枇杷诗有句云："昭阳睡起人如玉，妆台对罢双蛾绿。琉璃叶底黄金簇，纤手拈来嗅清馥。可人风味少人知，把尽春风夏作熟。"这一词一诗虽咏枇杷，而此中有人，呼之欲出，自觉风致嫣然。

苏州东北街拙政园中，有个枇杷院，旧时种有枇杷树多株，因以为名。中有一轩，额曰"玉壶冰"，现在是供游人啜茗的所在。我以为那边仍可多种几株枇杷，那么终年绿阴罨画，婆娑可爱，就将"玉壶冰"改为"晚翠轩"，也无不可。

夏果摘杨梅

"冬花采卢橘，夏果摘杨梅"，这是唐代宋之问的诗句。卢橘就是枇杷，冬季开花，春季结实而夏季成熟；到得枇杷落市之后，那么就要让杨梅奄有天下了。杨梅木本，叶常绿，初春开花结实，肉如粒粒红粟，并无皮壳包裹；生的时候作白色，五月间成熟之后，就泛作红、紫二色。也有白色的，产量较少，甜味也在红、紫二种之下，并不足贵。杨梅品种，据说以会稽为第一，吴兴的弁山、宁波的舟山、苏州的光福也不差。而我们现在所吃到的，全是洞庭东西山的产品。

杨梅一名朹子，生僻得很，别号"君家果"。据《世说新语》载：梁国杨氏子，九岁就很聪明。有一天，孔君平来访他的父亲，恰不在家，因呼他出见。孔指盘中所盛杨梅道："这是君家果。"他应声道："却未闻孔雀是夫子家禽。"这个孩子心地的灵敏，于此可见。而杨梅也就因此而得了个"君家果"的别号。

解放前一年杨梅熟时，洞庭西山包山寺诗僧闻达上人邀我和范烟桥、程小青二兄同去一游。那时满山杨梅全已成熟，朱实离离，鲜艳悦目。山民于清早采摘，万绿丛中常闻笑语声，摘满了一筐，各自肩着回去。我曾咏之以诗，有"摘得杨梅还带露，一肩红紫映朝晖"之句，当时情景，依稀还在眼前。清代陈其年有《一丛花》词，也是咏洞庭西山的杨梅的。词云："江城初泊洞庭船。颗颗贩匀圆。朱樱素柰都相逊，家乡在、消夏湾前。两崦蒙茸，半湖羃䍜，笼重一帆偏。……"

苏州光福与横山、安山等处，往时都产杨梅，并且有白杨梅，而我却从未染指，不知风味如何？扬州人称白杨梅为圣僧，莫名其妙。明代瞿佑有诗云："乃祖杨朱族最奇，诸孙清白又分枝。炎风不解消冰骨，寒粟偏能上玉肌。异味每烦山客赠，灵根犹是圣僧移。水晶盘荐华筵上，酪粉盐花两不知。"

杨梅甜中带酸，多吃伤齿，然而也有人以为带些酸倒是好的，如宋代方岳诗云："筠笼带雨摘初残，粟粟生寒鹤顶殷。众口但便甜似蜜，宁知奇处是微酸。"我们每吃杨梅，总得用盐渍过，目的是在杀菌，其实不如高锰酸钾来得有效。但是也有人以为渍了盐，可以减去酸味，此法唐代即已有之，如李太白《梁园吟》，有"玉盘杨梅为君设，吴盐如花皎白雪"之句。陆放翁批评他，说杨梅酸的才用盐渍，好的杨梅就不必用了。吾家吃杨梅，一向用盐，杀菌减酸，一举两得，并且也觉得别有风味。

年来处处食西瓜

"碧蔓凌霜卧软沙，年来处处食西瓜"，这是宋代范成大咏西瓜园诗中句。的确，年来每入炎夏，就处处食西瓜，而在果品中，它是庞然大物，可以当得上领袖之称。西瓜并非中国种，据说五代时胡峤入契丹，吃到了西瓜，而契丹是由于破了回纥得来的种子，以牛粪复棚而种，瓜大如斗，味甜如蜜。后由胡峤带回国来，因其来自西土，故名西瓜；性寒，可解暑热，因此又名寒瓜。

西瓜瓤有白、黄、红三色，皮有白、绿二色，形有浑圆的，有如枕头的。上海浦东西林塘产三白瓜，因其皮白、瓤白、籽白之故，作浑圆形，味极鲜甜。浙江平湖产枕头瓜，绿皮黄瓤，鲜甜不让三白。北方以德州西瓜最负盛名，而品质之美，确是名下无虚。一九五〇年秋初，我因嫁女从北京回苏州，在德州、兖州、固镇三处火车站上，买了三个大西瓜带回来，都是白皮，作枕头形，一尝之下，自以德州瓜为第一，真的是甜如崖蜜，美不可言。

诗人们歌颂西瓜的不多，宋代贺方回《秋热》诗，有"西瓜足解渴，割裂青瑶肤"之句。元代方夔食西瓜诗，有"缕缕花衫沾唾碧，痕痕丹血掐肤红。香浮笑语牙生水，凉入衣襟骨有风"诸句。金代王予可句云："一片冷裁潭底月，六湾斜卷陇头云"，也是为咏西瓜而作。据说宋代大忠臣文文山曾作《西瓜吟》，足为西瓜生色，惜未之见。

往年我在上海时，曾见过人家做西瓜灯，倒是一个很有趣的玩意。先把瓜蒂切去，挖掉了全部瓜瓤，在皮上精刻着人物花鸟，中间拴以粗铅丝和钉子，插上一枝小蜡烛，入夜点上了火，花样顿时明显，很可欣赏。这玩意在清代乾嘉年间也就有了，词人冯柳东曾有《辘轳金井》一阕咏之云："冰园雨黑。映玲珑、逗出一痕秋影。制就团圆，满琼壶红晕。清辉四迸。正藓井、寒浆消尽。字破分明，光浮细碎，半丸凉凝。　　茅庵一星远近。趁豆棚闲挂，相对商茗。蜡泪抛残，怕华楼夜冷。西风细认。愿双照、秋期须准。梦醒青门，重挑夜话，月斜烟暝。"

闲话荔枝

古今来文人墨客，对于果品中的荔枝，都给予最高的评价。诗词文章，纷纷歌颂，比之为花中的牡丹。牡丹既被称为花王，那么荔枝该尊为果王了。唐代白乐天《荔枝图序》有云："荔枝生巴峡间，树形团团如帷盖，叶如桂，冬青；花如橘，春荣；实如丹，夏熟。朵如葡萄，核如枇杷，壳如红缯，膜如紫绡，瓤肉莹白如冰雪，浆液甘酸如醴酪。大略如彼，其实过之。若离本枝，一日而色变，二日而香变，三日而味变，四五日外，色香味尽去矣。"这一段话，已说明了荔枝的一切，真的明白如画。

荔枝不只产于巴蜀，闽、粤两省也有大量的生产。它又名离枝、丹荔，而最特别的，却又叫做钉坐真人。树身高达数丈，粗可合抱，较小的直径尺许，农历二三月间开花，五六月间成熟。宋神宗诗因有"五月荔枝天"之句。据古代《荔枝谱》中所载，种类繁多，有陈紫、周家红、一品红、钗头颗、十八娘、丁香、红绣鞋、满林香、绿衣郎等数十种，大多是闽产，不知现在还有几种？至于粤中所产，则现有三月红、玉荷包、黑叶、桂味、糯米糍等，都是我们所可吃到的。至于命名最艳的，有妃子笑一种；产量最少的，有增城的挂绿一种。

闽产的荔枝中，有一种名十八娘，果型细长，色作深红，闽人比作少女。俗传闽中王氏有弱妹十八娘，一说是女儿行十八，喜吃这一种荔枝，因此得名。又有一说：闽中凡称物之美而少的，为十八娘，就足见这是美而少的名种了。明代黄履康作《十八娘传》，他说："十八娘者，开元帝侍儿也，姓支名绛玉，字曰丽华，行十八。"文人狡狯，借此弄巧，竟把珍果当作美人般给它作传。宋代蔡君谟作《荔枝谱》，称之为绛衣仙子，那更比之为仙子了。诗中咏及的，如元代柳应芳云："白玉明肌裹绛囊，中含仙露压琼浆。城南多少青丝笼，竞取王家十八娘。"明代邱惟直诗云："棣萼楼头风露凉，闽娘清晓竞红妆。朱唇玉齿桃花脸，遍着天孙云锦裳。"词如苏东坡《减字木兰花》云："闽溪珍献。过海云帆来似箭。玉座金盘。不贡奇葩四百年。　　轻红酿白。雅称佳人纤手擘。骨细肌香。恰似当年十八娘。"十八娘之为荔枝珍品，于此可见，但不知现在闽中仍有之否？

广州有荔枝湾，是珠江的一湾，夹岸都是荔枝树，绿阴丹荔，蔚为大观。据说这里本是南汉昌华旧苑，有人咏之以诗，曾有"寥落故宫三十六，夕阳明灭荔枝红"之句。清代陶稚云《珠江词》，都咏珠江艳事，中有一首："青青杨柳被郎攀，一叶兰舟日往还。知道荔枝郎爱食，妾家移住荔枝湾。"从前，每年初夏荔枝熟时，荔枝湾游艇云集，都是为了吃荔枝去的。

秋菊有佳色

"秋菊有佳色"，是陶渊明对于秋天的菊花的评价。秋天实在少不了菊花，有了菊花，就把这秋的世界装点得分外地清丽起来。我于花木原是无所不爱的，而于菊花又有一种偏爱。在抗日战争以前，年年作大规模的栽植，因为花工张锦擅长种菊，成绩不坏，因此，搜罗名种，不遗余力。只为自己的园地里树木太多，阳光都被掩蔽，种菊不很适宜，于是租下了对门的一片空地，专供种菊之用，每年总得种上一千多本，种子多至一百余种。管、钩、带、须、匙、托冠、武瓣，无所不有，常熟人所认为最名贵的小狮黄，扬州人所认为最名贵的虎须和翡翠林，也一应俱全；而以一九三七年为全盛时期，又添上了许多新的名种。

却不料未到菊花时节，日寇大举进犯，恬静安闲的苏州城中，也吃到了铁鸟所下的蛋。我扶老携幼的跟着朋友们避到了南浔去，一住就是一个多月，虽曾回去探望故园，问菊花开未，可是总没有瞧到。到了重阳节边，公路上的长途汽车中断，没法回苏。张锦虽挑出了几十盆最好的名菊，安放在荷轩中，等候我回去欣赏，无奈我不能插着翅膀飞回，只索梦寐系之而已。后来一连七年，我羁身海上，三径就荒，菊花也断了种。胜利后回到故园，因突遭悼亡之痛，百念灰冷，无心再玩花木，所以也不曾搜求菊种。到了秋天，就连一朵平凡的菊花都没有，这没有菊花的秋天，实在过得太寂寞，太无聊了。

菊花的品种和名称，多至不可胜数，并且搀杂了日本的乔种，那些充满日本气息的名称，与我国的菊种混在一起，搞不清楚，往往有一种花而有好几个名称的。考之旧时菊谱，黄色的有都胜、金芍药、黄鹤翎、报君知、御袍黄、侧金盏、金孔雀、莺羽黄诸品，白色的有月下白、玉牡丹、玉宝相、玉玲珑、一团雪、白西施、白褒姒、太液莲诸品，紫色的有碧江霞、双飞燕、佛座莲、翦霞绡、紫玉莲、紫霞杯、玛瑙盘、紫罗伞诸品，红色的有美人红、海云红、醉杨妃、绣芙蓉、胭脂菊、鹤顶红、锦荔枝诸品，淡红色的有佛见笑、红粉团、桃花菊、醉西施、红傅粉、胜绯桃、玉楼春诸品。可是诸家菊谱中，似乎没有绿菊。吾园旧有碧玉如意、春水绿波诸品，花品很高，都作绿色，苏州早已断种，现在所看到的只有绿牡丹和水绿金带罢了。

晋代陶渊明是一位爱菊花的专家，后来民间奉他为九月花神，就为了他爱菊之故。据说他所爱赏的一种菊花，名九华菊，他曾说秋菊盈园，而诗集中仅存九华之一名。此菊越中呼之为"大笑"，白瓣黄心，花头极大，有阔及二寸四五分的，枝叶疏散，香也清胜，九月半开放，在白菊中推为第一。有一次，渊明因九月九日没有酒赏重阳，只枯坐在宅边菊花丛中，采了一大把，望见白衣人到，乃是江州刺史王弘送酒来了，即便欣然就酌，而以菊花为下酒物，也足见他的闲情逸致了。记得一九五一年秋间公园开菊展，我也有盆菊和盆景参加。就中有一个盆景，以渊明为题材，用含蕊的黄色满天星，种在一只椭圆形的紫砂浅盆里，东面一角用细紫竹做成方眼的矮篱，安放一个广窑的老叟坐像，把卷看菊，作为陶渊明，标名"赏菊东篱"。一九五三年秋间，我又参加拙政园的菊展，在一个种着两棵小松的盆栽里，再种了一株含苞未放的小黄菊，松下也安放了一个老叟的坐像，标名"松菊犹存"。这两个盆景，都博得了观众的好评。

我藏有一张上海故名画家王一亭所画的册页，画中有黄菊盆栽，高高的供在竹架上，一老者坐在矮几旁，持螯饮酒，意态很为悠闲，真是一幅绝妙的持螯赏菊图。原来菊花开放时，正是秋高蟹肥的季节，旧时一般文人，往往要邀一二知友，边看菊边吃蟹。昔人小简中，如明代王伯毅《寄孙汝师》云："江上黄花灿若金，蟹筐大于斗，山气日夕佳，树如沐，翠色满裙，顾安得与足下箕踞拍浮乎？"张孟雨《与友乞菊》云："空斋如水，不点缀东篱秋色，彭泽笑人。乞移一二种，微香披座，落英可餐，当拉柴桑君持螯赏之也。"

古今来歌颂菊花的诗文词赋实在太多了，举不胜举。我却单单欣赏宋末爱国者郑所南《铁函心史》中两首诗，真的是诗如其人，不同凡俗。一首是《菊花歌》，中有句云："万木摇落百草死，正色与秋争光明。背时独立抱寂寞，心香贞烈透寥廓。"一首是《餐菊花歌》，有"道人四时花为粮，骨生灵气身吐香。闻到菊花大欢喜，拍手笑歌频颠狂。……尘尘劫劫黄金身，永救婆娑众生苦"等句，意义深长，浑不辨是咏菊花还是咏他自己。晚节黄花，得了这位铁骨嶙峋的爱国者一唱三叹，更觉生色不少。

生平看菊花展览会看得多了，而规模最大最出色的，要算一九五四年十一月上海市人民公园的菊展，真使人目迷神往，叹为观止！单就布置来说，有直径十二公尺、高四公尺的大菊花山，有用无数盆白菊花排列而成的和平鸽图案，有好多种用各色菊花精心扎成的花字标语，有一座北京白塔似的菊花塔，三座菊花亭，三条菊花桥，更有仿西湖"三潭印月"矗立在水中的三个菊花潭，而最触目的，还有一座用菊花扎成的"世界人民大团结万岁"九字的菊花大屏风，加以下面七道喷水泉，不断地飞珠跳玉般的喷着水，更觉得美不可言！菊花的数量，共六万盆，有二百十七朵白菊花整齐地排成的圆形大立菊，有在假山地区沿山密布的无数盆悬崖菊，五光十色，如同锦绣。品种多至四百余，从北方搜到南方，真达到了丰富多采的地步。品种展览廊中，全是各地出品的各色各样菊花。而名种展览廊中，更有用瓷盆、砂盆翻种好了的特别精彩的菊花，多年不见的扬州名种"柳线"，和我生平最爱的"云中娇凤"，也在这里看到了。我连去参观了两次，把几个富有诗意的花名抄录了下来：画罗裙、霓裳舞、懒梳妆、鸳鸯带、紫双凤、金雀屏、玉手调脂、秋水芙蓉、赤龙腾辉、十分春色、淡扫蛾眉、柳浪闻莺、云想衣裳、杏花春雨、帘卷西风、乳莺出谷、明月照积雪。看了这些花名，就能想见花的美妙了。

仲秋的花与果

仲秋的花与果，是桂花与柿，金黄色与朱红色，把秋令点缀得很灿烂。在上海，除了在花店与花担上可以瞧到折枝的桂花外，难得见整株的桂树，而在苏州，人家的庭园中往往种着桂树，所以经过巷曲，总有一阵阵的桂花香，随着习习秋风飘散开来，飘进鼻官，沁入心脾。我的园子里也有三株桂树，一大二小，大的那株着花很繁，整日闻到它的甜香。我摘了最先开的一枝，供在亡妇凤君遗像之前，因为她生前也是爱好桂花的。到得花已开足，就采下来，浸了一瓶酒，以供秋深持螯之用；又渍了一小瓶糖，随时可加在甜点心的羹汤内，如汤山芋、糖芋艿、栗子、白果羹中，是非此不可的。

在抗日战争以前，我还有三株光福山中的桂花老树盆栽，都是百年以上物，苍老可喜，开花时尤其美妙。我曾以小诗宠之："小山丛桂林林立，移入盆中取次栽。铁骨金英枝碧玉，天香云外自飘来。"只因苏州沦陷后，我羁身海上不回家，园丁疏于培养，已先后枯死了，真是可惜之至！

柿，大概各地都有，而上市迟早不同，有大小两种，大的称铜盆，小的称金钵盂。杭州有一种方柿，质地生硬，可削了皮吃。我园有一株大柿树，每年都是丰收，累累数百颗，趁它略泛红色时，就随时摘下来，用楝树叶铺盖，放在一只木桶里，过了十天到十五天，柿就软熟可以吃了。味儿很甜，初拿出来，颗颗发热，像在太阳下晒过一般。

古书中说，柿有七绝，一、树多寿，二、叶多荫，三、无鸟巢，四、少虫蠹，五、霜叶可玩，六、佳实可啖，七、落叶肥大，可以临书。这七绝确是实情，并不夸张。所说"落叶肥大，可以临书"，有一段故事可以作证：唐代郑虔任广文博士时，穷苦得很，学书苦无纸张。知慈恩寺有大柿树，布荫达数间屋，他就借住僧房，天天取霜打的红柿叶作书，一年间全都写满。后来他又在叶上写诗作画，合成一卷进呈，唐玄宗见了大为赞许，在卷尾亲笔批道："郑虔三绝。"

柿初红时，也可作瓶供。今秋我曾从树上摘下一长一短两大枝，上有柿十余只，只因太重了，插在古铜瓶中，方能稳定。我整理了它的姿态，供在爱莲堂中央的方桌上，到现在快将一月，柿还没有大熟，却已红艳可爱。可惜叶片易于干枯，索性全都剪去，另行摘了带叶的大枝插在中间，随时更换，红柿绿叶，可以经久观赏。

枸 杞

枸杞的别名很多，有天精、地仙、却老、却暑、仙人杖、西王母杖等十多个。枸杞原是两种植物的名称，因其棘如枸之刺，茎如杞之条，所以并作一名。叶与石榴叶很相像，稍薄而小，可供食用。干高二三尺，丛生如灌木。夏季开浅紫色小花，花落结实，入秋作猩红，艳如红玛瑙。实有浑圆的，有椭圆的。椭圆的出陕甘一带，较为名贵，既可欣赏，又可入药。不论是花、叶、根、实，都可作药用。据说有坚筋骨、悦颜色、明目安神、轻身却老之功。它之所以别名西王母杖和仙人杖，料想就为了它有这些功效之故。

枸杞的实落在地上，入了土，就可生根，所以我的园子里几乎遍地皆是。春秋两季，采了它的嫩叶做菜吃，清隽有味。老干不易得。友人叶寄深兄，曾得一老干的枸杞，居中有一段已枯，更见古朴，大约是百年以外物，每秋结实累累，红艳欲滴。他为了重视这株枸杞之王，特请江寒汀画师写生，并题其书室为"杞寿轩"，可是去年已割爱让与庐山管理局了。我也有一株盆栽的老枸杞，作悬崖形，原出南京雨花台，已有好几十岁的年龄了；最奇怪的，干已大半枯朽，只剩一根筋还活着，我把一根粗铅丝络住了下悬的梢头，又在中部用细铅丝络住，看上去岌岌欲危，不知能活到几时。哪里知道三年来它的生命力还是很强，年年开花结实，如火如荼。去年近根处又发了一根新条，今秋枝叶四布，结实很多，来春打算删去大半，以便保持下悬的梢头部分。我曾记之以诗，有"离离朱实莹如玉，好与闺人缀玉钗"之句。各地来宾，见了这一株老枸杞，没一个不啧啧称怪的。

枸杞的老干老根多作狗形。据说宋徽宗时，顺州筑城，在土中掘得一株枸杞，活像是一头挺大的狗，当时认为至宝，就献到皇宫中去。旧籍中载："此乃仙家所谓千岁枸杞，其形如犬者也。"在宋代以前，这种狗形的枸杞，也屡有发见。唐代白乐天诗中，就有"不知灵药根成狗，怪得时闻夜吠声"之句。刘禹锡诗也有"枝繁本是仙人杖，根老新成瑞犬形"之句。宋代史子玉《枸杞赋》有句云："仙杖飞空，仿佛骖鸾，寿干通灵，时闻吠庞"，也说它的干形像狗的。此外，如朱熹诗："雨余芽甲翠光匀，杞菊成蹊亦自春。"陆游诗："雪霁茆堂钟磬清，晨斋枸杞一杯羹。"而苏东坡、黄山谷也各有长诗咏叹，尊之为仙苗、仙草。枸杞在一般人看来，虽很平凡，而古时却有这许多人加以揄扬，推其原因，恐是一来它的干根生得怪异，二来可作药用，在文人们的笔下，就不免附会地加上种种神秘的描写了。

蓼花和木芙蓉花

蓼花和木芙蓉花，是秋季宜乎种在水边的两种娇艳的花。说也奇怪，我的园子里所种的这两种花，有种在墙角的，有种在篱边的，似乎都不及种在池边的好，足见它们是与水有缘，而非种在水边不可了。

《楚辞芳草谱》说："蓼，生水泽。"唐人诗中，也有"红蓼花开水国秋"之句。元代朱德润《沙湖晚归》诗云："山野低回落雁斜，炊烟茅屋起平沙。橹声归去浪痕浅，摇动一滩红蓼花。"这些诗句，都足以证明它是宜乎水的。蓼花种类不一，有青蓼、紫蓼、香蓼、马蓼、水蓼、木蓼之别。更有白蓼，我曾得其种，栽在莲池旁边，好像美人淡妆，别饶丰致，可惜第二年就断了种。

红蓼最为普遍，干高三四尺、五六尺不等。今年我有一株，竟高达一丈以外；叶薄而尖狭，着花作穗状，长二三寸，纷披如缨络，临风摇曳，分外妩媚。蓼花别有水荭的名称，梅尧臣咏以诗云："灼灼有芳艳，本生江汉滨。临风轻笑久，隔浦淡妆新。白露烟中客，红蕖水上邻。无香结珠穗，秋露浥罗巾。"又叶申芗《秋波媚》词云："小园奚似壮秋容。烟穗簇芳丛。萧疏画意，柳衰让碧，芦淡输红。　水天忽忆江南梦，落日放孤篷。影迷初雁，香留残蝶，点缀西风。"这一诗一词，把蓼花的美，全都描写出来了。

木芙蓉，又名木莲，又名拒霜，又名华木，又名地芙蓉，为落叶灌木，干高六七尺，叶如手掌，作浅裂，柄长互生，农历十月开花，有大红千瓣、白千瓣、半白半桃红千瓣诸种，并有作黄色者，最为难得。又有所谓"三醉芙蓉"者，一日间换三色，朝白，午桃红，晚大红，是此中佳种。我园莲池畔有之，映着池水，更觉美艳。据说此种产于瓯江、温州一带，因此瓯江别名芙蓉江，竟以花而得名。又邛州有弄色木芙蓉，一日白，二日浅红，三日黄，四日深红，花落时，又变为紫色，人称文官花，这比三醉芙蓉更为名贵了。

芙蓉于霜降时节开花，傲气足以拒霜，因有拒霜花之称。清代袁枚有《渔女》一诗云："短篷轻楫自为家，羞上胭脂渚畔槎。莫讶风鬟吹不乱，芙蓉原是拒霜花"，可作佐证。

古人对于芙蓉有很高的评价，说它清姿雅质，独殿众芳，秋江寂寞，不怨东风，可称俟命的君子。花的气味辛平无毒，据明代大药物家李时珍说，可以清肺凉血，解毒散热，有医疗上的功效，不只是供人欣赏而已。清代高士奇《北墅抱瓮录》云："木芙蓉潇洒无俗姿。……性本宜水，特于水际植之，缘溪傍渚，密比若林，杂以红蓼，映以翠荇，花光入波，上下摇漾，犹朝霞散绮，绚烂非常。尝见宋孝宗书刁光允木芙蓉画幅云：'托根不与菊为双，历尽风霜未肯降。本是无心岂有怨，年年清艳照秋江。'善为此花写照矣。"其实此诗不特善为此花写照，并写出了此化高傲的品质，正不在东篱秋菊之下。

　　木芙蓉花无毒，所以可入食谱。宋代林山人洪，曾采芙蓉花煮豆腐，红白交错，恍如雪霁之霞，名雪霁羹。孟蜀后主，以此花染缯作帐，名芙蓉帐。又于成都城上遍种芙蓉，每年秋深，四十里高下如锦如绣，因有锦城之称。这是芙蓉佳话，可作谈助。

新西湖

一

西湖之美，很难用笔墨描写，也很难用言语形容；只苏东坡诗中"若把西湖比西子，淡妆浓抹总相宜"两句，差足尽其一二。我已十多年不到西湖了，前几年的某一个春季，忽然渴想西湖不已，竟见之于梦。记得明代张岱，因阔别西湖二十八载而作《西湖梦寻》一书，他说："西湖无日不入吾梦中，而梦中之西湖，未尝一日别余也。"我与有同感，因作《西湖梦寻》诗三十首，其第一首云："我是西湖旧宾客，春来那不梦西湖。十年未见西湖面，还问西湖忆我无？"其他二十九首，简直把西湖所有的名胜全都梦游到了。

西湖之美，虽说很难用笔墨描写，但是也有描写得很好的，如宋代于国宝《风入松》词和明代袁中郎《昭庆寺小记》。三十年前，我就是给这一词一文吸引到西湖去的。于词云："一春常费买花钱。日日醉湖边。玉骢惯识西湖路，骄嘶过、沽酒楼前。红杏香中箫鼓，绿杨影里秋千。　　暖风十里丽人天。花压鬓云偏。画船载得春归去，余情付、湖水湖烟。明日重扶残醉，来寻陌上花钿。"袁记中有云："山色如蛾，花光似颊，温风如酒，波纹若绫，才一举头，已不觉目酡神醉，此时欲下一语不得，大约如东阿王梦中初遇洛神时也。"这一词一文，一写动而一写静，各极其美，端的是不负西湖。

一九五五年四月一日，因送章太炎先生的灵柩安葬于西湖南屏山下，总算和阔别了十多年的西湖重又见面了。当我信步走到湖边的时候，止不住哼着我所喜爱的一首赵秋舲的《西湖曲》："长桥长，断桥断。妾意深，郎情短。西湖湖水十分清，流出桃花波太软。"（调寄《花非花》）我一边哼，一边让两眼先来环游一下，觉得现在的西湖，已是一个新西湖了。环湖所有亭台楼阁，都是红红绿绿的焕然一新，虽觉这种鲜艳的色彩有些儿刺眼，然而非此似乎也不足以见其新啊。

我们一行六人，雇了一艘游艇泛湖去，预定作三小时之游，虽不住地下着雨，却并不减低我们的游兴，反以一游雨湖为乐，昔人不是说晴湖不如雨湖吗？

先到三潭印月，这里因为亭榭和建筑物较多，所以红绿照眼，更觉得触处皆新，惟有那三潭却还保持它们的旧貌；因此记起我的那首《梦寻》诗来："我是西湖旧宾客，每逢月夜梦三潭。记曾看月垂杨下，月色溶溶碧水涵。"料想月夜的三潭，一定是名副其实的。

不久，我们又冒雨上了游艇，向西泠印社划去。四下里烟雨蒙蒙，南高峰、北高峰以及保俶塔等全都失了迹，湖面上倒像只有我们的一叶扁舟了。西泠印社大部分保持它旧有的风格，布置不俗；小龙泓一带可以望到阮公墩，是最可流连的所在。我最欣赏那边几株悬崖形的老梅树，铁干虬枝，苍古可喜，如果缩小了种在盆子里，加以剪裁，可作案头清供。可惜来迟了些，梅花都已谢了，只有一二株送春梅，还是红若胭脂，似与桃花争妍斗艳一般。山下有堂，陈列着十圆、集圆等几盆名兰，而以素心荷瓣的雪香素为最；春兰的花时已过，这几盆大概是硕果仅存的了。堂左有一片空地，搭架张白布幔，陈列春兰、蕙兰、建兰等千余盆，真是洋洋大观，见所未见；料知早一些来逢到春兰的全盛时期，定然幽香四溢，令人如入众香国咧。听说管领这许多兰花的，名诸友仁，是一位艺兰专家，已有数十年的经验。

二

西湖胜处太多了，来不及一一遍游，我们却看上了虎跑。第二天早上便冒雨向虎跑进发。一行七人，除了我夫妇二人外，有汪旭初、谢孝思、范烟桥诸君。一路上谈笑风生，逸情云上。虎跑的泉水清冽可爱，记得往年在这里品茗，曾用七八个铜子放在杯子里，水虽高出杯口，却并不外溢，足见水质之厚了。我们在泉畔喝龙井茶，津津有味，一连喝了好几杯，竟如牛饮。因为连日下雨，涧泉水涨，从乱石间倾泻而下，淘淘可听。下山时我就胡诌了一首打油诗："听水听风不费钱，杏花春雨自绵绵。狮峰龙井闲闲啜，一肚皮装虎跑泉。"

第二个胜处，我们就看上了苏堤。这一条苏堤起南迄北，横截湖中，为苏东坡守杭时所筑，中有六桥：一曰映波，二曰锁澜，三曰望山，四曰压堤，五曰东浦，六曰跨虹，全堤长约八里，夹堤都种桃、柳。苏堤春晓时，的是一片好景。

我们先从映波桥畔的"花港观鱼"游起，现在已辟作杭州市公园，拓地二三百亩，布置得楚楚可观，一带用刺杉木作成的走廊和两座伸出湖滩的竹亭，朴雅可喜。有三株垂丝海棠，开得十分娇艳，此时此际，不须"高烧银烛照红妆"了。一个方形的池子里，红鱼无数，唼喋有声，我虽非鱼，也知鱼乐，在池边小立观赏，恰符花港观鱼之实。

踏上映波桥，见桥身已新修，栏作浅碧色，似是水泥所筑，柱头狮子雕刻很精，疑是旧制，后问邵裴子先生，才知六桥全是用安徽的茶园石建成，而雕刻也全是新的，这成绩实在太好了。我们边走边赏两面的湖光山色，并欣赏那夹堤拂水的一株株垂柳，真的如入山阴道上，令人目不暇接。

走过了第三条望山桥，便见面湖一座红色的小亭子里，立着一块"苏堤春晓"的碑，微闻杨柳丛中鸟声啁啾，活活的是春晓情景。远望刘庄，一带白墙黑瓦，还保持它旧有的风格，与湖山的景色很为调和。从第一桥到第五桥这一段，实在是苏堤最美的所在，碧水青山绿杨柳，一一奔凑眼底，美不胜收。我还是破题第一遭走完这条苏堤，真觉得是一种莫大的享受，虽走了八里多路，也乐而忘倦。

走过了第六条跨虹桥，已与市廛接近，景色稍差。汪旭老在我们七人中年事最高，跟着我们走，欲罢不能；而烟桥又嚷起肚子饿来，说鼻子里好似闻到了酒香，要上楼外楼喝酒去。于是我的打油诗又来了："一条桥又一条桥，行尽苏堤第六桥。强步难为汪旭老，酒香馋煞范烟桥。"一阵子笑声，把我们送上了楼外楼。

三

"峰从何处飞来？""泉自几时冷起？"这是前人对于飞来峰

和冷泉的问句。当即有人答道："峰从飞处飞来。""泉自冷时冷起。"答如不答，很为玄妙，给我三十年来留下了深刻的印象，不能忘怀；而对于这灵隐的两个名胜，也就起了特殊的好感。我的《西湖梦寻》诗中，曾有这么一首："我是西湖旧宾客，梦中灵隐任优游。冷泉已冷何须热，峰既飞来且小休。"于是我们在楼外楼醉饱之后，就向灵隐进发，大家虎虎有生气。

一下汽车，立刻赶到飞来峰一线天那里。峰石上绣满苔藓，经了雨，青翠欲滴。进洞后，仰望一线天，只如鹅眼钱那么大，微微地透着光亮，若隐若现。出了洞，沿着石壁转进，又进了几个洞，彼此通连，好像在一座大厦里，由前厅进后厅，由右厢进左厢一般。往年我似乎没有到过这里，据说一部分还是近二年挖去了淤塞的泥土而沟通的。这一带奇峰怪石，目不暇接。我和孝思俩边走边欣赏边赞叹，不肯放过一峰一石，觉得湖石所堆叠的假山，真是卑卑不足道。

对于飞来峰的评价，以明代张宗子和袁中郎两篇小记中所说的最为精当。张记有云："飞来峰棱层剔透，嵌空玲珑，是米颠袖中一块奇石，使有石癖者见之，必具袍笏下拜，不敢以称谓简亵，只以石丈呼之也。"袁记有云："湖上诸峰，当以飞来峰为第一。峰石逾数十丈，而苍翠玉立，渴虎奔猊，不足为其怒也。神呼鬼立，不足为其怪也。秋水暮烟，不足为其色也。颠书吴画，不足为其变幻诘曲也。"二人对于飞来峰的倾倒，真的是情见乎词。袁又有《戏题飞来峰》诗二首云："试问飞来峰，未飞在何处。人世多少尘，何事飞不去。高古而鲜妍，杨班不能赋。""白玉簇其颠，青莲借其色。惟有虚空心，一片描不得。平生梅道人，丹青如不识。"高古而鲜妍，自是飞来峰的评，无怪杨班不能赋，梅道人描不得了。峰峦尽处，有一大片竹林，在雨中更见青翠，真有万竿烟雨之妙。我们走到中间，流连了好一会儿，竹翠四匝，衣袂也似乎染绿了。

走过红红绿绿的春淙亭，直向冷泉亭赶去，那泉水淘淘之声，早在欢迎我们。我在泉边大石上坐了下来，看那一匹白练，从无数乱石之间夺路下泻，沸喊作声。古人曾说"此水声带金石，已先作歌舞声矣"，比喻更为隽妙。唐代白乐天对冷泉也有很高的评价，他说："山树为盖，岩谷为屏。云从栋出，水与阶平。坐而玩之，可濯足于床下；卧而狎之，可垂钓于枕上。潺湲洁澈，甘粹柔滑，眼目之器，心舌之垢，不待盥涤，见辄除去。"我在这里坐了半小时，真觉得俗尘万斛，全都涤尽了，因口占一绝句："桃李恹恹春寂寂，风风雨雨做清明。何如笠屐来灵隐，领略幽泉泻玉声。"

无锡印象

无锡是江苏省著名的工业城市，生产能力极强，在祖国建设大计中起重大作用。它因地濒太湖，山明水秀，又是一个著名的风景区，每逢春秋佳日，联袂来游的人真是不少。往时交通不便，游锡的多从水道，如清代张宝臣诗云："九龙山色何媚妩，坐见白云生缕缕。空蒙散作波上烟，篷窗一夜萧萧雨。"又史胄司诗云："九峰天半落，一棹夕阳过。客为游山盛，船因载水多。溪边高士宅，月下榜人歌。好趁樵风便，轻船采芰荷。"现在公路四通八达，无论汽车、人力车，都可畅游各处了。

我自一九五一年出席苏南文学艺术工作者代表大会后，已与无锡阔别四年了，山色湖光，常萦梦寐。四年来建设上突飞猛进，市容焕然一新。最近又在锡山布置一个大公园，与惠山连接一起。江坚、钱钟汉二市长很恳切地邀我前去看看，提供一些意见。五月七日因与苏州市文物保管委员会和园林管理处同人同往观光，作二日之游。

无锡大烟囱林林总总，足见工厂之多，工业的发达。新建筑物也多了不少，多半是工人宿舍、工人住宅、工人休养所、工人子弟学校以及劳动模范的住宅等，对于工人的福利，设想周到。市中心有一个挺大的体育场，关于体育上的种种设备，应有尽有。城墙已拆除了，就在原址造了一条环市的大路，化无用为有用，于交通上贡献很大。新无锡给予我的新印象，是十分深刻的。

锡山虽并不很高，只因山上有龙光寺的一座宝塔，全市到处可见，俨然与老大哥惠山分庭抗礼。我到了锡山之下，不由得想起昔人曾以"无锡锡山山无锡"七字作上联，征求下联，一时大家都给难住了，对来对去，总觉不工。后来不知是谁，却对以"平湖湖水水平湖"，字字工切，这才成了绝对。

当时由钱副市长等对我们说明他们布置公园的计划，又给我们看了平面的图样和立体的模型，再加以实地观察。据说和惠山连接起来，统称为锡惠公园，占地共四百余亩，布置煞费经营。我因笑道："你们建设这个大公园，真是燕许大手笔，我们在苏州搞园林，只能说是做小品文了。"

他们的设计确是很伟大的。正对着龙光寺宝塔的前沿地上，是装设大门的所在，门内有一个正圆形的大喷水池，先已造成，中心用许多大大小小种类不同的石块砌成了一大堆，上面装着一个大喷水管，向天喷水，四周再有五个小喷水管，分头喷出水来；而水泥塑就的那个圆形边框上，又装着五个小喷水管，向中心喷水，开了机栝之后，每个管子里水柱一齐喷射，煞是好看！不过中心那个大石堆并无美感，我建议把它去除，改用水泥塑成大型莲花五朵，配以莲叶六七张，花可漆作红、白、淡绿诸色，叶作绿色，每朵花心中装一水管，可同时仰喷；边框上的小喷水管上，也用水泥塑莲花一朵，可全作白色。我以为这样的变换一下，一定是可以增进美观的。

喷水池的后面，他们计划建造一座大厅，定名民主厅，这是一个中心大建筑物，在这大公园中确是必要的。左旁辟地二十余亩，全种牡丹花，定名牡丹坞。苏州市文管会谢孝思主任以为面积太大了，哪有这么多的牡丹种上去，不如改为百花坞，可种多种多样的花树，一年四季，开花不绝，岂不很好？我立时附议赞同，说百花坞太好了，恰恰符合"百花齐放，推陈出新"那句名言。况且牡丹既没有这么多，而开花的日期也太短，不到十天就凋谢了，倘下了大雨，寿命更短，所以二十多亩地全种牡丹是不适宜的。

我们又建议在大门左右一带要造些亭榭走廊等，可让游人歇脚，夏季如果突然下雨，也可就近躲避。我们又建议环山开一小河，与原有的池塘连接起来，在水面比较宽大的所在，可将开河挖起的泥土堆一小岛。有了这么一条河，锡山就不觉得太干燥了；一面可置办小船若干艘，供游人打桨作水嬉，那么游园更有兴趣。

锡山本是荒山，树木不多，近来山上山下已经绿化，他们从各地买了大宗的花树、果树、常绿树来，全都种在这里，好似当作一个树木的仓库；可是种的时候，似乎并没计划，未免杂乱无章。我因此建议，今冬要把它们分门别类，重行布置。在小小的土山上，不妨全种桂花树，金桂、银桂、丹桂、天竺桂，聚族而居，使小队登临时，作小山丛桂之想。在山坳里较低的所在，不妨全种桃树，结实的桃花也好，单供观赏的碧桃也好，使人到了这里，好像武陵渔父身入桃花源了。山坡上较高的所在，不妨全种梅树，那么梅花时节，这里也就是一片香雪海咧。至于河边池畔，那么垂柳啊、芙蓉啊、杨树啊，也可随处安排，各得其所。此外，数量不多的花树、果树，不妨悉数容纳到百花坞里去，也不会茫无所归的。

惠山又名九龙山，因为它有九峰之故。我们从锡山下徒步而往，不多时就到了。从大门起以达最高处的云起楼，都已穿上了鲜艳的新装，简直认不出它的旧面目来。只有听松石依然故我，傲然地躺在那里，而它身上的那座听松亭却打扮得红红绿绿，分外富丽，相形之下，未免不称。漪澜堂前的方池，仍然如旧，鱼却似乎少了。惠泉没有什么改变，泉水也澄清如昔，不愧"天下第二泉"之称。由隔红尘径拾级而登云起楼，高瞻远瞩，心目为之一畅。此楼虽经整修，却仍保持朴素的风格，而我们也就欣赏它的朴素。

太湖三万六千顷，汪洋浩瀚，雄壮非常，与杭州西湖的妩媚，各有千秋。无锡的好处就在于有很多地区，都沿着太湖。而太湖之美，无论是春、夏、秋、冬，四季皆同，湖上风光，总使人觉得爽心悦目的。

无锡不但占有了大部分的太湖，而西北更有芙蓉湖，简称蓉湖，因此无锡又有蓉湖之称。有名的黄婆墩，一名小金山，就在蓉湖中，风景不恶。蓉湖面积较小，而也有清幽的去处，足供流连的；如清代词人杨蓉裳有《洞仙歌》词《忆蓉湖》云："故乡云水，忆蓉湖佳绝。滑笏波光漾春色。何时归计准，小坐苔矶，衣尘浣、俯照明漪千尺。　昨宵清梦好，柔橹咿哑，惊起轻鸥度环碧。略约夕阳斜，穿过前湾，林影外、烟峦层叠。有三两、渔舟傍桃花，看网出银鳞，一罾红雪。"市内旧有蓉湖公园，至今尚在，虽已失修，却也质朴可喜；有好多老树和大株的杜鹃花，都是很难得的。

渔庄和蠡园已打成一片，修葺一新。一条曲折的长廊，很为可爱，它就把两个园子像连锁一般连起来了。壁上的漏窗，全用瓦片砌成种种图案，各各不同，足见工人弟兄的智慧。渔庄方面新建了四座对照的亭子，红红绿绿的，似乎过于富丽；可是两园都借景于太湖，而且是太湖最美的所在，这是可取的。

鼋头渚并没多大变动，在无锡园林中仍可独占鳌头，因为它地点选择得特别好，真的是湖山胜处。我最爱灯塔附近伸入水中的一带磐石，坐在那里望湖，真可把俗尘万斛，全都洗尽，而胸襟也顿觉拓宽了。这一天有来吾国参加五一劳动节祝典的各国工会代表团团员数十人来游，歌呼欢笑，使鼋头渚更觉虎虎有生气。

从鼋头渚最高处抄过山后去，见有一片松林，全是短小精悍的老松，可作盆栽，直看得我馋涎欲滴。一路过去，又到了一个湖山胜处，俗称陈家花园。据闻先前有粤人陈某在这里惨淡经营，后因抗战作罢，荒废至今。他在山顶造了一亭，三面见湖，又种了不少花树、果树，蔚为大观，而布置泉石，也别具匠心，要是好好地整修一下，那么与鼋头渚可以媲美了。

上方山

"拟策孤筇避冶游，上方一塔俯清秋。太湖夜照山灵影，顽福甘心让虎丘。"

这是清代诗人龚定盦《己亥杂诗》中咏上方山的一首。上方山在吴县西南十二里的石湖上，又名楞伽山。山顶有楞伽寺，又名上方寺。寺旁有一塔岧峣，共七层，是隋代大业四年吴郡太守李显所建，严德盛撰有塔铭。据说"以九舍利置其中，金瓶外重，石椁周护，留诸弗朽，遇劫火而不烧，守诸不移，漂劫水而不易"。果然自隋代至今，依然兀立山上，为石湖上一大好点缀品，上方山要是少此一塔，未免减色了。

我对于上方山并无好感，以为它既没有什么奇峰怪石，也没有什么古树丛林，实在太平凡了。可是唐代大诗人白居易、皮日休、陆龟蒙等都有题咏，给予它很高的评价。此外，如许浑诗云："碧烟秋寺泛湖来，水浸城根古堞摧。尽日伤心人不见，石榴花满旧楼台。"张祜诗云："楼台山半腹，又此一经行。树隔夫差苑，溪连勾践城。上坡松径涩，深坐石池清。况是西峰顶，凄凉故国情。"唐以下千百年间，也有不少诗人词客，加以歌颂。大约古代的上方山，确是一个可以流连的所在。据徐鸣时《横溪录》载，寺旧有白云径、清镜阁、双冷泉、楞伽室、藏晖斋、先月楼、青莲峰诸胜，而现在全都没有了。山的东南麓，有普陀岩，有石池、石梁。清高宗南巡时，曾到过这里。我却没有留心到，将来定要去寻访一下。

明代袁宏道，游了上方山，曾把它和虎丘作比。他说："余尝谓上方山胜，虎丘以他山胜。虎丘如冶女艳妆，掩映帘箔；上方如披褐道士，丰神特秀。两者孰优劣哉？亦各从所好也矣。"他说上方山的丰神特秀，多分是得力于石湖之故，这是虎丘所比不上的。至于古迹之多，如剑池、千人石、憨憨泉等，又岂上方所可比拟，那就该让虎丘独有千古了。又清代词人陈维崧（其年）游上方山楞伽寺，恰值微雨，以《念奴娇》一词记其事："石湖一幅，似春罗铺在，楞伽山下。上有丛祠荧赛火，照遍盘门万瓦。白马三郎，青溪小妹，绣幔摇春夜。凭阑遥望，水云苍莽难画。　来往招飐花枝，蘸些微雨，倍觉添妖冶。鬟缕柳丝都一样，总受东风飘洒。乱石陂陀，群峰峭蒨，满径沾兰麝。半湖纯黑，伍胥潮又来也。"这一阕词，也把上方山描写得很好，而石湖确是给它借光不少的。

陈词中所谓"上有丛祠荧赛火"，也许是说的五通祠吧？祠供五通神，巫觋借以敛钱，说得活灵活现。康熙二十四年，巡抚汤斌把这祠摧毁了，并投其像于太湖中。在那个时代，居然能破除迷信，的是难能可贵的事。后来虽有人曾重塑一像，供奉如旧；而到了一九二九年间，吴县令王引才又效法汤斌，把那像沉到石湖里去，一时香火断绝。

苏州市园林修整委员会，除整修了许多旧园林外，准备在明后年把石湖和上方山整理一下，以供公众的游览。我以为石湖自有游览的价值，而上方山非用人工点缀一下不可。第一要着，就得多种些树木，使它绿化；而湮没了的乱石陂陀，也须使它们全部显现出来，重见天日，那么登眺时就大有可观，而上方一塔，也不觉得寂寞了。

双 塔

　　二十二年以前，我买宅苏州甫桥西街的王长河头，就开始和双塔相见了。除了抗日战争的八年间避地他乡，和双塔阔别了八年外，几乎天天和它们相见。虽然开出后门来一抬头就可望见它们，还是不知足。因此当初就挖深了一个池子，将挖出的泥土堆了一座土山，种了好多株花树、果树，而在这土山的最高处搭了一只刺杉木的六角亭子，可以从两株高柳的条条柳线中，远远望见那巍巍双塔。因此我就给这亭子命名"亭亭"，和"塔塔"作了对称。从此我不须开门，也可在这亭亭里随时和双塔相见了。

　　双塔位在定慧寺巷唐代咸通年间中州人盛楚所捐建的般若院内。这般若院知道的人较少，因了双塔之故，就俗称双塔寺。这两座塔根据寿宁寺修塔碑记，各有一个名称，一名舍利塔，一名功德塔，是宋代雍熙年间由王文罕捐建的。明嘉靖元年七月间，东塔顶上的铜轮突被大风吹毁。后由居士马祖晓集资修复。到清代道光元年又重行修葺过。从太平天国起义百余年来，从未修过，以致东塔的顶端倾侧在一边，所有砖瓦也剥落了不少。一九五四年秋，苏州市园林修整委员会得了省方的指示，鸠工庀材，将这东塔从事修理，顶端扶正，塔身也焕然一新。将来还须修理西塔。从此以后，这唐代的名迹，可以永久地保持下去了。

　　双塔共有七级，只因内无阶梯，不能登临。据说内部有宋代墨迹，是用毛笔写成的，很可宝贵。在明代曾放过灯，盛况可想。诗人张凤翼有《观双塔放灯》诗云："岧峣雁塔粲繁星，晃漾浑疑不夜城。双阙中分河影乱，两峰高并月华清。莲花竞证三生果，火树齐开四照明。漫向空中窥色相，还将上界独题名。"可惜现在不放灯了。如果放起灯来，那么我那去年新建的花延年阁北窗口，倒是一个看灯最好的所在。

安吉老画师吴昌硕，曾在苏州作寓公，住过好些时候。苏州的好多名胜之区，都印过他老人家的屐痕，双塔寺也到过几次。他的诗集中有《双塔寺寄友人》五律一首云："双塔倚林表，危楼此暂栖。湿云低渡鸟，朝日乱鸣鸡。入望烟芜冷，怀人浦树迷。黄华故园好，昨夜梦苕西。"

卖花声

花是人人爱好的。家有花园的，当然四季都有花看，不论是盆花啊，瓶花啊，可以经常作屋中点缀，案头供养，朝夕相对着，自觉心旷神怡。要是家里没有花园的，那就不得不求之市上卖花人之手。买了盆花，可多供几天，倘买折枝花插瓶，也有二三天可供观赏，而一室之内，顿觉生气勃勃了。

市声种种不一，而以卖花声最为动听。诗人词客，往往用作吟咏的题材；词牌中就有"卖花声"一调，足见词客爱好之甚了。清代彭羿仁有《霜天晓角》咏卖花声云："睡起煎茶。听低声卖花。留住卖花人问，红杏下、是谁家。 儿家花肯赊，却怜花瘦些。花瘦关卿何事，且插朵、玉钗斜。"黄仲则有《即席分赋得卖花声》七律二首云："何处来行有脚春？一声声唤最圆匀。也经古巷何妨陋，亦上荆钗不厌贫。过早惯惊眠雨客，听多偏是惜花人。绝怜儿女深闺事，轻放犀梳侧耳频。""摘向筠篮露未收，唤来深巷去还留。一堤杏雨寒初减，万枕梨云梦忽流。临镜不妨来更早，惜花无奈听成愁。怜他齿颊生香处，不在枝头在担头。"这两首诗把卖花人的唤，买花人的听，全都淋漓尽致地写了出来。

吴侬软语，原已历历可听，而"一声声唤最圆匀"，那无过于唤卖白兰花的苏州女儿了。这班卖花女，大多数是从虎丘来的。因为虎丘一带，培养白兰花的花农最多。初夏白兰含蕊时，就摘下来卖与茶花生产合作社去窨花。那些过剩而已半开的花，那就不得不叫女儿们到市上去唤卖了。我曾有小令《浣溪纱》咏卖花女云："生小吴娃脸似霞。莺声嘹呖破喧哗。长街唤卖白兰花。　　借问儿家何处是，虎丘山脚水之涯。回眸一笑鬓鬖斜。"除了白兰花外，也有唤卖含笑花（俗呼香蕉花，因它含有香蕉的香气）、玫瑰花、玳玳花的；到了端午节后，茉莉花也可上市了。

南宋时，会稽城南上原陈翁，以卖花为业，得了钱全去买酒喝，又不喜独酌，往往拉了朋友们同醉。有一天，诗人陆放翁偶过他家访问，见败屋一间，妻子正饥寒交迫，而陈翁已烂醉如泥了。放翁咏以诗云："君不见会稽城南卖花翁，以花为粮如蜜蜂。朝卖一枝紫，暮卖一枝红。屋破见青天，盎中米常空。卖花得钱送酒家，取酒尽时还卖花。春春花开岂有极，日日我醉终无涯。亦不知天子殿前宣白麻，亦不知相公门前筑堤沙。客来与语不能答，但见醉发覆面垂鬖鬖。"明代刘伯温题其后云："君不见会稽山阴卖花叟，卖花得钱即买酒。东方日出照紫陌，此叟已作醉乡客。破屋含星席作门，湿萤生灶花满园。五更风颠雨声恶，不忧屋倒忧花落。卖花叟，但愿四海无尘沙，有人卖酒仍卖花。"此翁在陆、刘笔下，写成一位高士模样；可是他卖了花只管自己买酒喝，不顾妻子饥寒，虽能生产，而不知节约，实在是不足为训的。

农历四月十四日，据民间传说，是所谓八仙之一吕纯阳的生日，苏州市阊门内福济观，前后三天，庙前的东中市一带有花市，城内和四乡的花贩花农都来赶集，花草树木，夹道陈列求售。爱花的男女老少，趋之若鹜。

花雨缤纷春去了

春光好时，百花齐放，经过了二十四番花信，那么花事已了，春也去了。据说每年从小寒到谷雨，合八气，得四个月，每气管十五天，每五天一候，八气计共二十四候，每候以一花的风信应之。小寒一候梅花，二候山茶，三候水仙。大寒一候瑞香，二候兰花，三候山矾。立春一候迎春，二候樱桃，三候望春。雨水一候菜花，二候杏花，三候李花。惊蛰一候桃花，二候棣棠，三候蔷薇。春分一候海棠，二候梨花，三候木兰。清明一候桐花，二候麦花，三候柳花。谷雨一候牡丹，二候酴醾，三候楝花。这二十四番花信，很为准确，你只要一见楝树上开满了花，那就知道春要向你告别了。

每逢梅花烂漫地开放的时节，春就悄悄地到了人间，使人顿觉周身有了生气。可是春很无赖，来去飘忽，活像是偷儿的行径，不上几时，就在我们不知不觉间偷偷地走了。我曾胡诌了一阕《蝶恋花》词谴责它："正是缃梅初绽候，骀荡春光，便向人间透。十雨五风频挑逗，江城处处花如绣。　恨杀春光留不久，来也偷来，走也偷偷走。绿渐肥时红渐瘦，防它一去难追究。"但是尽你恨恨地谴责它，或苦苦地挽留它，它还是悄没声儿的溜走了。

古人对于春之去，也有不胜其依恋而含着怨恨的。词中的代表作，如宋代黄山谷《清平乐》云："春归何处。寂寞无行路。若有人知春去处，唤取归来同住。　　春无踪迹谁知。除非问取黄鹂。百啭无人能解，因风飞过蔷薇。"辛稼轩《祝英台近》云："宝钗分，桃叶渡，烟柳暗南浦。怕上层楼，十日九风雨。断肠点点飞红，都无人管，便谁劝、流莺声住。　　鬓边觑，试把花卜归期，才簪又重数。罗帐灯昏，哽咽梦中语。是他春带愁来，春归何处，却不解、带将愁去。"又释子如晦句云："有意送春归，无计留春住。毕竟年年用着来，何似休归去。"连这心无挂碍的和尚，也想留住春光，劝它不要归去了。然而想得开的人也未尝没有，如秦观云："节物相催各自新，痴心儿女挽留春。芳菲歇去何须恨，夏木阴阴正可人。"杨万里云："只余三日便清和，尽放春归莫恨他。落尽千花飞尽絮，留春肯住欲如何。"末一语问得好，怕谁也回不出话来。清代俞曲园曾以"花落春长在"一句擅名，因以"春在"名其堂，花落了，春去了，只当它长在，这倒也是一种阿Q式的自慰。

　　春既挽留不住，那么还是送它走吧。明代唐伯虎与社友们携酒桃花坞园中送春，酒酣赋诗，曾有"三月尽头刚立夏，一杯新酒送残春""夜与琴心争密烛，酒和香篆送花神"等句。此外清代骚人墨客，也有柬约知友作送春之会的，如李锴柬云："春色三分，一分流水，二分尘土矣。零落如许，可不至郊外一游乎？纵不能留春，亦当送春，春未必不待我于枝头叶底也。"又徐菊如柬云："洛阳事了，花雨缤纷，欲携斗酒，为春作祖饯，公有意听黄鹂乎？长干一片绿，是我两人醉锦裀矣。"这二人以乐观的态度去送春，是合理的。好在今年送去了春，明年此时，春还是要来的啊。

清明时节

清明时节，往往多雨，所以唐人诗中，曾有"清明时节雨纷纷，路上行人欲断魂"之句。一九五五年自入春以来，分外的多雨，所谓杏花春雨江南，竟做得十足，连杏花也给打坏了。直到清明前二天，才放晴起来，使人胸襟为之一畅。清明那天，苏州市各园林中，游人络绎。虎丘千人石畔，挤得水泄不通。各处扫墓的人也不少。清代周宗泰《姑苏竹枝词》云："衣冠稽首祖茔前，盘供山神化楮钱。欲觅断魂何处去？棠梨花落雨余天。"这一首诗，也是为扫墓而作的。

邻儿到我的园子里来，摘了好几枝杨柳，插在他家门上；又做了几个杨柳球，给小姑娘们戴在头上。据老年人说，娘儿们戴了杨柳，可使红颜不老。所以《江震志》称："清明，男女咸戴杨柳。谚云'清明不戴柳，红颜成皓首'。"吴曼云《江乡节物词》有云："新火才从竹屋分，绿烟吹作雨纷纷。杨柳最是无情物，也逐春风上鬓云。"他咏的是杭州清明的风俗，正与苏州的风俗相同。

清代词人陈其年有《清明后一日吴阊道中作》调寄《南乡子》第二体有云："卷絮搓绵，雪满山头是纸钱。门外桃花墙内女，寻春路，昨日子规啼血处。"又云："才过清明，东风怯舞不胜情，红袖楼头遥徙倚。垂杨里，阵阵纸鸢扶不起。"前一首是咏的扫墓寻春，而后一首分明是放断鹞了。纸鸢，俗称鹞子，春初每逢晴日，孩子们每以放鹞子为乐。杨韫华《山塘棹歌》有云："春衣称体近清明，风急鹞鞭处处鸣。忽听儿童齐拍手，松梢吹落美人筝。"所谓鹞鞭，是用竹芦粘簧缚在鹞子的背上，遇风喤喤作声，很为动听。我在童年时，也很喜欢这玩意儿。照例放鹞子到清明后为止，称为放断鹞。

清明前二日为寒食节，一说是前三日。洛阳人家每逢寒食日，装万花舆，煮桃花粥。苏州风俗用稻麦苜蓿捣汁，和糯米作青粉团，以赤豆沙为馅，清香可口，这是祭祖时所不可少的。

清明日，旧时还有淘井的风俗，大概也是为了要使井水清明之故。据旧籍中载，苏东坡在黄州时，梦中听得高僧参寥朗诵所作新诗，醒后记起两句："寒食清明都过了，石泉槐火一时新。"梦中尝问："火固新了，泉为什么新？"参寥答道："只因清明日俗尚淘井，所以泉水也新了。"这淘井的风俗，倒是卫生之道。苏州人家几乎家家有井，可是清明日淘井这回事，却早就没有了。

宋代名臣范成大归隐苏州石湖，对于乡村节景，都喜发为吟咏，如"石门桃绿清明市，洞口桃花上巳山""桃杏满村春似锦，踏歌椎鼓过清明"诸句，读之使人神往。至于《四时田园杂兴》诸作，描写农家乐事，也确是大可一读的。

端午景

　　农历五月五日，俗称端午节或端阳节，也有称为重五节、天中节的。苏州、上海一带旧俗，人家门前都得挂菖蒲、艾蓬；妇女头上都得戴艾叶、榴花；孩子们身穿画着老虎的黄布衫，更将雄黄酒在他们额上写一"王"字；并佩带绸制健人、雄黄荷包、袅绒铜钱、独瓣网蒜等一串。这一切都称为端午景。

　　旧时有的人家，还得在客堂里挂上一幅钟馗的画像，因为他能杀鬼之故。蒲蓬除挂在门上外，还要挂在床上，以蒲作剑，以蓬作鞭，再配上一个锤子形的蒜头，据说这都是用以吓退鬼物的。清代诗人吴曼云《江乡节物词》咏之以诗："蒲剑截蒲为之，利以杀鬼，醉舞婆娑，老魅亦当退避。'破他鬼胆试新硎，三尺光莹石上青。醉里偶然歌斫地，只怜蒲柳易先零。'"末句调侃得妙，足以破除迷信。此外，又在门上、床上张贴用彩纸画成的蛇、蝎、蜈蚣、壁虎、蜘蛛等五毒符，并在每一间房中用铜脚炉焚烧苍术、白芷、芸香等，再点上一根蚊烟条，直烧得烟雾腾腾，都是用以辟邪去毒的。这些旧风俗虽似近于迷信，实在也是一种卫生运动。

　　孩子们所佩带的健人等物，我在幼年时代也曾佩带过的。先母工女红，所以也善于做这小玩意儿。所谓健人者，是用彩绸缝制的一个小孩子，骑在一头小老虎背上，下面再加上袅绒的小铜钱，袅丝的小角黍，绸制的小荷包，内装雄黄或衣香。这几件东西用丝线联成一串，五色斑斓，美丽悦目，这倒又是旧时代妇女们一种精细的手工艺。为了给爱子爱女辟邪健身，她们是不惜工本的。此外，又有所谓长寿线，是用五色的丝线编就，缚在孩子们的臂上，男左女右，用以验看将来的胖或瘦，线宽则瘦，线紧那就胖了。吴曼云有诗云："编成杂组费功深，络素轻于缠臂金。笑语玉郎还忆否？年时五彩结同心。"

端午景中最有意义的两件事是裹角黍和划龙船，都是用以纪念我们的爱国大诗人屈原的。角黍俗称粽子，用菰叶裹了糯米制成，中间以猪肉或猪油豆沙为馅，作三角形，因名角黍。据说角黍创始于屈原的姊姊，从前每逢端午，人家用竹筒盛了米，投在水中祭屈原，以表敬意。角黍就是从竹筒盛米演变出来的。可是后来人家裹了角黍，只为满足口腹之欲，再也想不到投水祭屈原了。龙船竞渡，三十余年前我住在上海时，曾到黄浦江边去躬与其盛。船共两艘，用彩绸扎满船身，龙头和龙尾都是特制的。划船的青年们头裹彩帕，身穿彩衣彩袴，雄赳赳气昂昂地把住了桨，锣鼓喧天声中，两艘龙船彼此竞赛，倏前倏后，各不相下，直到夺得了锦标才罢。相传这端午竞渡的旧俗，也是为了凭吊屈原自沉汨罗而作，并不是单单闹着玩的。宋代吴礼之有《喜迁莺》词云："梅霖初歇。正绛色海榴，争开佳节。角黍包金，香蒲切玉，是处玳筵罗列。斗巧已输年少，玉腕彩丝双结。舣画舫，见龙舟两两，波心齐发。　　奇绝。难画处。激起浪花，翻作湖间雪。画鼓轰雷，红旗掣电，夺罢锦标方彻。望中水天日暮，犹自珠帘高揭。棹归晚，载荷香十里，一钩新月。"这词中对于端午景都略有咏及，而描写龙船竞渡，更有颊上添毫之妙。

花竹幽窗午梦长

"花竹幽窗午梦长，此中与世暂相忘。华山处士如容见，不觅仙方觅睡方。"

这是古人一首歌颂午睡的诗，极言午睡的好处。

不但古人歌颂午睡，就是近代一般学者，也说午睡是卫生之道，可息养身心，调节精神，自下午以至夜晚，乐而忘倦；对于工作上自有意想不到的效力。从前孔子的高足宰予，喜欢午睡，原也是卫生之道；而孔老夫子板起了老师面孔，竟说他如朽木之不可雕，实在是错了。

我有好几位文艺界和教育界的朋友，在每天吃过午饭之后，呵欠一打，睡魔立刻应召而来，于是脱衣上床，小睡半小时或一小时，习以为常，一年四季，天天如此；而有的只要在椅上靠这么十分钟或一刻钟，也就满足了。我本来也喜欢午睡，很羡慕陶渊明高卧北窗，作羲皇上人。无奈我胡思乱想，触绪纷来，每天虽试作午睡，硬把一颗头放到枕上去，紧闭了一双眼睛，做足工夫，可是心如风车，不能宁静，因此午睡是往往失败的。记得那年传来了日寇投降抗战胜利的喜讯的一天，八年间沉郁苦闷的心境，顿时豁然开朗，曾享受过一次非常甜美的午睡，这是值得纪念的。

午睡的时间，也要自己规定以半小时或一小时为限，太久了就要耽误工作，耽误正事，所以千万不可仿效古人放任自流的午睡。如陆放翁诗："相对蒲团睡味长，主人与客两相忘。须臾客去主人觉，一半西窗无夕阳。"又释有规诗："读书已觉眉棱重，就枕方欣骨节和。睡起不知天早晚，西窗残日已无多。"像这样一睡就是半天的午睡，误事实多，万万要不得！

我以为午睡最适宜的季节，无过于夏季，因为午刻赤日行天，挥汗如雨，使人容易困倦，也就容易入睡了。每年炎夏一到，我虽并不天天作午睡，而一有机会，总得享受一下。清代词人陈其年有《南柯子》一阕咏午睡云："磁枕摇新竹，藤床荫瘦桐。人间亦有广寒宫。半亩荷亭，几阵藕丝风。　簟滑凉于水，帱虚翠若空。花阴得失闹鸡虫。觉后掀髯，一笑夕阳红。"这一首词，大可为我写照；不过我没有髯，无从掀起，而我也不会睡到夕阳红时的。

清代李笠翁，对于夏季的午睡也是尽力宣传的。他说："午睡之乐，倍于黄昏，三时皆所不宜，而独宜于长夏；非私之也，长夏之一日，可抵残冬之二日，长夏之一夜，不敌残冬之半夜，使止息于夜而不息于昼，是以一分之逸，敌四分之劳，精力几何，其能堪此？况暑气铄金，当之未有不倦者。倦极而眠，犹饥之得食，渴之得饮，养生之计，未有善于此者。"这一篇大道理，说得头头是道。真的是吾道不孤，获得了这一位夏天午睡的拥护者。

檀香扇

四十年以前，上海盛行一种小扇子，长不过三寸余，除了以象牙玳瑁为骨外，更有用檀香来做的，好在摇动时不但清风徐来，还可以闻到幽香馥馥，比了象牙扇、玳瑁扇更胜一着。当时女子们都很爱好，几乎人手一柄。

这种檀香小扇，自以女用为宜；后来便又流行了一种檀香骨的大扇，那就专给男子们用的了。二十余年前，我有一柄足长一尺二寸的檀香扇，两根一寸多阔的大骨上，有一位署名古吴子安所刻的汉代金石文字，小骨只有九根，扇面上一面由名艺人梅兰芳给我画的芭蕉碧桃，一面由袁寒云给我写的《题紫罗兰神造象诗》。诗是七绝二首，也是他所做的。书画都可宝贵，我至今珍藏着。记得抗日战争胜利、日本投降消息传来的那天，我带着此扇，手舞足蹈地往访老友陈定山，报这喜讯。定山就在梅君所画的芭蕉叶上题了二十八字："怀素尝为蕉叶书，广文丹柿闭门居。海陬忽听欢雷动，从此升平百虑无。"这也是很可留作永久纪念的。所可惜的，时隔二十多年，那檀香已淡至欲无了。

近几年来，檀香小扇又流行起来，并且流行到了国外去，为苏联和其他人民民主国家的朋友们所喜爱，每年源源输出，数量惊人。那扇骨的制作很为精细，而扇面上所画的花卉或仕女，也十分工致，色彩更鲜艳得很。过去几乎都由上海王星记笺扇号所包办，扇骨大都归苏州折扇业工人制作，而画则由上海、杭州、苏州等各地画家分任。最近苏州方面，已由手工艺局亲自掌握，开始大量生产。据说莫斯科人都热爱我们的檀香扇，曾有两位苏联专家特地到苏州来参观檀香扇制作的情况。一般折扇业的工人十分兴奋，由工会召集了二百多个工人，举行生产动员大会，大家立下决心，要做出特别优美的檀香扇来，供给国际友人使用。各单位还订立了生产公约，要各自小心谨慎地干去。锯工们要设计锯法，或横锯，或斜锯，避免裂缝蛀洞和黑斑等种种毛病。拉花工人们要小心地不把扇骨拉坏。糊扇面的工人们要小心地不使扇面的夹里起泡。

老友蔡震渊画师，是个工于在檀香扇扇面上绘画花卉的专家，已有了一年多的经验。我曾见过他的作品，在那绢质的扇面上画着工笔的牡丹花，大抵是五朵花，设色各各不同，再加上很多的绿叶，工作是十分繁重的。除了牡丹花以外，或画罂粟花，或画菊花，每面或五朵或七朵，也一样的要工细而鲜艳。画仕女的，总得画两个美女，再加上布景，以园林景为多，比了画花卉似乎更为细致。最近他们十多位画师，已加入了合作社，每天聚在一起研究，一起工作。蔡画师原是识途老马，正很热情地在帮助他的画友，共求精进。

鸭 话

我于鸭颇有好感，是早年读了苏东坡"竹外桃花三两枝，春江水暖鸭先知"两句诗引起来的。其实鸭的羽毛并不美观，而鸣声呷呷，听了也觉可厌。可是说到口腹之欲，那么我爱鸭实在爱鸡之上。往年在上海时，常吃香酥鸭；在苏州时，常吃母油鸭，不用说都是席上之珍。而二十余年前在扬州吃过的烂鸭鱼翅，入口而化，以后却不可复再，思之垂涎！亡妻凤君在世时，善制八宝鸭，可称美味。现在虽能仿制，但是举箸辛酸，难餍口腹了。

唐代大诗人陆龟蒙（鲁望），有爱鸭之说。而翻遍了他所作的《笠泽丛书》四卷，《补遗》一卷，竟没有一首咏鸭的诗，一篇说鸭的文，检看其他旧籍，也无所得。最近才在《苏州府志》中找到一个线索。据载，吴江县东门外长桥北有鸭漪亭，与垂虹亭相对，俗呼阿姨亭，相传陆龟蒙养鸭于此，故名。清代张霭咏以诗云："天随（按，陆别号天随子）意气自轩举，甫里松陵无定处。扁舟乘兴往复还，潇洒常为风月主。沪渎曾留渔具诗，鸭群仍聚清江渚。何人筑亭号鸭漪，烟光山色相容与。千年轶事人争羡，流传不典混土语。阿姨之名谁附会，命意得毋太龃龉。鲁鱼亥豕自昔然，稗史街谈任所取。读书论古诚大难，诚勿随人相尔汝。诗成不觉粲然笑，山川每附娇儿女。小姑曾说嫁彭郎，不知阿姨今日更谁侣。"一结调诙入妙。又据《中吴纪闻》说：陆鲁望有斗鸭一栏，鸭都养得很驯，有一天有驿使经过，发弹打死了最好的一头，陆忙道："这头鸭能作人言，将附苏州名下进贡皇朝，你怎么把它杀死了！"驿使一慌，把身上带的钱全都给了他，想塞住他的口，一面问这鸭能说些什么话？陆答道："它能自呼其名。"驿使又气又好笑，拂袖上马。陆连忙唤住，还了钱，笑道："我只和你开开玩笑罢了。"原来鸭的鸣声呷呷，都好像是在自呼其名，想不到这位大诗人倒也是滑稽之雄，善于作弄人的。

三国时，吴建昌侯孙虑喜斗鸭，在堂前作斗鸭栏，能使小巧，陆逊正色规劝道："君侯该勤览经典，怎的弄这玩意？"孙很肯听话，就把鸭栏毁了。湖南临湘有鸭栏矶，也是孙虑斗鸭之所。唐代李邕作《斗鸭赋》，起句"东吴王孙，笑傲阊门"，就指的孙虑；中段记鸭斗云："于是乎会合纷泊，崩奔鼓作。集如异国之同盟，散若诸侯之背约。迭为擒纵，更为触搏。或离披以折冲，或奋振以前却。始戮力兮决胜，终追飞兮袭弱。眷谓惊鸿，回疑返鹊。逼仄兮掣裔，联翩兮踊跃。忽惊迸以差池，倏沉浮而闪烁。号噪兮沸乱，倾耳为之无闻；超腾兮往来，澄潭为之溃濩。（下略）"斗鸭之风，早就没落，读了这段文字，可以窥见群鸭作水战的情景，十分生动。

鸭在幼小的时候，披着一身鹅黄色的羽毛，恰如绒球着地滚动，颇为好看。长大之后，可就不美了。元代揭傒斯咏小鸭云："春草细还生，春雏养渐成。茸茸毛色起，应解自呼名。"鸭与鹅是好朋友，常常在一起玩，宋晁补之《春日》云："阴阴溪曲绿交加，小雨翻萍上浅沙。鹅鸭不知春去尽，争随流水趁桃花。"写江南春日的水国风光，宛然如画。

鲁迅先生小品文《鸭的喜剧》，记苏联盲诗人爱罗先珂在北京的一段故事。他先买了几十个蝌蚪，放在小池里，想养大了听虾蟆叫，不料后来又买了四头小鸭，它们到池里去洗澡，却把蝌蚪全都吃光了。结尾说爱罗先珂一去无消息，只有四只鸭，却还在沙漠上"鸭鸭"的叫。在轻描淡写中，含感慨不尽之意。

洞庭碧螺春

　　洞庭东西二山，山水清嘉，所产枇杷、杨梅，甘美可口，名闻天下。而绿茶碧螺春尤其特出，实在西湖龙井之上，单单看了这名字，就觉得它的可爱了。

　　碧螺春原是野茶，产于东山碧螺峰的石壁上。据说它的种子是由山禽衔来，掉在那里的。每年谷雨节前，山中人前去摘了茶叶，用竹筐子装回来，以作日常饮料。清康熙某一年，因产量特多，竹筐子装不下了，大家把多余的纳在怀中，不料茶叶受了热，发出一种异香，采茶的男女们闻到了，都说是吓杀人香。原来吓杀人是苏州的俗语，借来夸张它香气的浓郁。于是众口争传，作为茶名。从此年年谷雨节，男女们先得沐浴更衣，同去采茶，索性不用竹筐，都把茶叶纳在怀中了。康熙帝南巡时，曾到太湖，巡抚宋荦买了这茶叶献上去，康熙以为吓杀人香这名字太俗了，就给改作碧螺春。后来地方官每年总得采办一批进贡，名为茶贡。那时因产量不多，只让独夫享受，民间是不容易尝到的。

　　我很爱此茶，每年入夏以后，总得尝新一下。沸水一泡，就有白色的茸毛浮起，叶多蜷曲，作嫩碧色，上口时清香扑鼻，回味也十分隽永，如嚼橄榄。清代词章家李莼客曾有《水调歌头》一阕加以品题云："谁摘碧天色，点入小龙团。太湖万顷云水，渲染几经年。应是露华春晓，多少渔娘眉翠，滴向镜台边。采采筠笼去，还道黛螺奁。　　龙井洁，武夷润，芥山鲜。瓷瓯银碗同涤，三美一齐兼。时有惠风徐至，赢得嫩香盈抱，绿唾上衣妍。想见蓬壶境，清绕御炉烟。"他把碧螺春的色香和曾经进贡的一回事都写了出来；可是没有写到茶叶采下之后，是曾经在采茶人的怀中亲热过的。

一九五五年七月七日新七夕的清晨七时，苏州市文物保管会和园林管理处同人，在拙政园的见山楼上，举行了一个联欢茶话会。品茶专家汪星伯兄忽发雅兴，前一晚先将碧螺春用桑皮纸包作十余小包，安放在莲池里已经开放的莲花中间。早起一一取出冲饮，先还不觉得怎样，到得二泡三泡之后，就莲香沁脾了。我们边赏楼下带露初放的朵朵红莲，边啜着满含莲香的碧螺春，真是其乐陶陶！我就胡诌了三首诗，给它夸张一下："玉井初收梅雨水，洞庭新摘碧螺春。昨宵曾就莲房宿，花露花香满一身。""及时行乐未为奢，隽侣招邀共品茶。都道狮峰无此味，舌端似放妙莲花。""翠盖红裳艳若霞，茗边吟赏乐无涯。卢仝七碗寻常事，输我香莲一盏茶。"末二句分明在那位品茶前辈面前骄傲自满，未免太不客气。然而我敢肯定他老人家断断不曾吃过这种茶，因为那时碧螺春还没有发现，何况它还在莲房中借宿过一夜的呢；可就尽由我放胆地吹一吹法螺了。

顾绣与苏绣

近世统称刺绣为顾绣，代表顾绣最著名的，是露香园顾氏。绣品有如绘画，因有画绣之称。绣价最为昂贵，可惜现已失传了。此外又有顾氏兰玉，也是刺绣名手，曾经设帐招收生徒，传授绣法，她的作品也称为顾绣。可是顾绣除了上海之外，松江也有顾绣。清代词人程墨仙有《顾绣》一记云："云间顾伯露，会余于海虞，两月盘桓，言语相得；余时将别，伯露出其太夫人所制绣囊为赠，盖云间之有绣，自顾始也。囊制圆大如荇叶，其一面绣绝句，字如粟米，笔法遒劲，即运毫为之，类难如意，而舒展有度，无针线痕，睇视之，莫知其为绣也。其一面则白马一大将突阵，一胡儿骑赤马，二马交错；大将猿臂修髯，眉目雄杰，胡儿深目兕唇，状如鹰顾，袍铠鳘带，鞍鞯具备，锦裆绣服，朱缨绿縢，鲜熠炫耀。白马腾跃，尾刷霄汉，势若飞龙；赤马失主，惊溃奔逸，神姿萧索。一小胡雏远坡遥望，一胡方骑马赴阵，皆首蒙貂幞，毛毦散乱，光采凌轹，有非汉物，窄袖裹体，蕃部结束。复有旗幡刀戟，布密森严，幡缀金牙，旗张云彩，蕃汉二屯，遥相犄向。共计远坡二，白赤黄战马三，大将、胡将及小雏四，戈戟五，云旗锦幡各一；界二寸许地，为大战场，而中间空阔，气象寥远，不见有物，绣法奇妙，真有莫知其巧者。余携归，终日流玩，为纪于简。"以二寸许的面积，而绣出这许多人马刀戟旗幡，也可见它的精巧细致，不愧为神针了。

苏绣中的第一名手，要算是清末的沈寿。她于一九〇九年，曾绣成意大利君后肖像，由清政府送去，作为国际礼物。意国君后特赠沈寿钻石金时计一枚，嵌有王家徽章，系御用品。她四十二岁时，又绣成耶稣像一幅，由其夫余觉亲自送往美国，陈列巴拿马展览会中，得一等大奖。四十六岁时，又绣了一幅美国名女伶的肖像，面目如画，这是她最后的杰作。不久她就在南通女工传习所所长任上因病去世了。她的作品，一部分存在江苏省博物馆，都很精致。她在中国刺绣史中，是有很大贡献的。

清代诗人樊樊山有《忆绣》诗十首，斐然可诵，兹录其五云："绣绷花鸟逐时新，活色生香可夺真。近世写生无好手，熙荃画意属针神。""淡白吴绫四角方，风荷水鸟画湘江。去年绣得鸳鸯只，直到今年始作双。""枕函绣出红莲朵，比并真如脸际霞。猛忆北池同避暑，翠盘高捧两三花。""妃俪鲜明五色丝，花跗鸟翼下针迟。亦如文笔天然巧，尽在挑纱破线时。""十景西湖只等闲，裙花枕凤许多般。金针线脚从人看，愿度鸳鸯满世间。"诗中所咏绣件，几乎应有尽有，也总算想得周到的了。

亡妻凤君胡氏，工绣，先前所用绣绷和绷凳，至今仍还存在。她绣有彩凤一幅，我曾借郭频迦《清平乐》咏绣凤仕女一阕题其上云："低鬟斜軃。浅研吴绫妥。唤作针神应也可。一口红霞浓唾。　秦楼烟月微茫。当年有个萧郎。到底神仙堪羡。等闲不绣鸳鸯。"这一幅绣凤遗作，已在抗日战争时失去，为之惋惜不止！

第二辑　花前琐记

北京通俗文艺出版社一九五五年六月初版

上海文化出版社一九五六年十二月新一版

前 言

东涂西抹，忽忽三十年，自己觉得不祥文字，无补邦国，很为惭愧！因此起了投笔焚砚之念，打算退藏于密，消磨岁月于千花百草之间，以老圃终老了。当时曾集清代诗人龚定公句，成《撼怀吟》《遂初吟》各十四首，向朋友们示意，中如：

"暮气颓唐不自知，一灯悬命续如丝。今年烧梦先烧笔，倦矣应怜缩手时。"

"名场阅历莽无涯，一代人才有岁差。花月湖山娇冶甚，自缄红泪请回车。"

"少小无端爱令名，九流触手绪纵横。百年心事归平澹，至竟虫鱼了一生。"

"一灯红接混茫前，东海潮来月上弦。花有家乡侬替管，莫因心病损华年。"

"不要公卿寄俸钱，此身已作在山泉。人生合种闲花草，明镜明朝定少年。"

"断无只梦堕天涯，忽向东山感岁华。我替梅花深颂祷，丽情还比牡丹奢。"

"此去东山又北山，料无富贵逼人来。黄梅淡冶山矾靓，记取先生亲手栽。"

"斜阳只乞照书城，玉想琼思过一生。从此周郎闭门卧，梅花四壁梦魂清。"

单单看了这八首诗，就可知道我的心事了。

对日抗战胜利以后，我就实践了这些诗中的话，匆匆地束了文字生涯，回到故乡苏州来；又因遭受了悼亡之痛，更灰了心，只是莳花种竹，过我的老圃生活，简直把一枝笔抛到了九霄云外；如今重行执笔，重理故业，真有手生荆棘之感。幸而日常起居于万花如海中，案头有花枝照眼，姹娅欲笑，边看花，边动笔，文思也就源源而来了。

《花前琐记》之作，除了漫谈我所喜爱的花木事而外，也谈及文学艺术、名胜风俗，等等，简直是无所不谈；一方面歌颂我们祖国的伟大，一方面表示我们生活的美满；要不是如此，我也写不出这些文字来。此外，我需要鼓励和督促，要是没有朋友们的鼓励和督促，我也不会这样勤笔勉思的。

一九五五年四月周瘦鹃识于紫罗兰盦

闲话刺绣

苏州的刺绣，名闻天下，号称苏绣，与湖南的湘绣和上海的顾绣，鼎足而三。

前年苏州市教育局曾办了一所刺绣学校，延聘几位刺绣专家担任教师，造就了几十位刺绣的好手。她们的作品曾参加一九五四年举行于拙政园的民间艺术展览会，博得观众的好评。秋间，苏州市土产公司与吴县合作总社联合举办了一个刺绣学习班，招了农村中擅长刺绣的妇女们上班学习，由黄芩女画师画了花卉，由以前刺绣学校的几位女教师教授散套针法，采取了湘绣的优点，提高质量，经过了一个多月，全都学会了。这班学员都是从吴县望亭、光福、浒墅关农村中来的，她们一向于种田之暇，以刺绣戏衣、被面、枕套等为副业，不过花样陈旧，绣法不够细致。经过了学习，顿时使人刮目相看；除了散套针法，又学会了反戗针法，作品有软缎的方靠垫和台毯、被面、睡衣等，刺绣的花样如梅、兰、竹、菊、百蝶、和平鸽等，都足以代表我国民族风格的，去冬已运往北京，听说转运法京巴黎去展览了。

一九五五年春节，苏州市人民文化宫举行了一个美术展览会，刺绣也陈列了一室，四壁琳琅，灿烂夺目，中如毛主席的绣像，用几十种色丝细针密缕的绣成，面目栩栩如生。还有一幅特出的作品，是前刺绣学校教师任嘒闲所绣的苏联画史之一《列宁在拉兹里夫火车站附近的草棚里》。列宁低着头在起草革命的计划书，除了人之外，还有郊野树木、草棚作背景，色彩调和，活泼生动，简直是好像一幅画；真可算得是一位现代的针神了。

我藏有旧绣一幅，以缎为地，色已黄黯，我也不知道是什么时代的作品，朋友们给我鉴定，说是明代的刺绣。绣的是一尊观音，微微含笑，坐在一朵莲花上，花作浅红色，淡至欲无；观音的膝上坐着一个男孩子，玉雪可念，一手执红榴花一枝，向人作憨笑。上端用黑色丝绣有"礼拜供奉观世音菩萨，便生福德智慧之男"十七字，下有图章一方，可惜已认不出是什么字了。旧时女子绣观音，郑重其事，必须洗了手才下针，以示虔诚；清代董文友曾有《留春令》第一体一阕咏浣手绣观音云："兰汤浴手，窗前先就，红莲娇片。须记他原少凌波，休错配、鸳鸯线。　绣着金身须半面。似向侬青眼。春笋纤纤近慈云，疑紫竹、林中现。"

凡是男女婚礼中所用的绣品，鸳鸯是必要的图案，被面和枕套，总是绣着双宿双飞的鸳鸯，这又是词人们的好题材了。如朱竹垞的《生查子》云："刺绣在深闺。总是愁滋味。方便借人看。不把帘垂地。　弱线手频挑。碧绿青红异。若遣绣鸳鸯。但绣鸳鸯睡。"董舜民《应天长》又一体云："水精帘卷东风院。枝上流莺声百啭。绿窗轻，香梦软。清泪朝朝曾洗面。　砌痕深，花样浅。出水芙蕖波溅。绣到鸳鸯偏倦。恼乱针和线。"这两首词，都写出了旧社会刺绣者为人作嫁的苦闷。

好女儿花

　　好女儿花这花名很为美妙，可是你翻遍了植物学大字典，断断找不到的，因为宋光宗的李后讳凤，宫中妃嫔和侍从等为了避讳之故，都称凤仙为好女儿花。凤仙的别名很多，有海蒳、旱珍珠、小桃红、羽客、菊婢诸称，不知所本。花茎有红、白二色，高至一二尺，粗的好似大拇指，中空而脆；花于枝桠间开放，形如飞凤，有头有尾，有翅有足，因此又名金凤花。叶尖而长，有锯齿，很像桃叶，因此又有夹竹桃之称，可是未免与真的夹竹桃相混了。凤仙有各种颜色，如深红、浅红、纯白、浅绿、青莲、玫瑰紫等，色色都备，并有花瓣上洒细红点的，称为喷砂；有一茎而开五色的，更为娇艳。花瓣有单有复，更有鹤顶一种，与白花而绿心的，最为名贵。

　　往时没有蔻丹，女儿家爱好天然，将红色的凤仙花瓣，剔除了白络，加上一些明矾，把它捣烂，染在十个指甲上，用绢包裹，隔了一夜，每一指甲上便染成猩红一点了。因此之故，又有指甲花的别称。元代杨维桢句云："有时谩托香腮想，疑是胭脂点玉颜。"又女词人陆琇卿《醉花阴》词云："曲阑凤子花开后。捣入金盆瘦。银甲暂教除，染上春纤，一夜深红透。　　绛点轻濡笼翠袖。数颗相思豆。晓起试新妆，画到眉弯，红雨春山逗。"这些诗词，都是咏凤仙而牵及染指甲这回事的。明代李笠翁，反对女子用凤仙花染指甲，他说："纤纤玉指，妙在无瑕，一染猩红，便称俗物。"所言自有见地。

凤仙虽是一种平凡的草花，而历史很悠久，晋代即已有之。传说谢长裕见凤仙花，对侍儿说："我爱它名称，且来变一变它的颜色。"因命侍儿去取了一种氾叶公金膏来，用麈尾蘸了膏，向花瓣上洒去，折了一朵，插在倒影三山的旁边；明年，此花金色不去，都成了斑点，粗细不同，俨如洒上去的一样，即名此花为倒影花。

古今来咏凤仙的诗词很多，而以宋代晏殊的"九苞颜色春霞萃，丹穴威仪秀气攒"两句最为华贵，足以抬高凤仙身价。我因亡妻胡氏名凤君，所以也偏爱凤仙，她去世后，为了纪念她的缘故，尽力搜罗了各色种子，种满在凤来仪室外，每年秋季，陆陆续续的开放起来，足有三个月之久；并且掘了小株，用小型的细瓷盆分种了好多盆，供在亡妻遗像之前。

凤仙以密植为妙，倘能特辟一圃，全种凤仙，每一畦种一色，必有可观。前数年访书画大收藏家庞莱臣前辈于其苏州寓所，见他那个很大的前庭，从石板缝隙中长出无数株的凤仙花来，五色斑斓，蔚为大观，至今还留着深刻的印象。因忆清代嘉道年间的词章家姚梅伯，他也是爱好密植的凤仙花的；他说，秋日见"庭前金凤花百本，向晓尽开，蝶侣蜂群，飞宿上下，仿佛具南田翁画意"，因宠之以词，调寄《清平乐》云："嫣红欲绝。瘦朵藏低叶。鬖袖不知风露湿。弹向晓凉时节。　　蝶蜂栩栩仙仙。泥人半晌缠绵。画箔秋灯儿女。夜来若个深怜。"

送寒衣

立春以后，天气渐渐转暖，大家以为这是春之开端，所以觉得春意盎然了。谁知蓦然之间，大雪纷飞，竟又冷了起来，似乎回到严寒彻骨的隆冬，这种春寒恻恻的天气，俗称拗春，也是使人受不了的。

记得是在下雪的前三天吧，还是和煦如春；我和苏州市的十多位代表，上南京去出席江苏省第一届人民代表大会第二次会议，大家以为天气和暖，不免少穿些衣服。我因为自己容易伤风，很有戒心；又因老天常闹别扭，不得不防，所以把寒衣都带了去。不料刚过了三天，阳光匿迹，突然转冷，而鹅毛般的雪，就漫天飞舞起来；少带寒衣的朋友，悔之不及。年近七十的工业专校邓卓先校长，忙去买了一只热水袋，借以取暖；可是校中的许符实副校长竟派员远迢迢地送寒衣来了。还有病愈未久的评弹工作者潘伯英兄，也由苏州市文联把他的丝绵裤付邮寄来了。在他们俩果然喜出望外，我生平是最容易动情感的，不用说是十分感动。

从前游子天涯，入冬苦寒，送寒衣、寄寒衣的不是慈母便是爱妻，如古诗中"游子身上衣"，"慈母手中线"；"一行书信千行泪，寒到君边衣到无"，就是两个例子。此外，如清代诗人张若需宦游他方，生日太夫人自乍浦寄衣适至，感而作诗："侵晨远人至，寒衣寄江城。珍重一开缄，光采生敝簏。老亲念幼子，称体新裁衣。书云御尔寒，着以湖绵轻。寒燠隔异地，犹厪慈母情。忆兹初成时，长短劳经营。襟袖密密缝，十指针线萦。健妇把刀尺，指点熨贴平。感激母意厚，顾我非童婴。二十要自立，俭素敦家声。五陵自轻肥，温饱无令名。今兹茹冰檗，用佐严君清。短褐取蔽体，宁羡罗绮荣。被服矢无致，敢忘我初生。"又如毛张健《寄衣曲》云："去年寄衣秋月明，络纬索索窗前鸣。今年寄衣风复雨，不识何时到边土。边城八月多早寒，清霜触体愁衣单。千丝万缕妾手制，中有珠泪焉能干！不愿功成垂竹帛，但愿全躯返乡国。"这两首诗都咏寄衣，一首是母制了衣寄给子，一首是妻制了衣寄给夫的，自觉至情流露，感人很深。如今新社会中新人新事，往往不可以常情测度，虽在工作岗位上，也好似在骨肉之亲的家庭中一样；邓、潘二位得了寒衣，不待穿上身去，心坎中早已温如挟纩咧。善感如我，不可无诗：

"体贴无殊骨肉亲，推襟送抱见情真。衣还未着先温暖，暖到心头暖到身。"

上元灯话

　　农历正月十五日，向称上元；这夜即称元夕，俗称元宵，旧俗必须张灯，盛极一时。考之旧籍，据说还是起于唐代睿宗景云二年，只有一夜；到唐玄宗时，改为三夜，元宵前后各一夜；到了北宋乾德五年，又加上十七、十八两夜，增为五夜；到南宋理宗淳祐三年时又增一夜，自十三夜起，名为试灯；到得明代朱太祖时，更变本加厉，增为十夜，自初八夜起就张灯于市，到十七夜才罢，名为灯市。近年来苏沪风俗，都以十三夜至十八夜为灯节，倒还是依照着南宋旧俗呢。

　　制灯最工巧的地方，近推浙江菱湖，往年我在上海居住时，就听得菱湖灯彩的大名，也曾见过各式各样的菱湖灯，确有鬼斧神工之妙。记得当年有一个叫做桑栋臣的，专给新旧剧场扎灯彩，听说他就是菱湖人，技术确很不差。但在宋代，苏州倒是以制灯著名的，周密《乾淳岁时记》称："元夕张灯，以苏灯为最。圈片大者，径三四尺，皆五色琉璃所成。山水人物，花竹翎毛，种种奇妙，俨然着色便面也。"梅里人用彩笺铸细巧人物扎灯，名梅里灯，也很有名；又有一种夹纱灯，是用彩纸刻花竹禽鱼而夹以轻绡的，现在恐已失传了。清代道光年间，阊门内吴趋坊皋桥中市一带，都有出卖各种彩灯的，满街张灯，陆离光怪，令人目不暇给，人物有张君瑞跳粉墙、西施采莲花、刘海戏蟾诸品，花果有莲藕、玉兰、牡丹、西瓜、葡萄诸品，禽兽水族则有孔雀、凤凰、鹤、鹿、马、兔、猴，与金鱼、鲤鱼、虾、蟹诸品，其他如龙船灯、走马灯等，不胜枚举。今年春节，人民路怡园为了引起大众兴趣，特请名手精制彩灯大小数十只，全用各色绢绸，或加彩绘，或缀流苏，十分悦目；而给我以良好印象的，是塔灯、莲花灯和走马灯三只，不愧为个中精品。一连半个月，倒也有万人空巷之盛。

走马灯是我儿时最爱看的，大率用纸剪了人物车马或京剧中的《三国》《水浒》等戏，着了彩色，黏贴在竹制的轮子上，承以蛎壳，一点上蜡烛，就会转动，大抵小朋友们都是喜欢这玩意儿的。清代吴毅人有《辘轳金井》一词咏走马灯云："涨烟飞焰。送星蹄、逐队奔腾不少。一片迷离，向蝉纱围绕。帘深夜悄。怕壁上、观来应笑。几许英雄，明明灭灭，冬烘头脑。　平生壮怀渐老。念五陵游历，空负年少。陈迹团团，叹磨驴潦倒。山香插帽。要鼓打、太平新调。尽洗弓兵，飚轮迅卷，月斜天晓。"末尾的几句，很有意义，借以鼓吹今日的世界和平运动，似乎也可以适用的。

再话上元灯

古时重视上元，夜必张灯，以唐代开元年间为最盛，旧籍中曾说："上元日天人围绕，步步燃灯十二里。"其盛况可以想见。诗人崔液曾有《上元诗》六首记其事，兹录其二云："今年春色胜常年，此夜风光最可怜。鸤鹊楼前新月满，凤凰台上宝灯燃。""神灯佛火百轮张，刻象图容七宝装。影里如闻金口说，空中似放玉毫光。"

所谓灯市，宋代初期，也称极盛，《石湖乐府》序中曾记苏州灯市盛况，据说元夕前后，各采松枝竹叶，结棚于通衢，昼则悬彩，杂引流苏；夜则燃灯，辉煌火树，朱门宴赏，衍鱼虎，列烛膏，金鼓达旦，名曰灯市。凡阊门以内，大街通路，灯彩遍张，不见天日。曾巩曾有诗云："金鞍驰骋属儿曹，夜半喧阗意气豪。明月满街流水远，华灯入望众星高。风吹玉漏穿花急，人近朱阑送目劳。自笑低心逐年少，只寻前事捻霜毛。"到了后来，却渐渐衰落了。明初，灯市又极热闹，南都搭了彩楼，招徕天下富商，放灯十天。北都灯市在东华门，东亘二里，自初八起，到十三就盛起来，到十七才止；白天各处的珍异骨董，以及服用之物，都来参加，好像开展览会一样，入夜便张灯放烟火，还有鼓吹杂耍弦乐，通宵达旦。据刘侗所记称："丝竹肉声，不辨拍煞，光影五色，照人无妍媸，烟胃尘笼，月不得明，露不得下。"那时明太祖刚建了都，大概就借这元宵来庆祝一下吧？

清初，灯市也盛极一时，上元不可无灯，已成了牢不可破的风俗。如康熙年间，词人彭孙遹有《洞仙歌》咏元夕云："千门万户，听踏歌声遍，一派笙箫暗尘远。有麝兰通气，罗绮如云，香过处、隐隐红帘尽卷。　　闲行南北曲，玉醉花嫣，争簇天街闹蛾转。更谁家艳质，灯火阑干，蓦地里、夜深重见。向皓月、光中费疑猜，不道是、今宵广寒人现。"又嘉庆年间，王锡振有《思佳客》词《元夕出游》云："油壁香车骔裹骔褭轻。天街风扑暗尘生。市楼一簇金盘焰，便碍纱笼侧帽行。　　前堕珥，后遗簪。烛围灯树几家屏。鱼龙杂遝街如墨，不觉当头有月明。"读了这两阕词，便可知道那时看灯的兴高采烈了。

明代张大复《梅花草堂笔谈》，是小品文中的代表作，文笔隽永，读之如啖谏果，很有回味。他曾有《上元》一篇云："东坡夜入延祥寺，为观灯也。僧舍萧然无灯火，大败人意。坡乃作诗云：'门前歌舞闹分明，一室清风冷欲冰。不把琉璃闲照佛，始知无烬亦无灯。'此老胸次洒落，机颖圆通，聊作此志笑耳。崔液云：'玉漏铜壶且莫催，铁关金锁彻明开。谁家见月能闲坐，何处闻灯不看来。'方是真实语。老盲不能夜游，晚来月色如银，意欲随逐行辈，稍穿城市，而疟鬼恼人，裹足高卧，幼女提一莲灯戏视，亦自灿然。"他老人家不能出去看灯，而对于幼女的莲花灯表示好感；我爱莲花，也爱莲花灯，今年元宵，就买了个莲花灯聊以自娱的。

反闲篇

　　旧时所谓士大夫之流，往往以闲为处世立身的目标，因以"闲轩""闲斋""闲止楼""闲闲草堂""闲心静居""得闲山馆""闲处光阴亭"等名其居处；文章诗词中，也尽多这种悠闲情调的作品，陶渊明的《闲情赋》，可算是一篇代表作。小品文中，如清代华淑的一则："余今年栖友人山居，泉茗为朋，景况不恶；晨起推窗，红雨乱飞，闲花笑也。绿树有声，闲鸟啼也。烟岚灭没，闲云度也。藻荇可数，闲池静也。风细帘清，林空月印，闲庭悄也。以至山扉昼扃，而剥啄每多闲侣。帖括困人，而几案每多闲编。绣佛长斋，禅心释谛，而念多闲想，语多闲辞。闲中自计，尝欲挣闲地数武，构闲屋一椽，颜曰十闲堂，度此闲身。"诗如明代袁中郎《闲居》云："只对陈编坐，闲将稚子行。笔罢书将老，瓶响茶初成。饥鹤窥冰涧，穷鸦话夕城。江烟回照里，转湿转鲜明。"词如陈其年《闲况》调寄《殢人娇》云："屋对晴山，黛影离离争泛。山梅瘦、递香窗眼。细煎绿雪，注乳花盈碗。隐几坐，笺竟黄庭下卷。　　饲鹤斜桥，听莺空馆，更相邀、两三狂狷。看云选石，趁闲身尚健。此外事、付与天公总管。"看这些诗词文章中，都有动态，不过借个闲字来弄弄笔头，自鸣清高而已。

　　我受了这些文字的影响，也就以闲为平生追求的目标，忙乱之余，常常在闲字上着想；记得十余年前，在一所苏州的旧园子里发见了一块石碑，刻着明代高僧莲池大师手写的一首诗："一生心事只求闲，求得闲来鬓已斑。更欲破除闲耳目，要听流水要看山。"喜其深得我心，立时买了回来，立在我园梅屋之下。又在某一年的岁首，作了一首《元夜口占》道："华年似水悠悠去，利锁名缰一例删。朝看梅花暮看月，人生难得是心闲。"在当时政治黑暗的时代，自以为退闲下来，不去同流合污，是无可厚非的；然而置身事外，仿佛国家不是我的国家，先就犯了莫大的错误。又自以为我所追求的闲，并不是手闲身闲而是心闲脑闲，心闲得，脑闲得，而手和身闲不得，手一闲，身一闲，饱食终日，无所事事，那就是游手好闲之徒了。其实仔细想来，追求心闲脑闲，也是错误的；因为行动与思想是一致的，心和脑与手和身绝对不能划分，心和脑闲了，手和身如何会不闲？心和脑先劳动起来，然后能指挥手和身同时劳动，然后能创造，然后能生产，然后能使生活丰富多彩。一位朋友说得好："一个人的生活是有其理想的，有理想，则心与脑永无闲之日，身与手亦永无闲之日；愉快是孕育于劳动以及劳动成果之中的。"又今春江苏师范学院一位教授，参观了我的盆栽盆景之后，认为这是劳动创造出来的综合之美，大为赞扬。虽是夸奖太过，愧不敢当，然而对于我也是一种鼓励。我现在虽已够劳动的了，然而我还要跟大家一起劳动，不但是手和身不许闲，连心和脑也不许闲，昔人所谓"劳者自歌"，就是劳动后愉快的表现，让我们歌唱起来吧！作《反闲篇》。

老少年

秋花中的雁来红，别名老少年，大概因为它叶老经霜之后，越泛越红，显得年少之故。我国北方和西南各省，听说健康的老年人很多，有的已超过了一百岁。前年苏州市来了一位四川的高僧，法名虚云，年已一百十四岁，腰脚仍然轻健；曾在西园寺中小住，善男信女都纷纷前去顶礼，阊门外留园马路上踵趾相接，终日不断，还有许多好奇的人也来凑热闹，都要看看这位老寿星。

在苏联，像这样的老年人也很多，据哈尔科夫大学生物科学研究所调查所得，年在九十岁以上的竟有四万人之多，就中妇女占四分之三，而一百岁到一百十岁的有四千四百二十五人，超过一百岁的也有七百十七人。他们所以长寿之故，都是为的爱劳动，多吸新鲜的空气，而又没有烟酒的嗜好，所以心脏和神经都很健全。

据该研究所一九五三年的调查，阿塞拜疆共和国一个集体农庄的庄员艾华卓夫，已有一百四十三岁，他的老妻莎娜，已有一百二十岁，而他们的女儿大丽也已到达一百岁的大关了。他家子女、孙、曾和玄孙等，共有一百十八人，真的是人丁兴旺，福寿兼备。老艾虽已一百四十三岁，而仍在集体农庄中工作，也足见其老当益壮，可算得是个老少年了。

我的朋友中也有不少老少年，如年逾八十的陈冷先生，能在自己园子里拔野草，劳动如故。年已七十有八的谢瑞山先生，独自培养着四十多盆名种兰蕙；并能从拙政园徒步走到虎丘，游了山依旧徒步而返。年已七十有六的丁慎旃先生，去春曾单身往游黄山，直上天都峰，这真不愧是老少年了。

"祖国已经年青了，我们还会老么？"我敢代表这几位老先生这般说，而我这六十一岁的小弟弟，还常常把这句话鼓励自己，只当自己是一十六岁呢。

岁朝清供

春节例有点缀，或以花木盆景，或以丹青墨妙，统称之为岁朝清供。我以花木盆景作岁朝清供，行之已久；就是在"八一三"国难临头避寇皖南时，索居山村中，一无所有，然而也多方设法，不废岁朝清供。那时我在寄居的园子里，找到了一只长方形的紫砂浅盆，向邻家借了一株绿萼梅，再向山中掘得稚松、小竹各一，合栽一盆，结成了"岁寒三友"。儿子铮助我布置，居然绰有画意。我欣赏之余，以长短句宠之，调寄《谒金门》云："苔砌左，翠竹青松低弹。借得绿梅枝婲娟，一盆栽正妥。　旧友相依差可，梅蕊弄春无那。计数只开花十朵，瘦寒应似我。"原来这一株绿梅，先天不足，后天失调，一共只开了十朵花，这乱离中的岁朝清供，真是够可怜的了！

今年的岁朝清供，我是在大除夕准备起来的，以梅、兰、竹、菊四小盆，合为一组，供在爱莲堂中央的方桌上，与松、柏等盆栽分庭抗礼。梅一株，种在一只梅花形的紫砂盆中，含蕊未放，花虽稀而枝亦疏，干虽小而中已枯，朋友们见了，都说它是少年老成。兰一丛，着花五六朵，已半开，风来时幽香微度。竹是早就种好了的，高低疏密，恰到好处，这一次严寒袭来，虽经冰冻，却还青翠可爱。菊是小型的黄色文菊，插在一只明代瓯瓷的长方形浅盆中，灌以清水，伴以蒲石，虽曾结冰三天，依然无恙，它不但傲霜，并且傲冰了。此外，有天竹、蜡梅各三四枝，用水养在一只长方形的大石盆中，庋以红木高几，落地安放；蜡梅之下，放着一块横峰大层岩石，更有紫竹一小株，从石后斜出，倒影水中；这一盆本是早就制成庆祝一九五五年元旦的，那时蜡梅大半含蕊，现在却已全放，正可作春节的点缀了。在这大石盆前，着地放着一个蜡梅盆栽，老干虬枝，足有五六十年的树龄，今年着花不多，已在陆续开放，色香都妙，我曾有绝句一首咏之："蜡梅老树非凡品，檀色素心作靓妆。纵有冬心橡样笔，能描花骨不描香。"

古画中曾有"岁朝清供"这个专题，名家作品很多，都是专供春节张挂的。我也藏有清代计儋石、张猗兰等好几幅，所绘花果中，都含有善颂善祷之意。最难得的，有苏州的十六位画师给我合作的一幅大中堂，由邹荆盦作胆瓶天竹水仙，陈负苍作松枝山茶，余彤甫作石，周幼鸿作菖蒲，朱竹云作书卷，张星阶作老梅，蔡震渊作紫砂盆，张晋作柏枝、万年青，朱犀园作竹，柳君然作百合柿子如意，程小青作荸荠橄榄，韩天眷作蜡梅，谢孝思作宝珠山茶，乌叔养作橘，蒋乐山作菱，卢善群作盂，命名为"岁朝集锦"，由范烟桥题记云："丁亥之秋，集于紫罗兰盦，琴樽余韵，逸兴遄飞，以素楮为岁朝图，迓新禧也。"我每逢春节，总得张挂此画，并以陈曼生所书"每行吉祥事，常生欢喜心"一联为配，联用珊瑚笺，朱色烂然，很适合于点缀春节的。

闹岁人家别样春

大除夕合家用火盆烧兽炭，老幼团团坐着闲谈，小儿女在旁嬉戏歌唱，通宵不睡，直到天明，旧俗称为守岁。不但苏州如此，大概各处都有此俗。卧室里头，还要点上一对一斤重的大蜡烛，通夜不可熄灭，生了花便算是喜讯，是大吉大利的；旁边还得安一只香炉，点上一支安息香，一支完了再接一支，与那蜡烛为伴，这蜡烛就叫做守岁烛。清代吴毂人有诗《咏守岁烛》云："烛房人乍醒，蜡炬未全销。阅岁心三寸，流光影一条。谁参无尽意，此是可怜宵。掩映迎神处，春红隔幕摇。"又王次回《残岁即事》云："纱笼椽烛焰如幢，火齐呈花喜一双。为惜轻风吹烬落，晓妆成后未开窗。"这是咏生了花的守岁烛的。

守岁之俗，由来已久。唐代杜少陵《杜位宅守岁》诗，有"守岁阿戎家"之句；宋代苏东坡诗中，也有"欲唤阿咸来守岁，林乌栖马斗喧哗"之句；又席振起《守岁诗》云："相邀守岁阿咸家，蜡炬传红映碧纱。三十六旬都浪过，偏从此夜惜年华。"末二语驳得有理，这就足见守岁之无谓了。

守岁诗中较有情致的，有清代朱九江《守岁与闺人夜话》二首："渐渐衣棱冻，娟娟鬓影深。镜奁今共命，灯火此愁心。万态趋残夜，孤思殿苦吟。高怀吾愧汝，卒岁耻言金。""近恙亦良已，遣忧方缺然。与卿方省恨，明岁入中年。事往疑寻梦，亲衰每祷天。翻怜株守好，说笑展春筵。"这分明是一对患难夫妻，而能于苦中寻乐的。又叶誉虎前辈有《除夕守岁作》云："流光难挽去如尘，珍重临歧意倍亲。情到无聊还尔尔，事如可例总陈陈。深宵灯火儿时影，闹岁人家别样春。更想明朝风雪里，折梅来认去年人。"这还是他二十岁以前的作品，而已稍涉感慨了。

安吉吴昌硕老画师，有《守岁作画》一诗，系以小序，很有风趣，序云："除夕不寐，挑镫待晓，命儿子检残书，试以难字，征一年所学。煮百合充腹，百合一名摩罗，春白花者，根如玉莲花，食之益人肺胃，胜屠苏酒十倍也。雄鸡乱啼，残腊将尽，亟呵冻写图，吟小诗纪事。诗成，晨光入牖，爆竹声砰然，狐裘貂冠客挟刺贺新年，舆马过门矣。"诗云："臧书换米剩已稀，酸寒一尉将何依。守岁篝镫照虚壁，传闻翻说吾道肥。吾道不肥今复古，百合滋味同清苦。赢得梅花窗外开，画里何须折来补。"此老诗多古朴可喜，别饶郊寒岛瘦之致。他老人家中年曾做过一任小官，而又不会弄钱，常常闹穷，所以他的诗中往往自称"酸寒一尉"或"酸寒尉"，其牢骚可知。

千家笑语漏迟迟

农历十二月之最后一夜，名为大除夕，除，犹尽也，故又称大尽；前一夜为小除夕，又称小尽。旧社会中旧风俗，繁文缛节，以苏州为最；有辞年、守岁、接灶、封井、祀床、供年饭、画米囤、吃年夜饭诸俗，实在是够麻烦的。新社会不废旧风俗，人们辛苦劳动了一年，当此一年总结之期，作欢度春节的准备，祭祭祖先，吃吃年夜饭，是无伤大雅的；至于有涉迷信的风俗，早就不废而自废了。

记得"八一三"暴日入寇的那年，我和前东吴大学诸教授，避地皖南黟县的南屏村中，我们一家老小九口，就在那边过年的。亡妻凤君，那时还很健旺，为了要使我忘却作客他乡之苦，特向居停女主人叶嬷嬷借了暖锅碗盏等，做了四盆七碗一暖锅的菜，大家团坐一桌，吃年夜饭，我家称为团圆饭，又称合家欢，在国难临头离乡背井之余，居然在千里外合家团聚，吃这一顿团圆饭，真是不容易的事。坐在首席的七十老娘，也笑逐颜开的，忘了身在异乡咧。叶嬷嬷待我们也特别好，在我们所住的园子里布置了一下，把好多只红纸灯挂在花树上，这夜虽无星月，有了这些红灯作点缀，也就不觉得凄清了。我曾记之以诗，得七绝二首："七簋四盘一暖锅，家乡风味未嫌多。客中犹吃团圆饭，难得慈亲展笑涡。""无星无月无桦烛，今昔悬殊感不胜。为谢居停怜远客，满园花树缀红灯。"

旧时诗人，对于除夕总有一番感慨，如清代黄仲则的《癸巳除夕偶成》一首，可算是代表作，诗云："千家笑语漏迟迟，忧患潜从物外知。悄立市桥人不识，一星如月看多时。"而曾刚甫的一首，却就一翻旧调，易烦恼为歌笑，这是富有积极性的。其诗云："终年咄咄无一字，去日悠悠有亿尘。自信劳生行未已，偶来杯酒坐相亲。醉归马上闻孤柝，倦枕荒鸡满四邻。除却垂腰烦恼带，不妨歌笑逐时新。"又查慎行《余波词》中，有《壬寅小除夜》调寄《梅花引》云："一方苔。一梢梅。残雪初消花未开。好风来。好风来。腊底春前，韶光方暗催。　明朝便是明年节（明日立春）。勿论今夕为何夕。且衔杯。且衔杯。兄弟劝酬，白头知几回。"这一首词寓有及时行乐之意，今日看来，未足为训。

清代诗人陆圻《除夕与友人书》云："岁行尽矣，人意萧条，不知吾辈一生，应得几许年华，当如是除去耶？回首茫然，百感交集；幸即襆被过小斋，聊具辛盘椒酒，与兄屈指今岁三百六十四日中，得胜友几人？得惊人之诗几首？饮酒几石？游览名胜几何？笑几回？哭几次？清写一行年谱，以遣今夕，何如？"前段对于年华之易逝，不无感慨；而后段清算一年之所得，颇有意义。我于今年除夕独坐追想，也曾想到这一年中做了几个盆栽？几个盆景和石供？参加了几次集会和学习？写了几篇文？几首诗词？得了几种文玩？可是因为记忆力较差，举不出一个数字来，只是一篇糊涂账罢了。

岁寒二友

　　昔人称松、竹、梅为岁寒三友，松、竹原是终年常备，而岁寒时节，梅花尚未开放，似乎还不能结为三友；倒是蜡梅花恰在岁尾冲寒盛开，而天竹早就结好了红籽等待着，于是倾盖相交，真可称为岁寒二友。

　　吾家凤来仪室西窗外，有素心蜡梅三干鼎立，姿态入画，已有四十余年的树龄，年年着花累累，香满一庭。旁侧有天竹一大丛，共数十枝，霜降以后，籽就猩红照眼。看它们相偎相依，恰像两个好朋友相视而笑，莫逆于心一般。此外，我又有一个蜡梅盆栽，枯干虬枝，粗逾小儿臂，开花素心，作磬口形，自是此中佳种。又有一个天竹盆栽，共七八枝，有枯干，有新枝，有高有低，有疏有密，每年也有二三枝结籽的。我把这两盆放在一处，自觉得相得益彰。

　　蜡梅原名黄梅，宋代熙宁年间，王安国尚有咏黄梅诗。到了元祐年间，苏东坡、黄山谷改名为蜡梅，因其花黄似蜡之故。明代李笠翁有言："蜡梅者，梅之别种，殆亦共姓而通谱者欤？然而有此令德，亦乐与联宗。"此说很为隽妙。花有虽已盛开而仍然半含，状如磬口的，名磬口梅，出河南；花有形似荷花，瓣作微尖的，名荷花梅，出松江；花有开最早，而色作深黄，香气浓郁的，名檀香梅，现已少见；有花小香淡而红心，未经接种的，名狗蝇梅，有人讹作九英，这是蜡梅下品。

宋代王直方父家养有侍儿很多，中有一女名素儿，姿容最美，王曾以折枝蜡梅花送诗人晁无咎，晁赋诗答谢，有"芳菲意浅姿容淡，忆得素儿如此梅"之句，一时传为佳话，因此蜡梅又有素儿别称。据旧籍中载，蜡梅又号寒客、久客，料因它耐寒耐久之故。

古今来诗人词客咏蜡梅花的，并不很多，我最爱韩子苍一绝云："路入君家百步香，隔帘初试汉宫妆。只疑梦到昭阳殿，一簇轻红绕淡黄。"又断句如范成大云："金雀钗头金蛱蝶，春风传得旧宫妆。"耶律楚材云："枝横碧玉天然瘦，蕾破黄金分外香。"都很贴切。词如顾贞观《蜡梅花底感旧》调寄《小重山》云："春到愁魔待厌禳。试东风第一，道家妆。蜡丸偷寄紫琼霜。檀心展、凭付与檀郎。　金罄敛花房。相逢应只在、水仙旁。色香空尽转难忘。人何处、沉痛觅姚黄。"看了"金罄敛花房"一句，可知他所咏的是罄口梅了。

天竹常见于江苏、湖北诸地，又名南天竺，或南天烛，是灌木性而终年常绿的。枝高二三尺、五六尺不等；叶与楝树叶相像，较小，初夏开五瓣小白花，后结一簇簇的绿籽，经了霜渐渐变红，十分鲜艳。籽的结法各有不同，籽大而密的一种，名油球；籽疏而向上高簇的，名满天星；籽结得很多而向下低垂的，名狐尾。这三种，以狐尾为最有风致。此外，有结籽作鹅黄色的，名黄天竹，比红天竹为难得；更有结蓝籽的蓝天竹，最为名贵，可说绝无仅有，听说拙政园中却有一枝，我未之见，容去访寻一下。

我于"八一三"日寇陷苏时，避地皖南黟县的南屏山村中，岁时苦无点缀，邻女以蜡梅、天竹各一枝相赠，喜出望外，因赋小令《好事近》二阕为谢，录其一云："傍榻列陶瓶，天竹殷殷红透。好与寒梅作伴，喜两相竞秀。　梦回夜半忽闻香，冉冉袭罗袂。晓起检看衣带，又一花黏袖。"此词确是写实。因为陶瓶安放得离卧榻太近，所以蜡梅花掉在榻上，竟黏住在衣袖间了。

橘的天下

记得去年秋间，曾见报载，我国四川省所产的橘输出国外，每一吨可换回钢材十多吨，看了这消息，很为兴奋，心想我们尽可不吃橘子，尽量向国外去换回钢材来，那么对于重工业和国防建设，贡献实在太大了；因咏之以诗："建国还须建国防，取材海外有良方。何妨不食千头橘，尽换铮铮百炼钢。"事实上我国各地橘的产量特大，所以入冬以来，大小城镇中的鲜果铺里和鲜果摊上的橘，满坑满谷，到处可见，仍然是橘的天下。

橘又名木奴，是常绿灌木，树身高丈余，茎间多刺，叶两头皆尖，夏初开小白花，清香可喜，入秋结实，初作绿色，经霜渐泛朱红色，那就成熟了。橘的名色很多，有塌橘、包橘、沙橘、绵橘、冻橘、油橘、乳橘、荔枝橘、穿心橘、自然橘，等等，都闻所未闻，现在怕已断种；还有一种绿橘，作绀碧色，不等到霜降之后，色味都好，冬间采下来时，还是新鲜可爱，这在苏州也是从未见过的。我们现在所能吃到的，就只有福橘、洞庭红、汕头蜜橘、厦门蜜橘、黄岩蜜橘、暹罗蜜橘、天台蜜橘，以及娇小玲珑而没有核的南丰贡橘了。

橘的产区最广，真的遍及天下，如苏州、台州、温州、漳州、福州、荆州以及四川、广东等省；而古书中所载，地区更多，如《吕氏春秋》说："果之美者，有江浦之橘。"《述异记》

说："勾漏县有白橘、青柑。"又说："条阳山中有白橘花，色翠而实白，大如瓜，香闻数里。"《武夷山志》说："峰山有仙橘，小者如弹丸，其皮可食，大者如鸡卵，味尤甘。"《广州记》说："罗浮山有橘，夏熟，实大如李。"此外，如长沙的善化县有橘洲，产橘极多，又常德也有橘洲，长二十里，是吴李衡种橘的所在。又巴县在刘先主时，设有橘官，这种官大概都是搜刮了好橘进贡皇家的，不用说都是扰民的了。看了古今来产橘地区之广，称为橘的天下，谁曰不宜？

关于橘的文献，也是在文学史上极有价值的，如我们的爱国大诗人屈原，就有一篇《橘颂》，不妨转录于此："后皇嘉树，橘徕服兮。受命不迁，生南国兮。深固难徙，更壹志兮。绿叶素荣，纷其可喜兮。曾枝剡棘，圜果抟兮。青黄杂糅，文章烂兮。精色内白，类可任兮。纷缊宜修，姱而不丑兮。嗟尔幼志，有以异兮。独立不迁，岂不可喜兮。深固难徙，廓其无求兮。苏世独立，横而不流兮。闭心自慎，终不失过兮。秉德无私，参天地兮。愿岁并谢，与长友兮。淑离不淫，梗其有理兮。年岁虽少，可师长兮。行比伯夷，置以为像兮。"他如魏曹植、晋潘岳、梁吴均、宋谢惠连等都有《橘赋》，可见橘是如何的见重于骚人墨客了。

得水能仙天与奇

"得水能仙天与奇"，这七个字中嵌着"水仙"二字，原是宋代诗人刘邦直咏水仙花的，以下三句是："……寒香寂寞动冰肌。仙风道骨今谁有，淡扫蛾眉簪一枝。"这首诗确是贴切水仙，移咏他花不得。

水仙是多年生草，生在湿地，茎干中空如大葱，而根如蒜头，出在厦门的，往往三四个排在一起；出在崇明的，只是单独的一个。叶与萱草很相像，可是较萱叶为厚，春初有茎从叶中抽出，渐抽渐长，梢头有薄膜包着花蕊数朵，开放时花作白色，圆瓣黄心，有似一盏，因此有"金盏银台"的别称。此花清姿幽香，自是俊物。花有复瓣与单瓣二种，复瓣的名"玉玲珑"，花瓣折皱，下部青黄而上部淡白，称为"真水仙"；据说还有开花作红色的，却从未见过。我偏爱单瓣，以为可以入画，几位画友，也深以为然。六朝人称水仙为雅蒜，我前年曾从骨董铺中买到一个不等边形的汉砖所琢成的水仙盆，上刻"雅蒜"二字，署名"之谦"，岁首供崇明水仙十余株，伴以荆州红石子，饶有画意。

水仙也有神话，据说华阴人汤夷，服水仙八石为水仙，即名河伯。谢公梦一仙女赠与水仙一束，次日生一女，长而聪慧工诗。姚姥住长离桥，寒夜梦见观星落地，化作水仙一丛，又美又香，就吃了下去；醒来生下一女，稍长，聪明能文，因名"观星"，观星即是天柱下的女史星，所以水仙一名"女史花"，又名"姚女花"。

宋代杨仲囷从萧山买到水仙花一二百本，种在两个古铜洗中，十分茂美，因学《洛神赋》体，作《水仙花赋》。此外，如高似孙有《水仙花前赋》《后赋》，洋洋千余言，的是杰作。元代任士林、明代姚绶，也各有《水仙花赋》，都以洛浦神女相比拟。清代龚定盦，十三岁作《水仙花赋》，有"有一仙子兮其居何处，是幻非真兮降于水涯。襜翠为裾，天然妆束。将黄染额，不事铅华"之句，也是比作水中仙女的。

诗词中咏水仙花的，佳作很多，如明王毂祥云："仙卉发璚英，娟娟不染尘。月明江上望，疑是弄珠人。"元陈旅云："莫信陈王赋洛神，凌波那得更生尘。水香露影空清处，留得当年解珮人。"袁士元云："醉阑月落金杯侧，舞倦风翻翠袖长。相对了无尘俗态，麻姑曾约过浔阳。"丁鹤年云："影娥池上晓凉多，罗袜生尘水不波。一夜碧云凝作梦，醒来无奈月明何。"明文徵明云："罗带无风翠自流，晚寒微弹玉搔头。九疑不见苍梧远，怜取湘江一片愁。"清金逸云："枯杨池馆响栖鸦，招得姮娥做一家。绿绮携来横膝上，夜凉弹醒水仙花。"这些诗句，都是雅韵欲流，足为水仙生色。

石　湖

杭州的西湖，名闻世界，而苏州的石湖，实在也不在西湖之下。石湖是太湖的支流，周围二十里，相传范蠡就由这里进入五湖的。东有越来溪，越国侵略吴国来自此处，故名"越来"。那时原有越城，宋代名臣范成大就其原址造了一所别墅，有亭有榭，种了不少梅花，别筑丰圃堂，下临石湖，宋孝宗亲书"石湖"二大字赐与他，中有北山堂、天镜阁、玉雪坡、锦绣坡、千岩观、梦渔轩、说虎轩、盟鸥室、绮川亭等，而以天镜阁为第一。范氏曾作上梁文，有"吴波万顷，偶维风雨之舟；越戍千年，因筑湖山之观"诸语，其旨趣如此。一时名人，都纷纷以文词赞美他；可是时异世变，到现在早已荡然无存了。

距今约三十年前，苏州名书家余冰臣觉，曾就范氏天镜阁旧址造一别墅，恰与上方山遥遥相对，风景绝胜。他的夫人沈寿，以刺绣享盛名于国际。余氏八十岁生日，我和范烟桥、范君博二兄等同去祝煆；就参观了他的别墅，凭阑小立，湖水荡漾于前，使人尘襟尽涤。

行春桥接近上方山麓，有环洞九个，倒影湖水中，足供观赏。每年农历八月十八日，苏沪一带工农男女，都到这里来看串月，桥边船舶如云，联接不断，鼓乐之声响彻云霄，一直要到天明才散。所谓串月，据说是十八夜月光初现的时候，映入行春桥桥洞中，其影如串；又有一说：十八夜从上方塔的铁链中间，可以看到此夜月的分度，恰当铁链的中央，联成一串，所以名为串月。清代沈朝初有《忆江南》词咏之："苏州好，串月看长桥。桥畔重重湖面阔，月光片片桂轮高。此夜爱吹箫。"

　　一九五三年的农历中秋后二日，老友俞子才、徐绍青、叶蓥青三画师约同往观串月，我因返苏卜居已达二十年，而从未见过，因欣然追随前去；前一天已定好了一艘画舫，并备了旨酒佳肴，共谋一醉，三君因爱好写生，所以也带了全副画具，打算合作一幅《石湖秋泛图》。饱餐了一顿之后，船已停泊中流，大家坐在船头看月，那一轮满月，像明镜般挂在中天，照映着万顷清波，似乎特别的明朗，我于欢喜赞叹之余，口占了七绝二首："一水溶溶似玉壶，行春桥畔万船趋。二分明月扬州好，今夜还须让石湖。""秋水沦涟月满铺，长空如洗点尘无。嫦娥绝色倾天下，此夕分明嫁石湖。"大家听了，以为想入非非。看了好一会儿月，回到船舱里，三君就杀粉调铅，开始作画，先给我合作了一张便面，绍青画高士，蓥青画古松，子才补景足成之，三君为吴湖帆兄高弟，所作自成逸品；我喜题一绝："飞瀑千寻绝点尘，虬松百尺缀龙鳞。翩翩白袷谁家子，疑是六如画里人。"这便面后来给湖帆兄看见了，就在背面题了一阕《和范石湖三登乐》词，更觉得添花锦上了。我看画看月，兴高采烈，始终没有倦意；直到天明时，送去了残月，迎来了朝阳，才兴尽而返。这时游人渐散，游船渐稀，石湖也似乎沉沉欲睡了。

梦

秋菊已残，寒雨连朝，正在寂寞无聊时，忽得包天笑前辈香岛来翰，琐琐屑屑地叙述他的身边琐事，恍如晤言一室，瞧见他那种老子婆娑兴复不浅的神情。记得对日抗战时期，我曾有七律一首寄给他："莽荡中原日已沉，风饕雨虐苦相侵。羡公蓬岛留高蹈，老我荒江思素心。排闷无如栽竹好，恋家未许入山深。何时重订看花约，置酒花前共细斟。"不料他老人家一去多年，迄未归来，正不知何时重订看花约啊？

这一封信，开头就说了他上月所得的一个梦，梦见我新婚燕尔，而同时又在我的园子里，举行一个书画展览会，备有一本签名册子，各人纷纷题句，他也写了七绝一首，醒时只记得下二句云："好与江南传韵事，风流文采一周郎。"据说他近数年来，久已不事吟咏，而梦中常常得句，真是奇怪，不过醒来都已忘却；上二句还是在枕上硬记起来的，所以特地写信来告知我。可是"风流文采一周郎"之句，实在愧不敢当。

我是一个多梦的人，这些年来几乎夜夜有梦，醒后有的还记得，有的已记不得了。所幸我所做的梦，全是好梦，全是愉快的梦；要是常做恶梦，那么动魄惊心，这味儿是不好受的。今年春季，有友人游了西湖回来，对我称赞湖上建设的完美，说得有声有色。我听了十分羡慕，恨不得立刻插翅飞去，和那阔别十余年的西子重行见面；谁知当天晚上入睡之后，我竟得了一梦，梦中畅游西湖，把旧时所谓西湖十八景，一一都游遍了。可是游过了九溪十八涧，再往西溪看芦花，拍手欢呼，顿从梦中醒了回来。这一场游西湖的好梦，真和亲到西湖去一般有趣，连一笔游费也省下来了。我于得意之余，做了《西湖梦寻》诗三十首，每一首的第一句都是"我是西湖旧宾客"七字，第二句中都有一个"梦"字，如"春来夜夜梦孤山"，"正逢春晓梦苏堤"等，恐占篇幅，不能将三十首一一录出，只录最后的三首："我是西湖旧宾客，九溪曲曲梦徘徊。记曾徒跣溪头过，跳出鲤鱼一尺来。""我是西湖旧宾客，西溪时向梦中浮。记从月下吟秋去，如雪芦花白满头。""我是西湖旧宾客，春来那不梦西湖。十年未见西湖面，还问西湖忆我无？"俗语说得好："日有所思，夜有所梦。"我因为白天想游西湖，所以一梦蘧蘧，竟到西湖畅游去了。

更有一个例子，足以证明"日有所思，夜有所梦"一语的正确；譬如抗日战起，苏州沦陷时，我与前东吴大学诸教授先后避寇于浙之南浔与皖之黟县山村，虽然住得很舒服，并且合家同去，并不寂寞，但仍天天苦念苏州，苦念我的故园，因此也常常梦见苏州，并且盘桓于故园万花如海中了。那时我所做的诗，所填的词，就有不少是说梦的。如《兵连》云："兵连六月河山变，劫火弥天惨不收。我亦他乡权作客，寒衾夜夜梦苏州。"《梦故园》云："吴中小筑紫兰秋，羁旅他乡岁月流。瞥眼春来花似海，魂牵梦役到苏州。"《思归》云："中宵倚枕不胜愁，一片归心付水流。愿托新安江上月，照人归梦下苏州。"《梦故园花木》云："大劫忽临天地变，割慈忍爱与花违。可怜别后关山道，魂梦时时化蝶归。"

"梁祝"本事考

"梁山伯与祝英台"，无疑地是吾国流传得最广泛的一个民间故事，各地地方戏中，常有演出，而以越剧为最著。每一个剧团中都有这一出看家戏；往往别的戏演腻了而卖座衰落的时候，就搬出"梁祝"来演一下，顿时吸引了观众纷至沓来，足见广大群众是如何的喜爱这个故事了。

川剧中的"梁祝"，别有一名，叫做《柳荫记》，故事比越剧稍简，并没有"楼台会"的一节，民锋苏剧团的"梁祝"，就是根据《柳荫记》的。弹词中也有"梁祝"，弹词家纷纷传唱，以朱雪琴、郭彬卿一组为最得好评，故事似乎取材于越剧，与越剧异曲同工，听了是很够过瘾的。

"梁祝"的本事，考之浙江《鄞县志》，与地方戏所演出的颇有出入。据说县西十六里接待寺西，有义忠王庙，一名梁圣君庙，祀东晋鄮令梁山伯（按，鄞县在东晋时名鄮县），安帝时，刘裕奏封为义忠王，令地方官立庙。宋代时郡守李茂诚撰《庙记》，竟称之为神；其所以称神之故，却有一段神话，说是孙恩犯会稽时，太尉刘裕往讨，山伯托梦刘裕相助，夜间烽燧荧煌，兵甲隐见，孙等见了大惊，就入海逃去。至于与祝英台同化蝴蝶的话，那是不可考了。

据《庙记》中说，神讳处仁，字山伯，姓梁氏，会稽人。他的母亲梦见太阳贯穿胸怀，怀孕了十二个月，以东晋穆帝永和壬子三月一日分瑞而生。幼年时就聪明有奇气，长而就学，最爱坟典，曾从名师进修；过杭州时，在路上遇见一位青年，容貌端正，长身玉立，带了行李上渡船，坐在一起，山伯问他姓名，他回说姓祝，名贞，字信斋，问他从哪里来？说是来自上虞乡间。问他往哪里去？说是去求学的。双方讨论学问，很为相得；山伯便道："我们的家乡相去很近，我虽不敏，很愿攀附一下，希望您不要见外。"于是两人欣然同行，合从一师；同学了三年，祝因思亲先行回乡。过了二年，山伯也回去省亲，到上虞访祝，遍问祝信斋其人，竟没有人认识他，却有一位老者在旁笑道："我知道了，能文章的不要是祝家的九娘英台么？"当下找到祝家门上，山伯才知他的同学是个女子，别后重逢，十分欢洽，饮酒赋诗，珍重别去。回家之后，思慕英台才貌，因此禀请父母去求婚，谁知英台已许配了鄮城廊头马氏，好事不成，山伯长叹道："生当封侯，死当庙食，区区婚姻事，又何足道！"后来简文帝举贤良，郡中以山伯应召，被任为鄮县令，不久就害了重病，病危时对左右说："鄮县西清道源九龙墟是我的葬地。"说完，就瞑目长逝了，年只二十有二。郡人依照他的遗言，将他葬在西清道源的九龙墟。明年暮春，英台遣嫁马氏，搭了船乘流西来，突遇大风浪，船竟不能前进，问篙师，他回说："这里却有山伯梁县令的新坟，岂不奇怪！"英台听了，忙到坟前去拜奠，哀恸之余，坟地裂开，就耸身跳将下去，侍从即忙拉住她的裙子，裙幅却像云片一般飞散了。郡人将此事上奏朝廷，丞相谢安请封为义妇冢，勒石江左。清代李裕有诗咏其事："冢中有鸳鸯，冢外唤不起。女郎歌以怨，辄来双凤子。织素澄云丝，朱幡翦花尾。东风吹三月，春草香十里。长裾裹泥土，归弹壁鱼死。"

宜兴善权洞外，有碧藓庵，庵前有台，相传是祝英台读书处，清代词人陈其年过其地，填了一阕《祝英台近》："傍东风，寻旧事，愁脸界红箸。任是年深，也有系人处。可怜黄土苔封，绿罗裙坏，只一缕、春魂抛与。　　为他虑。还虑化蝶归来，应同鹤能语。赢得无聊，呆把断垣觑。那堪古寺莺啼，乱山花落，惆怅煞、台空人去。"可是《鄞县志》中并没提起梁祝在宜兴就学，那么这善权洞外的祝英台读书处，又未必可信了。

"梁祝"的家具

新中国的第一部彩色电影片《梁山伯与祝英台》，第一次的上映，竟不在国内而在国外，并且在世界历史上占有一页的日内瓦会议期间映上银幕，给参与会议的各国贵宾们欣赏，这是史无前例，而值得大书特书的。

这一部电影的摄制过程中，我也曾贡献过一份小小力量，这是一件很荣幸的事。原来上海电影制片厂在着手摄制之前，为了郑重起见，特派专管道具的胡倬云、张曦白两位前往北京物色古式的家具，找到了一部研究古家具的专书，按图索骥，虽有所得，只因装运不便，空手而返；终于到了苏州，听说我爱好古式的陈设，特来访问，看了紫罗兰盦和寒香阁中几件几椅，很为惬意；可是数量不多，无济于事。他们问起苏州有没有人家或店铺可以大量供给这种古式家具的？我不觉长叹了一声，说早已完了。

胡、张二位听了这话，很为失望，最后我提出了一个建议，说洞庭东山旧家很多，也许可以找到一些，不过梁祝是晋代的人，如果要找晋代的家具，那是踏破铁鞋无觅处的，只能以式样古老为目标，尺度要特别放宽才是。胡先生笑了起来，说晋代到现在有多少年了，如果是铁打的家具，也许可以遗传下来，木器当然是不会有的；我们所访求的，也不过是式样古老罢了。苏州方面既没有希望，那么我们就到洞庭东山去走一遭吧。

老友赵国桢兄，对于古式家具很有研究，专营此业，我家的东西，也大半是他助我搜罗的。并且他很熟悉东山的旧家，当地又有熟人可作向导，于是我就请他带头，一行四人，搭船直往洞庭东山，不到一天的时间，那远远近近似螺似髻的七十二峰，已在船头含笑相迎了。

我们到了东山，赵兄就找到一位姓严的朋友，他是识途老马，一连四天，伴同我们从前山走到后山，又从后山回到前山，几乎走遍了所有的旧家，可是所得也并不很多，只有数十件，总算已够应用，内中有些是明代的，自有古色古香之致。胡、张两位得此收获，已很满意，就欣然地回上海去了。

《梁山伯与祝英台》由越剧名演员袁雪芬、范瑞娟主演，她们的艺事，已达到了炉火纯青的地步；布景并不摄取天然风景，而用绘画为代，由老友张光宇兄执笔，画面十分美观，使这部艺术片更增加了艺术的气氛。在苏州第一次上映时，我忙着前去观赏，见片中有几件家具似曾相识，这就是我们前年在洞庭东山像觅宝一般觅来的宝物了。

苏州的宝树

旧时诗人词客，在他们所作的诗词中形容名贵的花草树木，往往用上琪花、瑶草、玉树、琼枝等字句，实则大都是过甚其词，未必名副其实。据我看来，苏州倒的确有几株出类拔萃的古树，称之为树中之宝，可以当之无愧。

最最宝贵的，无过于光福司徒庙中的几株古柏，庙门上有"柏因社"三字，就是因柏而名的。柏原有八株，后死其二，现存六株，其中最大最古的四株，据说清帝乾隆曾以清、奇、古、怪称之，树龄都在千余年以上，就是无名的两株，也并无逊色。今年初秋，曾偕同园林修整委员会诸委员并园林管理处同人，察勘香雪海的梅花亭，顺道往看古柏，见清、奇、古、怪四株，依然是清奇古怪，各有千秋；我虽已和它们阔别了十多年，竟浓翠欲滴，矫健如常；就是其他二株，好像在旁作陪似的，也一无变动，我想给它们题上两个尊号，一时竟想不出得当的字来。

清代诗人施绍书曾以长歌宠之："一柏直上海螺旋，一柏拏攫枝柯相胁骈。二柏天刑雷中空，伛者毒蛇卧者秃尾龙，上有蓊蔚万年不落之青铜。疑是商山皓，须髯戟张面重枣。或类金刚舞，睅眙杰杲目眦努。可惜陪贰四柏颓厥一，佛顶大鹏衔之掷过崭岩逸。否则八骏腾骧八龙叱，何异秃眇跛瘘蹀躞游戏齐廷出。安得巨灵擘山，巫阳掌梦，召之归来，虬干错互掩映双徘徊。吁嗟乎！一柏走僵七柏植，欲噏精英月华昃，夜深月黑镫光荧，非琴非筑声清泠。天风飕飕，仙乎旧游，万籁灭息，远闻鹈鹕。此言谁所述，我闻如是僧人成果说。"诗颇奇崛，恰与古柏相称。而吴大澂清卿的《七柏行》，对于这七株古柏一一写照，更有颊上添毫之妙，如："司徒庙中古柏林，百世相传名到今。我来图画古柏状，日暮聊为古柏吟。一柏亭亭最清绝，斜结绳文寒欲裂。九华芝盖撑长空，几千百年不可折。一柏如桥卧彩虹，霜皮剥落摧寒风。霹雳一声天半落，残枝满地惊飞蓬。一柏僵立挺霄汉，虬枝蟠结影零乱。冰雪曾经太古前，炼此千寻坚铁干。一柏夭矫如游龙，蒙头酣卧云重重。满身鳞甲忽飞舞，掷地化作仙人笻。中有二柏亦奇特，清阴下覆高柯直。纵横寒翠相纷挐，如副三槐参九棘。墙根一柏等附庸，侧身伏地甘疏慵。昂头横出一奇干，千枝万叶犹葱茏。（下略）"

读了此诗，就可以想像到这些古柏的姿态了。我以为它们不但是苏州的宝树，实在足以代表全国。

另一株宝树，就是沧浪亭东邻结草庵里的古栝，俗称"白皮松"，在全苏州所有的老栝中，这是最大最古老的一株，干大数围，是南方所稀有的。明代大画家沈石田曾说庵中有古栝十寻，数百年物，即指此而言；自明代至今，又加上了四百多岁，那么这古栝的年龄定在一千岁以上了。番禺叶誉虎前辈寓苏时，常去观赏，并一再赋诗咏叹，如《赠栝》一首云："消得僧房一亩阴，弥天髯甲自萧森。拏云讵尽平生志，映月空悬永夜心。吟罢风雷供叱咤，梦余陵谷感平沈。破山老桂司徒柏，把臂应期共入林。"沧浪亭对邻可园中荷花池畔，有一株胭脂梅，据说还是宋代所植，有人称之为江南第一梅；据我看来，树干并不苍古，也许老干早已枯死，这是根上另行挺生的孙枝了。每年春初花开如锦，艳若胭脂，我园梅丘上的一株，就是此梅接本，我曾宠之以词，调寄《忆真妃》云："翠条风搦烟拖。影婆娑。疑是灵猿蜕化、作虬柯。　　春晖暖。琼英圻。艳如何。错道太真娇醉、玉颜酡。"梅花单是色彩娇艳，还算不得极品，一定要有水光，才是十全十美。这株胭脂梅，就是好在有水光，普通的梅花和它相比，不免要自惭形秽了。

花光一片紫云堆

我对紫藤花，有一种特殊的爱好。每逢暮春时节，立在紫藤棚下，紫光照眼，缨络缤纷，还闻到一阵阵的清香，真觉得可爱煞人！

我记到了苏州的几株宝树，怎么会忘却拙政园中那株夭矫蟠曲如虬如龙的老紫藤呢？这紫藤的主干又枯又粗，可供二人合抱，姿态古媚已极，据说是明代诗、书、画三绝的文徵明所手植，五六百年来饱阅风霜，老而弥健，只因曲曲弯弯的蟠将上去，不比其他古树的挺身而立，所以下面支以铁柱，上面枝叶伸展开去，仿佛给满庭张了一个绿油油的天幕。壁间有不知何人所题"蒙茸一架自成林"七字，并于地上立一碑，大书"文衡山先生手植藤"八字。解放后，苏南文物管理委员会来整修拙政园，对于这株古藤非常重视，特地装置了一排朱红漆的栏杆保护它，要使这株宝树延长寿命，长供公众的欣赏，这措施实在是必要的。每年开花时节，我总得专诚前去，痴痴的靠着红栏杆，饱领它的色香，有时为那虬龙一般的枯干所陶醉，恨不得把它照样缩小了，种到我的那只明代铁砂的古盆中去，尊之为盆栽之王。

此外，南显子巷惠荫园中的水假山上，也有一株老藤，是清康熙年间名儒韩菼所手植，所以藤下立有"韩慕庐先生手植藤"一碑。主干也有一抱多，粗粗的枝条，好像千手观音的手一般伸展开去，一枝枝腾挐向上，有好几枝直挂到墙外去，蔚为奇观。暮春时敷荫很广，绿叶纷披中，一串串的像流苏般挂满了紫色的花，实在是足与文衡山的老藤争妍斗艳的。此外，更有一株老紫藤，在木渎山塘青石桥附近；沿塘有一株老榆树，粗逾两抱，却交缠着一株又粗又大的老藤，估计它的高寿，也足足有一百多岁了。这一榆一藤交缠在一起，仿佛是两个力大无比的大汉，在那里打架角力一般，模样儿很觉好玩；曾由张仲仁先生给它们起了一个雅号，叫作"古榆络藤"，现在不知依然无恙否？

我家园子里，也有一株老藤，主干已枯，古拙可喜，难能可贵的是：它的花是复瓣的，作深紫色，外间从未见过，据说是日本种，朋友们纷纷称美，我曾以七绝一首宠之："繁条交纠如相搏，屈曲蛇蟠擘不开。好是春宵邀月到，花光一片紫云堆。"架上另有一株，年龄稍小，花作浅红色，也很别致；可惜地盘都给前一株占去了，着花不多，似乎有些屈居人下的苦痛。除此以外，我又有盆栽紫藤多株，以沧浪亭可园移来的一株为甲观，主干只剩半片，而年年开花数十串，生命力仍很充沛。另有两株是日本种的九尺藤，花串下垂特长，可是九尺之称，实在是夸大的。其他山藤多株，都不见开花，据一位老园艺家说，倘把盆子埋在地下，使根须透出盆底的小孔，就会开花，今春我已如法一试，不知明年究能如愿否？紫藤花有清香，倘蘸了面粉的糊，和以白糖，入油锅炸熟，甘香可口，好奇者不妨一尝试之。

插　花

好花生在树上，只可远赏，而供之案头，便可近玩；于是我们就从树上摘了下来，插在瓶子里，以作案头清供，虽只二三天的时间，也尽够作眼皮儿供养了。说起瓶子，正如今人所谓丰富多彩，各各不同，质地有瓷、铜、玉、石、砖、陶之分，式样有方圆、大小、高矮之别。这还不过是大纲而已；若论细则，那非写一部专书不可。单以瓷瓶而论，就有什么官窑、哥窑、柴窑、钧窑、郎窑、定窑等等名目，式样之五花八门，更不用说；铜器又有什么觚、尊、罍、觯等等名目，就是依着它们的式样而定名的。其他玉、石、砖、陶用处较少，也可偶而一用，比较起来还是用陶质的坛或韩瓶等等插花最为相宜，坛口大，可插多枝或多种的花，如果是三五枝花，那么用小口的韩瓶就得了。安吉名画家吴昌硕先生每画折枝花，喜画陶坛和韩瓶，瞧上去自觉古雅。

插花虽小道，而对于器具却不可随便乱用，明代袁中郎的《瓶史》中曾说："养花瓶亦须精良，譬如玉环飞燕，不可置之茅茨；又如嵇阮贺李，不可请之酒食店中。尝见江南人家所藏旧瓶，青翠入骨，砂斑垤起，可谓花之金屋，其次官哥象定等窑，细媚滋润，皆花神之精舍也。"据他的看法，大概插花还是以铜瓶为上，所以有"青翠入骨，砂斑垤起"之说，而瓷瓶次之，即使是名窑，也不得不屈居其下；但我以为也不可一概而论，譬如粗枝大叶的花，分量较重，插在瓷瓶中易于翻倒，自以铜瓶为妥善。记得去秋苏州怡园开幕时，我举行盆栽瓶供个人展览会，曾用一个古铜瓶插一枝悬崖的枇杷花，枝干很粗，主体一枝，另一枝斜下作悬崖形，而叶子十多片，每片好似小儿的手掌般大，倘用瓷瓶或陶瓶来插，定然不胜负担，因此不得不借重铜瓶了。今年元宵节，我从梅丘的一株铁骨红梅树上，折了一枝粗干下来，也插在一个古铜瓶中，不但是觉得举重若轻，而且色彩也很调和，红艳艳的梅花，衬托着黑黝黝的瓶身，自有相得益彰之妙。这一夜供在爱莲堂中，与灯光月色相映，真的赏心悦目，美不可言。

铜瓶蓄水插花，可免严冬冻裂之弊，据说出土的古铜瓶，因年深月久的受了土气，插花更好，花光鲜艳，如在枝头一样，并且开得快而谢得慢，延长了寿命；结果子的花枝，还能在瓶里结出果子来，可是我没有亲见，不敢轻信。瓷瓶插花，自比铜瓶漂亮，但是严冬容易冰碎，未免美中不足，必须特制锡胆，或则利用竹管，更是惠而不费，否则在水中放些硫磺，也可免冻。

插花不可太多，以三枝或五枝最为得当，并且不可太齐，应当有高有低，也应当有疏有密。瓶口小的，自是容易插好，要是瓶口太大，那么李笠翁《闲情偶寄》中发明"撒"之一物，说是以坚木为之，大小其形，不拘一格，其中或扁或方，或为三角，但须圆形其外，以便合瓶。我以为此法还是太费；不如剪一根树枝，横拴在瓶口以内，或多用一根，作十字形，那么插了花可以稳定，不会动摇了。

再谈插花

袁宏道中郎，是明代小品文大家，世称"公安派"，颇为有名，他平日喜以瓶养花，对于瓶花的热爱，常在诗歌和文章中无意流露出来。他所作的《瓶史》，就是专谈此道的，他的小引中说："……幸而身居隐现之间，世间可趋可争者既不到，余遂欲欹笠高岩，濯缨流水，又为卑官所绊；仅有栽花莳草一事，可以自乐，而邸居湫隘，迁徙无常，不得已乃以胆瓶贮花，随时插换，京师人家所有名卉，一旦遂为余案头物，无扦剔浇顿之苦，而有味赏之乐，取者不贪，遇者不争，是可述也。"他那插瓶花的旨趣是如此。

《瓶史》全文不过三千多字，分作十二节，一为花目，二为品第，三为器具，四为择水，五为宜称，六为屏俗，七为花祟，八为洗沐，九为使令，十为好事，十一为清赏，十二为监戒。我先后读了两遍，觉得他似乎在卖弄笔墨，切合实际的地方实在不多，譬如洗沐一节，就是在花上喷水，这是很简单的一回事，什么人都干得了的；而他老人家偏偏郑重其事，还指定什么花要什么人去给它洗浴，他这样的写着："浴之之法，用泉甘而清者，细微浇注，如微雨解酲，清露润甲；不可以手触花，及指尖折剔，亦不可付之庸奴猥婢。浴梅宜隐上，浴海棠宜韵致客，浴牡丹、芍药宜靓妆妙女，浴榴宜艳色婢，浴木犀宜清慧儿，浴莲宜娇媚妾，浴菊宜好古而奇者，浴蜡梅宜清瘦僧。"试想喷一枝瓶子里的花，要这样的严于人选，岂不是太费事了么？又如使令一节："花之有使令，犹中宫之有嫔御，闺房之有妾媵也。夫山花草卉，妖艳实多，弄烟惹雨，亦是便嬖，恶可少哉？梅花以迎春、瑞香、山茶为婢，海棠以蘋婆、林檎、丁香为婢，牡丹以玫瑰、蔷薇、木香为婢，石榴以紫薇、大红、千叶、木槿为婢，莲花以山矾、玉簪为婢，木犀以芙蓉为婢，菊以黄白山茶、秋海棠为婢，蜡梅以水仙为婢。"同是一枝花，偏要给它们分出谁主谁婢，实在是一种封建思想在作怪，不知道他是用什么看法分出来的？那些被派为婢子的花，如果是有知觉的话，也许要对他提出抗议来吧？

中国古籍中关于插花的，似乎只有《瓶史》一种，自是难能可贵，其中如"品第""器具""择水""宜称""好事"诸节，自有见地，所以此书传到日本，日本人对于插花向有研究，就当作教科书读；甚至别创一派，名"宏道流"，表示推重之意。中郎品第花枝，十分严格，非名花不插，如牡丹必须黄楼子、绿蝴蝶、舞青猊；芍药必须冠群芳、御衣黄、宝妆成；梅花必须重叶绿萼、玉蝶、百叶缃梅。我以为插花不比盆栽，选择无妨从宽，一年四季，什么花都可采用，或重其色，或重其香，或则有色有香，当然更好。不过器具却要选择得当，色彩也要互相衬托，对于枝叶的修剪，花朵的安排，必须特别注意，如果插得好，那么即使是闲花凡卉，也一样是足供欣赏的。

插花的器具，不一定单用铜、瓷、陶等瓶樽，就是安放水石的盘子或失了盖的紫砂旧茶壶等，也大可利用。我曾在一个乾隆白建窑的浅水盘中，放了一只铅质的花插，插上一枝半悬崖的朱砂红梅，旁置灵璧拳石一块，书带草一丛（用以掩蔽花插），自饶画意。又曾在一只陈曼生的旧砂壶中，插一枝黄菊花，花只三朵，姿态自然，再加上一小串猩红的枸杞子，作为陪衬，有一位老画师见了，就说："这分明是一幅活色生香的徐青藤的画啊！"

不依时节乱开花

今年的天气十分奇怪，春夏二季兀自多雨，人人盼望天晴，总是失望，晴了一二天，又下雨了；到了秋季，兀自天晴，差不多连晴了两个月，难得下一些小雨，园林里已觉苦旱，田中农作物恐怕也在渴望甘霖了。瞧来天公也在闹别扭，你要晴，它偏偏下雨，你要雨，它偏偏放晴，倒像故意跟人开玩笑似的。因了这天气的不正常，有些花木也一反常态，竟不依时节乱开花了。莲花本来在夏季开的，而过了农历六月二十四日所谓莲花生日，还是不见开花，直到牛女双星渡河之后，才陆陆续续地开起来。桂花总在中秋左右开的，而今年却宣告延期，直到重阳节边，才让人看到了垂垂金粟，闻到了拂拂浓香。菊有黄花，向来总在重阳节边，而今年也延迟了一月，期待着持螯赏菊的朋友们，真有望穿秋水之感了。

最奇怪的，我园子里有一株盆栽的小梅树，忽在重阳前二天开了一朵花，开始时先见六片圆形绿叶组成的一个萼，中间拥一点红心，过了三天，红心渐渐放大，绿萼渐渐翻向后面，再过二天，红心更大了，现出花瓣的模样来，色彩很为鲜艳，有些像朱砂红；到了明天，五片花瓣完全开好，色彩也渐渐淡下去，足足开了两天，居然有色有香，旁枝上还有一个小小的花蕊，只因在爱莲堂中连供了七天，等不及开花就脱落了。本来古人诗中有

"十月先开岭上梅"之句，这岭是指的大庾岭，地在南方，并且是种在山上的，当然是易于开花，而现在还在农历九月，又是盆栽的一株小梅树，竟抢先的开了花，而其余的几十盆却一动都不动，真是可怪了。

然而这种奇迹，古已有之，如清代康熙年间词人陈其年，曾见一株老梅树枯而复活，并且秋天就开了花，叠萼重台，生气勃勃，一时有"瑞梅"之称，其年赋《沁园春》一阕宠之："一种江梅，偏向君家，出奇无穷（树在友人汤皆山家）。看千年复活，乔柯蚴蟉，重台并蠡，冷蕊空濛。人曰奇哉，梅云未也，要为先生夺化工。休惊诧，请诸君安坐，洗眼秋风。　须臾露灌梧桐。忽逗出罗浮别样红。正朦胧一夜，银河影里，稀疏数点，玉笛声中。只恐东篱，有人斜睨，菊秀梅娇妒入宫。当筵上，倩渊明和靖，劝取和同。"词意很有风趣，而结尾因恐菊梅争宠，请陶渊明、林和靖劝它们和平共处，真是想入非非。不但如此，其年家中有杏树一株，也在暮秋开花，竟与春间一般娇艳，其年也咏之以词，调寄《解连环》云："碧秋澄澈，把江南染遍，是他黄叶。忽一朵半朵春红，也浅晕明妆，薄融酥颊。簌雨笼晴，笑依旧、茜裙微折。只夜凉难禁，露重谁扶？跫语凄咽。　回思好春时节，正桃将露绶，兰渐成缬。楼上人醉花天，有画鼓银罂，宝马翠埒。事去慈恩，枉立尽、西风闲说。伴空濛、驿桥一帽，苇花战雪。"除此之外，又有八月闻莺、海棠重开的奇事，词人李分虎以《花犯》一阕记之："卷筊帘，金梭忽溜，青林已非昔。倚阑干立。讶老桂黄边，犹露春色。几丝带雨蔫红湿。莺穿亦爱惜。为载酒、向曾听处，相逢如旧识。　巡檐觑花太零星，翻疑狼藉后，东风留得。记前度，寻芳事，梦中游历。又谁料、数声似诉，重唤起、秋窗拈赋笔。便杜老、断无吟句，也应题醉墨。"

有一天，苏州市园林管理处汪星伯兄过访，看了我盆梅着花，便说今年怪事真多，拙政园中端阳节边开过的石榴花，忽在重阳节边又大开起来；而有的园子里，也秋行春令，竟开起樱花来了。不依时节乱开花，花也在作弄人啊！

闻木犀香

每年中秋节边，苏州市的大街小巷中，到处可闻木犀香，原来人家的庭园里，往往栽有木犀的；今年因春夏二季多雨，天气反常，所以木犀也迟开了一月，直到重阳节，才闻到木犀香咧。木犀是桂的俗称，因丛生于岩岭之间，故名"岩桂"。花有深黄色的，称"金桂"；淡黄色的，称"银桂"；深黄而泛作红色的，称"丹桂"。现在所见的，以金桂为多，银桂次之，丹桂很少。花有只开一季的；也有四季开的，称"四季桂"；月月开的，称"月桂"。可是一季开的着花最繁，并且先后可开二次，香也最浓；四季桂和月桂着花稀少，香也较淡，不过每到秋季，也一样是花繁香浓的。台州天竺所产桂，名"天竺桂"，是桂中异种，逐月开花，只在叶底枝头，点缀着寥寥数点。天竺的僧人们称之为月桂，好在花能结实，大小与式样，与莲子很相像，那就是所谓桂子了。

我于去冬得老桂一本，干粗如成人的臂膀，强劲有力，也是月月开花，并且是结实的，大概就是天竺桂。今秋着花累累，初作淡黄色，后泛深黄，我把密叶剪去，花朵齐露于外，如金粟万点，十分悦目。所难得的这老桂是个盆栽，栽在一只长方的白砂古盆里，高不满二尺，开花时陈列在爱莲堂中，一连三天，香满一堂。朋友们见了，都赞不绝口，这也可算是吾家盆栽中的一宝了。

记得二十年前，我曾从邓尉山下花农那里买到枯干的老桂三本，都是百余年物，分栽在三只紫砂大圆盆里，每逢中秋节边，看花闻香，悦目怡情，曾咏之以诗："小山丛桂林林立，移入古盆取次栽。铁骨金英枝碧玉，天香云外自飘来。"可惜在对日抗战时期，我避寇出走，三桂乏人照顾，已先后枯死，幸而最近得了这株天竺桂，虽然不是枯干，而姿态之古媚，却胜于三桂，我也可以自慰了。

向例桂花开放时，总在中秋前后，天气突然热起来，竟像夏季一样，苏人称之为"木犀蒸"，桂花一经蒸郁，就烂烂漫漫地盛开了；我觉得这"木犀蒸"三字很可入诗，因戏成一绝："中秋准拟换吴绫，偏是天时未可凭。踏月归来香汗湿，红闺无奈木犀蒸。"

江浙各处，老桂很多，杭州西湖上满觉陇一带，满坑满谷的都是老桂，花时满山都香，连栗树上所结的栗子，也带了桂花香味，所以满觉陇的桂花栗子，也是遐迩驰名的。听说，嘉兴有台桂，还是明代以前物，花枝一层层的成了台形，敷荫绝大，花开时香闻远近村落，诗人墨客，纷纷赋诗称颂，不知现仍无恙否？常熟兴福寺中有唐桂，一根分出好几株来，亭亭直立，去秋我曾冒雨往观，每株树身并不很粗，不过碗口模样，据我看来，至多是明桂，倘说是唐代，那么原树定已枯死，这是几代以下的孙枝了。鲁迅先生绍兴故宅的院落中，有一株四季桂，据说饱阅风霜，已有二百余年之久，从主干上生出三株六枝来，像是三树合抱而成的一株大树，荫蔽了半个院落，先生童年时，常常坐在这桂树下听他母亲讲故事的。

　　我家园子里也有三株桂树，一大二小，都不过三四十年的树龄，今秋花虽开得较迟，而也不输于往年的繁盛。我因桂花也可窨茶，运往苏联和其他民主国家，可换机器，因此自己享受了一二天的鼻福，摘下了几枝作瓶供，就让邻人们勒下花朵来，以每斤六千元的代价，卖与虎丘茶花合作社了（据说窨茶以银桂为佳，所以代价也比金桂高一倍）。苏州市的几个园林中，都有很多的桂树，而以怡园、留园为最，各在桂树丛中造了一座亭子，以资坐息欣赏；怡园的亭子里有"云外筑婆娑"一额；留园的亭子里有"闻木犀香"一额，我这一篇小文，就借以为名，写到这里，仿佛闻到一阵阵的木犀香，透纸背而出。

养金鱼

往时一般在名利场中打滚的人，整天的忙忙碌碌，无非是为名为利，差不多为了忙于争名夺利，把真性情也汨没了。大都市中，有的人以为嫖赌吃喝，可以寄托身心，然而这是糜烂生活的一环，虽可麻醉一时，未免取法乎下了。

现在新社会中，大家忙于工作，不再是为名为利，大都是为国为民；然而忙得过度，未免影响健康，总得忙里偷闲，想个调剂精神的方法，享受一些悠闲的情趣，我以为玩一些花鸟虫鱼，倒是怪有意思的。说起花鸟虫鱼，也正浩如烟海，要样样玩得神而明之，谈何容易。单以蓄养金鱼而论，此中就大有学问，决不是粗心浮气的人，所能得其奥秘的。

我在对日抗战以前，曾经死心塌地地做过金鱼的恋人，到处搜求稀有的品种、精致的器皿，并精研蓄养与繁殖的法门，更在家园里用水泥建造了两方分成格子的图案式池子，以供新生的小鱼成长之用，可谓不惜工本了。当时所得南北佳种，不下二十余品，又为了原名太俗，因此借用词牌、曲牌做它们的代名词，如朝天龙之"喜朝天"、水泡眼之"眼儿媚"、翻鳃之"珠帘卷"、堆肉之"玲珑玉"、珍珠之"一斛珠"、银蛋之"瑶台月"、红蛋之"小桃红"、红龙之"水龙吟"、紫龙之"紫玉箫"、乌龙之"乌夜啼"、青龙之"青玉案"、绒球之"抛球乐"、红头之"一萼红”、燕尾之“燕归梁”、五色小兰花之“多丽”、五色绒球之“五彩结同心”等，那时上海文庙公园的金鱼部和其他养金鱼的人们都纷纷采用，我也沾沾自喜，以为我道不孤。

古人以文会友，我却以鱼会友，因金鱼而结识了好多专家，内中有一位号称金鱼博士的吴吉人兄，尤其是我的高等顾问，我那陈列金鱼的专室“鱼乐国”中，常有他的踪迹；他助我搜罗了不少名种，又随时指示我养鱼的经验，使我寝馈于此，乐而忘倦。明代名士孙谦德氏作《朱砂鱼谱》，其小序中有云：“余性冲澹，无他嗜好，独喜汲清泉养朱砂鱼，时时观其出没之趣，每至会心处，竟日忘倦。惠施得庄周非鱼不知鱼之乐，岂知言哉！”我那时的旨趣，正与孙氏一般无二，虽只周旋于二十四缸金鱼之间，而也深得濠上之乐的。

不道“八一三”日寇进犯，苏州沦陷，我那二十四缸中的五百尾金鱼，全都做了他们的盘中餐，好多年的心血结晶，荡然无存，第二年回来一看，触目惊心，曾以一绝句志痛云：“书剑飘零付劫灰，池鱼殃及亦堪哀。他年稗史传奇节，五百文鳞殉国来。”虽说以五百金鱼之死，比之殉国，未免夸大，然而它们都膏了北海道蛮子的馋吻，却是铁一般的事实。胜利以后，因名种搜罗不易，未能恢复旧观，而我也为了连遭国难家忧，百念灰冷，只因蜗居爱莲堂前的檐下挂着一块“养鱼种竹之庐”的旧额，不得不置备了五缸金鱼，略事点缀，可是佳种寥寥，无多可观，我也听其自生自灭，再也不像先前的热恋了。

再谈养金鱼

我在皖南避寇，足足有三个多月，天天苦念故乡，苦念故园，苦念故园中的花木；先还没有想到金鱼，有一天忽然想到了，就做了十首绝句：

"吟诗喜押六鱼韵，鱼鲁常讹雁足书。苦念家园花木好，愧无一语到金鱼。"

"五百锦鳞多俊物，词牌移借作名标。翻鳃绝似珠帘卷，紫种宛然紫玉箫。"

"杨柳风中鱼诞子，终朝历碌换缸来。鱼人邪许担新水，玉虎牵丝汲井回。"（母鱼生子时，因水味腥秽，必须常换新水。）

"盆盎纷陈鱼乐国，琳琅四壁画金鱼。难忘菊绽花如海，抗礼分庭独让渠。"（小园中陈列金鱼的一屋，名鱼乐国，四壁都张挂着名家所画的金鱼，每年秋季，苏州公园中举行鱼菊展览会，金鱼与菊花并列。）

"五色文鱼多绝丽，云蒸霞蔚似丝缲。登场鲍老堪相拟，簇锦团花着绣袍。"

"珠鱼原是珠江种，遍体莹莹珠缀肤。妙绝珠帘朱日下，一泓碧水散珍珠。"

"珍鱼矫矫生幽燕，紫贝银鳞玉一团。媲美仙葩差不愧，嘉名肇锡紫罗兰。"（北方有一种身有紫斑的金鱼，俗称紫兰花，我爱花中的紫罗兰，因以为名。）

"沙缸廿四肩差立，碧藻绯鱼映日鲜。绝忆花晨临渌水，闲看鱼乐小游仙。"

"朝朝饲食常临视，为爱清漪剔绿苔。却喜文鳞俱识我，落花水面唅唼来。"（缸边易生绿苔，积得厚了，必须剔去。）

"铁蹄踏破纷华梦，车驾仓皇出古吴。未识城门失火后，可曾殃及到池鱼。"

不料后来回到故园探望时，金鱼果然殃及，只索望缸兴叹；并且连我最爱的一个捷克制的玻璃金鱼缸也给毁了。这缸是作四方形的，下面有一个镂花的铜盘，两旁有两个瓜棱形的火黄色的玻璃管，当中可以通电放光，柱顶各立一个裸体女子，全身涂金，张开了两臂，相对作跳下水去的模样；我曾两次陈列在公园里的鱼菊展览会中，养着两尾五色的珍珠鱼，映着电光，分外地美丽，参观的群众，都啧啧赞美，至今我还忘不了它。

前人对于养金鱼的器具，原有很讲究的；像元代的燕帖木耳，在私邸中造一座水晶的亭子，四面以水晶作壁，珊瑚作栏杆，装了清水进去，养着许多五色鱼，再将绿藻、红荷、白蘋等作点缀，真的光怪陆离，美观极了。清代的宰相和珅，有一只琥珀雕成的书案，方广二尺，嵌以水晶，下面有一抽屉，也是水晶的，约高三寸，装了水养金鱼，配着碧绿的水藻，自觉尽态极妍。对日抗战以前，我曾在阔街头巷的网师园中，瞧见一只杨妃榻上的炕几，四周用紫檀精雕作边框，嵌着很厚的玻璃，四面和底层是瓷质的，画着无数的金鱼和绿藻，据说是乾隆时代的制作，也是作养金鱼之用的。前人对于玩好方面，真是穷奢极欲，现在可没有这一套了。

养金鱼的风气，宋代即已有之，苏老泉诗中曾有"朱鬣金鳞漫如染"之句，可作一证。不过他们大半是养在池塘里的。到了清代，就有把金鱼养在瓶里的了，如陈其年咏金鱼的《鱼游春水》一词中，有"浅贮空明翡翠瓶，小唼瀠溜桃花水。蹙锦裁斑，将霞漾绮"之句。又龚蘅圃有《过龙门》一词："脂粉旧香塘，影蘸丝杨。花纹不数紫鸳鸯。一种藻鳞金色嫩，三尾拖凉。　蔽日有青房，翠网休张。池星密处惯迷藏。雨过满奁真个似，濯锦秋江。"这又是咏池塘中的金鱼了。我也有一阕《行香子》词，咏池中金鱼，词云："浅浅春池。藻绿鱼绯。看翩翩倩影参差。银鳞鳃展，朱鬣鳍歧。是瑶台月，珠帘卷，燕双飞。（银蛋、翻鳃、燕尾，三种金鱼的别名。）　碧眸流媚，彩衣轩举，衬清漪各逞娇姿。香温茶熟，晴日芳时。好听鱼喁，观鱼跃，逗鱼吹。"我的金鱼本来都是养在黄沙缸里的，只因春间生子太多，就分了一部分到梅丘下的荷花池中去，所以池中也做了金鱼的殖民地了。今春为了给各地来宾增加兴趣起见，特地在原有的五缸外，添了三缸，排成一朵带柄的梅花的式样，养了八种金鱼，中如五色的蛋种和五色的珍珠鱼，最为富丽；可惜今年多雨，红虫难觅，每天只吃些浮萍绿子，所以不能繁殖了。

展览会

展览会为一种群众性的活动，无论是属于文学的，艺术的，历史文物的，科学技术的，都足以供欣赏而资观摩，达到见多识广的境界。解放以来，苏州市的各种展览会，风起云涌，连续不断，如太平天国起义一百周年纪念展览会，总路线展览会，以及最近的五年来成就展览会，吸引了千千万万的观众，好像给大家上了几次活生生的大课，教育意义是十分重大的。我前前后后也参加了不少展览会，大都是属于艺术和园艺方面的。

对日抗战以前，我经常参加苏州公园的菊花展览会、金鱼菊花展览会、梅花展览会等；抗战期间，我在上海又参加了几次国际性的中西菊花展览会，以我们中国的盆栽盆景与西方人的园艺相竞赛，居然压倒了他们，连得了三次总锦标杯，当时自以为我的园艺取得了国际间崇高的地位，得意忘形，先后做了八首绝句，其中二首，就是对外而言的：

"奇葩烂漫出苏州，冠冕群芳第一流。合让黄花居首席，纷红骇绿尽低头。"

"占得鳌头一笑呵，吴宫花草自娥娥。要他海外虬髯客，刮目相看郭橐驼。"

我以为对外而言，不妨自豪。胜利以后，回到苏州，又曾参加了一次菊花展览会，一次菊花展览会，记得有一盆"陶渊明赏菊东篱"，别出心裁，曾博得了不少好评。

解放后的一九五〇年，参加苏州市文物展览于青年会，特辟一室，布置了三个桌子，一桌是文玩小品，一桌是盆景盆栽，一桌是北瓜与蔬果，都是家园产品，揭橥曰"秋之收获"，请老友蒋吟秋兄用白粉写在一片柿叶上，红绿斑驳，很为别致；四壁张挂着明清两代周氏的书画，如周天球、周东邨、周之冕、周芷岩等，全是姓周的名家的手笔。

这一次的展览，引起了当地首长们的注意，从此我的紫兰小筑的小小园地，就经常的东西南北有人来了。以后拙政园开幕，苏南文管会又邀我去展览园艺作品，独占了"南轩"一室，又布置了三个桌子，除盆景盆栽北瓜蔬果外，加上了一桌子的水石盆供，借用毛主席的《沁园春》词名句，揭橥曰"江山如此多娇"，为之增光不少；中如仿宋代范宽的《长江万里图》一角，仿元代倪云林的《江干望山图》《富春江严子陵钓台》等，计六七点，在我以前的展览品中，这总算是别开生面的。

怡园开幕，又在荷花厅的树根古几案上布置了盆景盆栽与瓶菊，秋菊有佳色，自能引人入胜；中有一件，以乾隆白瓷浅水盆，插棕榈叶五枝，单瓣红山茶一枝，配以拳石，别有意趣，有一位参观的朋友，在意见簿上写着："这一盆棕榈山茶美极了，可作和平的象征。"可惜这是插在水中的，只能维持三四天。

以后又如拙政园开幕周年纪念的菊花展览会，怡园的月季花展览会，也都有我的盆栽盆景和瓶供的菊花、月季花等参加，因为我已好似药方中的甘草，凡是展览会，几乎都有我的份儿了。而最可纪念的：有一次为了欢迎朝鲜人民军和中国人民志愿军代表，在人民文化宫中举行了一个文物展览会，邀我把各种梅花的盆栽盆景拿去参加，布置了三个桌子、两个花几，那位五十多岁的朝鲜代表见了大为叹赏，问长问短之后，都在手册上记了下去。一九五三年春节，苏州市文物保管委员会展览历代书画文物于人民文化宫，在大会堂的四壁挂满了书画，而主席台上由我布置了好多盆栽盆景与瓶供石供等，在毛主席造像前供着三大盆的松竹梅，吸住了好多观众，在我历次参加的展览会中，以这一次的位置居高临下，最为满意，抬头望去，极庄严华贵之致；甚至有几位爱好花木的解放军战士，竟找到我家里来了。最近的一次，就是一九五四年春节，民间艺术展览会举行于拙政园，搜罗了许多苏州市的民间艺术品，蔚为大观，那展览书画的部分，又邀我将梅花的盆栽盆景去点缀一下，中如故名画家顾鹤逸先生手植的那株绿萼老梅，由我培养了三年，着花很多，树形仿佛一头起舞的仙鹤，我给题上了"鹤舞"二字，观众啧啧称美；此外，盆景如"孤山一角""梅花林"等，也是我煞费苦心的创作，这一个展览会举行了半个月，真有万人空巷的盛况。

准备工作

我一次次地参加各种展览会，虽获得了一次次的好评，享受了一时间的荣誉，然而也付出了心力上的相当的代价，不是轻易得来的。当我接受了邀请参加的时候，须得做多则一星期、少则三四天的准备工作，先要动动脑筋，想定拿哪些东西去参加，于是从那几百盆的盆栽盆景中去挑选出来，初选之后，还要复选，将枝叶不茂、精神稍差的重行换过；然后整理盆面，或加些新的细泥，或补些细的青苔，再带上一些细叶的杂草，一面作整姿的工作，枝叶要修剪的一一修剪，要删去的一一删去，要扎缚的就得用棕丝来扎缚，有的盆栽必须加上一块英石或一条石笋；盆景中一块不够，还须加三四块、五六块，石的大小高低，必须选择得当，安放的位置必须避免对称和呆板，以合乎诗情画意为上乘。除此之外，再得安放一二个广东制作的小型人物，以及亭塔茅屋船只或鹤鹿牛马等等，大小远近又须和主体的树身作比例，太大太小都是不合条件的。这整个的盆栽盆景整理完毕之后，又须照盆子的类型，配上一个合适的座子，或是红木制的，或是紫檀制的，或是黄杨的树根制的，以壮观瞻；这些座子，又须上蜡拂拭，瞧上去才觉焕然一新。做完了这几种工作，又得动脑筋题上一个含有诗意的名字，再准备了各色虎皮笺或洒金笺等请名家书写，或正或草，或隶或篆，蒋吟秋、林伯希二位老友，是经常替我效劳的。

就是瓜果和瓶花，也一样的要做准备工作，每一个北瓜，必须看它的颜色，配上一个色调相称的盆子，或方或圆或长方或椭圆，不必固定，然后铺以石粉，如有余地，再用葫芦、灵芝或拳石作陪衬。瓶花除了用各种瓷瓶、陶樽外，也可用瓷质或石质的水盘，色彩必须与花的颜色相和谐。花以三朵、五朵为宜，避免双数，高低疏密必须注意，再配上绿叶一二枝，位置也须适当。水盘插花，日本人最为擅长，必须利用铅质或铜质的花插，使花枝固定不致动摇，然后用拳石或书带草等掩蔽，勿露痕迹。花枝多少不论，种类则不宜太多，二三种已足，更须注意到疏密与高低，万不可杂乱无章。这许多东西逐一准备妥帖之后，便在几案或橱架上先行陈列起来，看了盆子的高低大小，作适当的安放，总须费好一番手脚，方始决定；然后照样画了草图，以供会场上陈列时对照之用。看了这种种准备工作，就可知道我参加展览的煞费苦心了。

至于我的家里，更好似一年到头天天不断地在举行展览会，爱莲堂、紫罗兰盦、寒香阁、且住等四间屋以及一个曲尺形的廊下，一共陈列着几十盆大小不等的盆栽和盆景，再加以瓶花，经常的更换，以新眼界。每天傍晚，必须逐一移放到庭前去，好吸收一夜露水，使它们的精神饱满起来；倘在菊花和梅花时节，花正开得好好的，夜半如下大雨刮大风，我还得起床搬移，使花朵不受风雨摧残。每天黎明即起，第一个工作就是将这几十件盆供瓶供一一搬回屋内和廊下，安放在原来的位置上，这一天两次的刻板工作，正如古时陶侃运甓一般，也足以活动肢体，不必再打太极拳作广播体操了。为了我这一年不断的展览会，就弄得一年不断的门庭如市，北至哈尔滨、松江省，西至新疆、四川，南至广西、广东，东至福建、山东，中部如湖南、湖北和河南，都有贵宾光降，甚至朝鲜前线来的志愿军首长，也做了我的座上客，真使我受宠若惊咧。

一年无事为花忙

园中的花树果树，按时按节乖乖地开花结果，除了果树根上一年施肥一次外，并不需要多大的照顾；我的最大的包袱，却是那五六百盆大型、中型、小型、最小型的盆景盆栽，一年无事为花忙，倒也罢了；可是即使有事，也得分身为它忙着。春季忙于翻盆，夏季忙于浇水，秋季忙于修剪，冬季忙于埋藏，这是指其荦荦大者；至于施肥和其他零星工作，可没有一定，像我这样的花迷花痴，没有事也得找些事出来，天天总想创作一二个盆景，以供大众欣赏，那更忙得喘不过气来了。

至于上面所说的四季的工作，也不是固定的；譬如春季翻盆，秋季、冬季也可翻盆，不过我却是在春季格外忙一些，因为有好几十盆大大小小的梅桩，在开过了花之后，必须一一剪去枝条，由瓷盆或紫砂细盆中翻入瓦盆培养，换上新泥，施以肥料，忙得不可开交。记得解放以前曾有过四首七绝咏其事：

"不事公卿不辱身，翛然物外葆天真。长年甘作花奴隶，先为梅花忙一春。"

"或象螭蟠或虎蹲，陆离光怪古梅根。华堂经月尊彝供，返璞还真老瓦盆。"

"删却枝条随换土，瓦盆培养莫相轻。残英沾袖余香在，似有依依惜别情。"

"养花辛苦有谁知，雨雨风风要护持。但愿来春春意足，瑶花重见缀琼枝。"

这四首诗，确是实录。此外，还有别的许多盆树，倘见有不健康的模样，也须逐一翻盆，所以春季翻盆工作是够忙的了。浇水原不限于夏季，春秋以至冬季都须浇水；只因夏季赤日当空，盆土容易晒干，尤以浅盆为甚，甚至一天浇一次还嫌不够，要浇二次、三次之多。试想浇五六百盆要汲多少水？要费多少手脚？所以夏季浇水，实在是主要的工作，而也是最繁重、最累人的工作。若是春、秋二季，阳光较弱，不一定天天要浇；冬季更为省力，只须挑盆面发白的浇一下好了。

修剪工作以春、秋二季最为相宜，我却于暮秋叶落之际，忙于修剪；或则延至来春萌芽之前动手，亦无不可，但我生性急躁，总是当年就跃跃欲试了。到了冬季，花木大都入于睡眠状态，似乎不须再忙；但是第一要着，得赶快做保卫工作，以防寒流的突然袭来，抵抗力较弱的盆树，一经冰冻，就有致命的危险。

记得一九五二年初冬，有一天寒流忽如飞将军之从天而降，单单在一夜之间，田间菜蔬全都冻坏，我也没有防到初冬会这样的寒冷，所有盆树全未埋藏，以致损失了好几十盆，中如枯干的绣球、老本的丁香，都是只此一家，并无分出的，不幸都作了惨烈的牺牲；甚至抵抗力素称强大的枸杞、迎春、石榴等等，以及生长山野中从不畏寒的山枫老干，也有好多本被寒流杀死了。

我痛定思痛，至今还惋惜着这无可弥补的损失。所以去冬绸缪未雨，一过立冬，就忙着把较小的盆树尽先收藏到面南的小屋中去，然后将大型的盆树，连盆埋在地下，以免寒流袭来时措手不及。这一个赶做埋藏工作的时期，也是够忙的；并且我家缺少劳动力，中型、小型的盆树，我自己还可亲自动手移放，而大型的盆树有重至一二百斤的，那就非请人家帮忙不可了。可是我这一年四季的忙，也不是白忙的，忙里所得的报酬，是好花时餍馋眼，嘉果常快朵颐，并且博得了近悦远来的宾客们的赞誉。

花木之癖

我热爱花木，竟成了痼癖，人家数十年的鸦片烟癖，尚能戒除，而我这花木之癖，深入骨髓，始终戒除不掉。早年在上海居住时，往往在狭小的庭心放上一二十盆花，作眼皮供养。到得"九一八"日寇进犯沈阳以后，凑了二十余年卖文所得的余蓄，买宅苏州，有了一片四亩大的园地，空气阳光与露水都很充足，对于栽种花木很为合适，于是大张旗鼓地来搞园艺了。园地上原有多株挺大的花树、果树、长绿树、落叶树，如梅、杏、李、桃、柿、枣、樱花、樱桃、枇杷、玉兰、石榴、木犀、碧桃、紫荆、紫藤、红薇、白薇等，此外松、柏、杉、枫、槐、柳、女贞、白杨等，也应有尽有；而最可人意的，是在一株素心蜡梅老树之下，种有一丛丛紫罗兰，好像旧主人知道我生平偏爱此花，而预先安排好了似的。我之不惜以多年心血换来的钱，出了高价买下此园，也就是为的被这些紫罗兰把我吸引住了。

以后好几年，我惨淡经营地把这园子整理得小有可观；又买下了南邻的五分地，叠石为山，掘地为池。在山上造梅屋，在池前搭荷轩，山上山下种了不少梅树，池里缸里种了许多荷花，又栽了好多株松、柏、竹子、鸟不宿等常绿树作为陪衬。到了梅花时节，这一带红梅、绿梅、白梅、胭脂梅、朱砂梅、送春梅一齐开放，有色有香，朋友们称为"小香雪海"，称为吾园中的花事最高潮。这确是一年间最可观赏的季节，《牡丹亭》传奇中"良辰美景奈何天"之句，正可移咏于此啊。此外各处，我又添种了好多种原来所没有的树，如绣球、丁香、红豆、肉桂、辛夷、垂丝海棠、西府海棠和"洞庭红"橘子等，这样一来，一年四季，差不多不断地有花可看，有果可吃了。

劳者自歌

我从十九岁起，卖文为活，日日夜夜地忙忙碌碌，从事于撰述、翻译和编辑的工作。如此持续劳动了二十余年，透支了不少的精力，而又受了国忧家恨的刺激，死别生离的苦痛，因此在解放以前愤世嫉俗，常作退隐之想；想找寻一个幽僻的地方，躲藏起来，过那隐士式的生活，陶渊明啊，林和靖啊，都是我理想中的模范人物。当时曾做过这么两首诗："廿年涉世如鹏举，铩羽中天便不飞。平子工愁无可解，养鱼种竹自忘机。""虞初三百难为继，半世浮名顷刻花。插脚软红徒泄泄，不如归去乐桑麻。"又曾集龚定公句云："阅历名场万态更，非将此骨媚公卿。萧萧黄叶空村畔，来听西斋夜雨声。"我的消极和郁闷的心情，于此可见。解放以后，我国家获得了新生，我个人也平添了活力；我这陶渊明式、林和靖式的现代隐士，突然走出了栗里，跑下了孤山，大踏步赶到十字街头，面向广大的群众了。

包天笑前辈远客香岛，常有信来诉说思乡之苦；最近的一封信中说是新得一梦，梦中给我题诗，有"好与江南传韵事，风流文采一周郎"句，我即回说："好与南中传一讯，周郎还是旧周郎"，因为今日年已花甲的我，矫健活泼，仍像旧日的我一模一样；曾有一位人民政府的高级干部，问明了我的年龄，他竟不相信，说我活像是一个四十多岁的人。为什么我现在还不见老呢？

实是得力于爱好劳动之故。二十年来，我从没有病倒过一天，连阿司匹灵也是与我无缘的。我的腰脚仍然很健，一口气可以走上北寺塔的最高层，一口气也可跑上天平山的上白云，朋友们都说我生着一双飞毛腿，信不信由你！

我平生习于劳动，劳心劳力，都不以为苦，每天清早四五点钟一觉醒来，先就在枕上想好了一天中应做的工作。盆景、盆栽、水石等共有好几百件，一部分必须朝晚陈列搬移，还有翻盆、施肥、灌溉、修剪等事总是忙不过来。人家见我有那么多的东西，以为我定有一二助手，谁知我却是独力劳动，除非出去参加会议或学习，那就不得不请妻和老妈子代劳一下了。到了下雨天，似乎可以休息了，然而我也不肯休息，趁此做些盆景，往往冒着雨，掘了园地上各种小枫、小竹子等做起来，淋湿了衣服，也没有觉察。做好以后，供之几案，既供自己把玩，也可供群众欣赏；其他种种成果，一言难尽，真的是近悦远来，其门如市，他们都说于工作紧张之后，看了可以怡情悦性。又有一位国际友人说："我到了这里来，竟舍不得去了。"这些不虞之誉，就是我历年劳动的收获，劳动的酬报，快慰之余，因为之歌：

"劳动劳动，听我歌颂。身强力壮，从无病痛。脚健手轻，自然受用。忧虑全消，愉快与共。个人如此，何况大众。工农携手，力量集中。创造般般，生产种种。国之所宝，人之所重。劳动劳动，听我歌颂。"

姑苏城外寒山寺

"月落乌啼霜满天，江枫渔火对愁眠。姑苏城外寒山寺，夜半钟声到客船。"

这是唐代诗人张继的一首《枫桥夜泊》诗，凭着这首诗在后世读者中的辗转传诵，就使枫桥和寒山寺享了大名，并垂不朽。

寒山寺在吴县西十里的枫桥旁，因此又称枫桥寺；起建于梁代天监年间，原名妙利普明塔院，宋代太平兴国初，节度使孙承祐又造了一座七层宝塔，嘉祐年中由宋帝赐号"普明禅院"；可是在唐代已称之为寒山寺，所以自唐至今，大家只知寒山寺了。元代末，寺与塔俱毁于火，明代洪武中重建；以后再毁再修，在嘉靖中，铸了一口大钟，并造了一座楼，把这钟挂在楼中；可是后来不知如何，竟不翼而飞，据说是被日本人盗去的，所以康有为题寒山寺诗，曾有"钟声已渡海云东，冷尽寒山古寺枫"之句。叶誉虎前辈也有一绝句咏此事："长廊曲阁塞榛菅，法物何年赵璧还。不分风期成钝置，寒山寺里觅寒山。"现在的那口钟，听说是日本人另铸了送回来的，但是好像是翻砂翻出来的东西，一些儿没有古意了。

寒山寺之所以得名，考之姚广孝记称，"唐元和中，有寒山子者，冠桦布冠，着木履，被蓝缕衣，掣风掣颠，笑歌自若，来此缚茆以居；寻游天台寒岩，与拾得、丰干为友，终隐而去。希迁禅师于此建伽蓝，遂额曰寒山寺。"明清二代间，寺中一再失火，一再修复，可是那座塔却终于没有了。

清代诗人王渔洋，曾于顺治辛丑春坐船到苏州，停泊枫桥，那时夜已曛黑，风雨连天，王摄衣着屐，列炬登岸，径上寺门，题诗二绝云："日暮东塘正落潮，孤篷泊处雨潇潇。疏钟夜火寒山寺，记过吴枫第几桥。""枫叶萧条水驿空，离居千里怅难同。十年旧约江南梦，独听寒山半夜钟。"题罢，掷笔而去，一时以为狂。

旧时诗人词客，都受了张继一诗的影响，每咏寒山寺，总得牵及那钟，如宋代孙觌《过寒山寺》云："白首重来一梦中，青山不改旧时容。乌啼月落桥边寺，欹枕遥闻半夜钟。"清代胡会恩《送春词》云："画屧苍苔陌上踪，一春心事怨吴侬。晓风欲倩游丝绾，愁杀寒山寺里钟。"词如宋琬《长相思·吴门夜泊》云："大江东。五湖东。地主今无皋伯通。谁人许赁春。　　听来鸿。送归鸿。夜雨霏霏莋艋中。寒山寺里钟。"赵怀玉《蝶恋花·吴门纪别》云："才得清尊良夜共。醉不成欢，却被离愁中。多谢故人争踏冻。霜天也抵花潭送。　　别语无多眠食重。隔个城儿，各做相思梦。篷背月窥衾独拥。寒山寺又钟催动。"可是寒山寺中，并没有张诗的真迹，旧有诗碑，是明代文徵明所写，因年久模糊，后由俞曲园重写勒石，至今尚存。

一九五四年十月，苏州市园林修整委员会鉴于寒山寺的日就颓废，鸠工重修，我也是参加设计的一员；动工三月余，面目一新，可惜原有的枫江楼没有修复，引为憾事！幸而后来将城内修仙巷宋氏捐献的一座花篮楼移建寺中，仍可登临远眺，差强人意。春节开放以来，游人络绎不绝，钟楼上钟声锽锽，也几乎终日不断了。

壮士千秋不死

"扬旗击鼓，斩蛟射虎，头颅碎黄麻天使。专诸匕首信豪雄，笑当日、一人而已。 华表崔巍，松衫森肃，壮士千秋不死。从来忠义出屠沽，惭愧杀、干儿义子。"

这是清代宋荔裳咏五人墓的一阕《鹊桥仙》词。五人墓在苏州虎丘东的山塘上，墓基本是普惠生祠，是明代太监魏忠贤的干儿子毛一鹭所造，用以献媚忠贤的；词末所谓"干儿义子"就是指毛。当时士大夫因五人仗义捐躯，就捐金将五人敛葬于此，吴默题曰"五人之墓"，此碑至今尚在。五人五人，实与田横五百人同其壮烈！

关于五人仗义捐躯的事，是这样的：当时苏州有一位万历中的进士周顺昌，字景贤，历吏部文选司员外郎，请告归；同时太监魏忠贤乱政，国事大坏，故给事嘉善魏忠节公触犯了他，被捕过苏州，周置酒相迎，欢叙三天，并将季女许嫁其孙。忠贤知道了大为气愤，就嗾使御史倪文焕罗织其罪，派旗牌官来捕周，周怡然自若，不为所动。宣读诏书时，巡抚都御史毛一鹭、巡按御史徐吉等都在场；人民聚观的多至数千人，都说周吏部是冤枉的。诸生王节等直前诘责一鹭，说众怒难犯，何不暂缓宣诏；旗牌官不耐，将刑具掷地威胁民众，大声呼喝，说这是魏公的命令，谁敢不从？犯人在哪里？周公囚服出候宣诏，束手就缚，民众泣不能仰。就中有一人名颜佩韦的，首先替周公呼冤，愿以身代；另有杨念如、沈扬二人，也上前仗义执言，不许旗牌官捕周，群众哭声震天；又有一人名马杰，破口大骂魏忠贤，声若洪钟，旗牌官老羞成怒，拔剑而前，问骂的是谁？割断他的舌子。民众顿时哗噪起来，旗牌官们不问皂白，先将武器扑击沈扬，旁有一人名周文元的，立即攘臂而起，夺取武器，却被击伤了头额。一时民众怒不可遏，各自折断了门栏门限，反击旗牌，旗牌们抱头鼠窜，有的升树逃到屋顶上去，有的躲在厕所里，终于有二人被击死了。事后一鹭等就上疏告民变，捕去了颜、马、沈、杨、周等五人，处以极刑，临刑时五人毫无惧色，痛骂忠贤不绝口；远近民众，都为他们伤心落泪，而五人之名却永垂不朽，真所谓壮士千秋不死了。

诗人们歌诵五人的作品，不一而足，如孔传铎云："直是奸凶阉，千秋气共伸。由来殉义客，何必读书人。胜国山河改，巍坟俎豆新。三良空惴惴，殊让尔精神。"张进云："意气偶然激，成名竟杀身。空山余落日，古木出青磷。地近要离墓，云连胥水滨。匹夫能就义，嗟尔附炎人！"朱奕恂云："花市东头侠骨香，断碑和雨立寒塘。屠沽能碧千年血，松桧犹飞六月霜。翠石夜通金虎气，荒丘晴贯斗牛芒。片帆落处搴清藻，几伴归鸦吊夕阳。"这些诗，都是义正词严，足为五人吐气的。

今年苏州市文物古迹保管委员会鉴于五人气节可嘉，而他们的墓却埋没在荒草里，芜秽不堪，因此已订出计划，决定整修一下，将来游客于畅游虎丘之后，大可到山塘上来一吊这五人之墓了。

京剧中有一出《五人义》，就是采取五人这段舍生取义的故事编成的，可是久未上演，似乎变了一出冷门戏咧。

记义士梅

我记了明代为反对魏忠贤的暴政而壮烈牺牲的颜、马、沈、杨、周五位义士，就不由得使我想起当年十分宝爱的那株义士梅来；因为这株梅花是长在五人墓畔的，所以特地给它上了个尊号，称之为义士梅。我和义士梅的一段因缘，前后达十年之久，是不可以无记。

我于"九一八"那年举家从上海迁到故乡苏州以后，从事园艺，就搜罗了不少盆栽，作为点缀；又因自己与林和靖有同癖，对于盆梅更为爱好，每有所见，非设法买回来不可。有一天见护龙街（即今之人民路）的自在庐骨董铺中，陈列着好几盆老梅，内中有一株，铁干虬枝，更见苍古，似是百年以外物，那时正开着一朵朵单瓣的白梅花，很饶画意。我一见倾心，亟欲据为己有；谁知一问代价，竟在百金以上，心想平日卖文为活，哪有闲钱买这不急之物，只得知难而退。后来结识了主人赵君培德，相见恨晚，常去观赏骨董，说古论今；有一次偶然谈及那株老梅，据说是从山塘五人墓畔得来的，培养已好几年了，好似义士们的英魂凭依其上，老而弥健。他见我对于这老梅关注有加，愿意割爱相赠，我因赵君和我一样的有和靖之癖，不愿夺人所好，因此婉言辞谢。过了两年，赵君因病去世，而老梅却矫健如常，由一位花丁周耕受培养着，每逢梅花时节，我还是要去观赏一下。不

料"八一三"日寇陷苏，周的园圃遭劫，他也郁郁而死；这老梅
辗转落入上海花贩陈某之手；那年年终，和其他盆梅陈列在南京
路慈淑大楼之下，将待善价而沽。我得了消息，忙去问价，竟要
索一百二十金，这时我恰好给人做了一篇寿序，得润笔百金，就
加上了二十金，把它买了回来。十年心赏之物，终归我有，有
如藏娇金屋，欢喜无量，因赋绝句十首以宠之："铁干虬枝绣古
苔，群芳谱里百花魁。托根曾在五人墓，尊号应封义士梅。""嵌
空刻骨老弥坚，花寿绵绵不计年。却笑孤山无此本，鄳生差可傲
逋仙。""幸有廉泉润砚田，笔耕墨耨小丰年。梅花元比黄金好，
那惜长门卖赋钱。""十载倾心终属我，良缘未乖慰平生。何当痛
饮千钟酒，醉傍梅根卧月明。""玉洁冰清绝点埃，风饕雪虐冒寒
开。年年历尽尘尘劫，傲骨嶙峋是此梅。""晴日和风春意足，南
枝花发自纷纷。闺人元识花光好，佯说枝头满白云。""丛丛香
雪白皑皑，照夜还疑玉一堆。骨相高寒常近月，缟衣仙子在瑶
台。""傲雪傲霜节自坚，花开总在百花先。珊珊玉骨凌波子，离
合神光照大千。""无风无雪一冬晴，冷蕊疏枝入眼明。丽日烘花
花骨暖，海红帘角暗香生。""萍飘蓬泊在天涯，春到江南总忆
家。梅屋来年容小隐，何妨化鹤守寒花。"读了这十首诗，便可
想见我的踌躇满志了。

义士梅归我三年，年年春初开满了花，足餍馋眼；我也往往
于花时举行茶会，招邀画友诗友同来欣赏。他们于赞叹之下，或
为写生，或加品题，更使此梅生色。写生的有郑午昌、许徵白、
王师子、马公愚诸画师；题诗的也不少，如叶誉虎前辈二绝云：
"气得江山助，心还铁石同。堪嗤桃与李，开落任东风。""托根

五人墓上，传芳香雪园边。美人丰度翩若，义士须眉俨然。"还有古风律诗多首，不能毕录。可惜第四年上，它不知怎的竟在寄存的黄园中死去了。我如失至宝，哭之以文。抗战胜利后重返苏州故园时，好似千金市骏骨一般，把它的枯干带了回来，至今还宝藏着。

为唐伯虎诉冤

记得一九五三年春节，苏州市文物保管委员会在人民文化宫举行文物书画展览，苏南文物保管委员会也在拙政园举行文物书画展览，张挂着许多古今书画，满目琳琅，参观的人接踵而至。我戏问几位朋友：中国古今来第一大画家是谁？他们都瞠目不知所答。我接口道："是唐伯虎！"他们忙问怎见得？我带笑说道："你们不见那许多参观的人，不论男女老少，一踏进门，不是都在问唐伯虎的画在哪里么？两面展览会中的情形，竟是一模一样；唐伯虎要不是中国第一大画家，大家为什么都要看他的画？"说得他们都笑了起来。

唐伯虎的画原很不差，而其所以能享大名，弄得尽人皆知，实在由于弹词中的那部《三笑因缘》，传播太广之故；凡是听过《三笑》的，就人人都知道这位为了秋香而卖身投靠的风流才子唐伯虎了。其实唐为人并不佻傥，所谓追求秋香、卖身投靠、九美团圆等，完全是子虚乌有的事，所以我要为唐伯虎诉冤了。

关于追求秋香的事，据《古夫于亭杂录》所记，是吉道人而并非唐伯虎。吉的父亲是御史，因事获罪被放；传说吉在洞庭遇一异人，得道术，能役使鬼神。有一天游虎丘，他因长兄之丧，身穿麻衣，而内着紫绫裤；那时上海某大家眷属也在游虎丘，有小婢秋香，见吉所穿衣裤不伦不类，不由得嫣然一笑。吉以为她有情于己，就变装改姓名，投身其家充小使，后来竟得秋香为妻，一同出走。某大家使人探寻，才知中了吉道人的计，但因木已成舟，就送了妆奁，成全他们。不知怎的，后人竟把这回事附会到唐伯虎身上去？秋香的主人也并不是什么无锡华太师，而吉道人却是姓华，因此又附会到华的身上。华名鸿山，官至学士，并无太师官衔；并且是唐伯虎的后辈，年龄相差十五岁，就是那一对呆头呆脑的难兄难弟，也完全是弹词家捏造出来的。连正人君子祝枝山，也被形容作洞里赤练蛇！

因《三笑因缘》而误解唐伯虎的，不但是听这弹词的广大听众；连通人如清代著名的文学家吴穀人，也会误解，他有一阕《桂枝香》词，题唐的《美人拈花图》，竟说图中的美人，就是《三笑因缘》中的秋香，词云："秋回一莂。只脉脉无言，折枝低捻。金粟前身约略，破禅香溅。风前记起灵山笑，证三生、眼波重展。泥金衫袖，渗金窗户，斜阳人面。　料只是、情天眷恋。肯才人名字，押上红券。游戏光阴尽毂，风花磨炼。初三下九频频约，怕梨涡晕来难浅。几时圆合，兰因絮果，画图相见。"这词中竟咏及秋香名字，咏及三笑留情，咏及卖身投靠，咏及两相爱好，真是活见鬼了；六如在天之灵，应该夺去他的那枝生花彩笔，以示惩戒。

江南第一风流才子

　　看了"江南第一风流才子"这个头衔，以为此人一定是个拈花惹草、沉湎女色的家伙了；其实诗酒风流也是风流，不一定是属于女色方面的。江南第一风流才子是谁？就是明代大画家、大文学家唐寅唐伯虎。伯虎一字子畏，吴县人，自小聪明，才气奔放，与同里狂生张灵纵酒游乐；后经好友祝枝山规劝，就闭门读书，举弘治十一年乡试第一，不幸因会试被人所累，被捕下狱，谪为吏；寅以为耻，辞而不就，远游祝融、匡庐、天台、武夷诸名山，观海于东南，浮洞庭彭蠡，游倦归来，刻了一方图章，自号"江南第一风流才子"，作《伥伥词》以发牢骚。宁王宸濠慕其名，厚币相聘，寅见他心怀叵测，有阴谋作乱之意，就佯狂使酒，丑态百出，宸濠受不了，只得放他回去。他于应世诗文并不在意，说后世知我不在此；因寄情于丹青，下笔直追唐宋，山水、人物、花卉无不工。晚年筑室桃花坞，天天与来客轰饮，客去不问，醉便酣睡；平日皈依佛法，自号六如，曾作自赞云："我问你是谁？你原来是我，我本不认你，你却要认我。噫！我却少不得你，你却少得我，你我百年后，有你没了我。"这一首赞，也是很有禅意的。嘉靖癸未十二月二日去世，年五十四。元配徐氏，因故离异。继娶沈氏，生一女，无子。死后卜葬横塘王家村。清代诗人方引谐有《吊唐六如墓》一绝云："先生胸次海天宽，只爱桃花不爱官。荒土一抔魂魄在，满溪红雨落春寒。"现在墓已年久失修，苏州市文物古迹保管委员会因唐有关苏州文献，不久将鸠工整修，将来这三尺断坟，不致永远埋没在荒草中了。

唐寅的画传世很多，而赝品也不少；我曾见过他的《东方朔》《墨梅》《蕉石图》三幅，都是真迹，并曾用小芭蕉二株、小顽石二块，仿《蕉石图》制作了一个盆景，见者都说有虎贲中郎之似。最近江苏省博物馆筹备处得其所作《李端端落籍图》一幅，为梅景书屋吴氏旧藏，也是精品，图中一男四女，身份不同，服饰也不同，可以看到唐代的服制和装饰，这是很够味儿的。寅于诗文词曲都有一手，却随意着笔，并不求工。与花有关的，有《花月吟效连珠体》十一首、《和沈石田落花诗》三十首，我却爱他一首《妒花歌》："昨夜海棠初着雨，数朵轻盈娇欲语。佳人晓起出兰房，折来对镜比红妆。问郎花好奴颜好？郎道不如花窈窕。佳人见语发娇嗔，不信死花胜活人。将花揉碎掷郎前，请郎今夜伴花眠。"不假雕琢，自饶风趣；并且情景如画，倒也可以画一幅佳人妒花图的。

一盏清泉养水仙

去冬大寒，气温曾降至摄氏零下十度；今年立春后，寒流袭来，又两度下雪，花事因之延迟；不但梅花含蕊未放，连水仙也捱到最近才陆续开放起来。我于除夕向花店中买了崇明水仙三十头，每逢晴日，放在阳光下曝晒，入夜移入室内避寒，这样忙了好多天，才开放了三分之一，真的望眼欲穿了。

水仙最宜盆养，盆有陶质的，瓷质的，石质的，砖质的，或圆形，或方形，或椭圆形，或长方形，或不等边形；我却偏爱不等边形的石盆、砖盆，以为最是古雅，恰与高洁冷艳的水仙相称。我年来置办的水仙盆虽多，却独爱一只四角而不等边形的白石盆，正面刻有"凌波微步"四字，把水仙十一头排列其中，伴以雨花台各色大小石子，自觉妍静可爱，足供欣赏。

砖盆必须将晋砖、汉砖凿成的，方见古朴；安吉吴昌硕老画师以砖砚供水仙，别开生面，他宠之以诗，系以序云："缶庐藏汉魏古甓数事，琢砚供书画，苦寒水冻，笔胶不能下，儿童戏供水仙于上，天然画稿也。拥炉写图，题小诗补空：'缶庐长物惟砖砚，古隶分明宜子孙。卖字年来生计拙，商量改作水仙盆。'"这首诗也是很有风趣的。

瓷有哥窑、汝窑、钧窑等种种，作水仙盆自是不恶，清代词人陈其年以哥窑瓶供水仙，咏以《蝶恋花》云："小小哥窑凉似雪。插一瓶烟，不辨花和叶。碧晕檀痕姿态别。东风悄把琼酥捻。　　潋潋空濛天水接。千顷烟波，罗袜行来怯。昨夜洞庭初上月。含情独对姮娥说。"他不用盆而用瓶，那一定是除去球根，剪了花和叶作供了。

记得十一年前，先慈在沪去世，时在农历十一月间，五七时，我买了三头崇明水仙，养在一只宣德紫瓷的椭圆盆中，伴以英石，颇饶画意。因先慈生前很爱水仙，而那时花也恰好开了，我就把它供在灵几之上，记以诗云："踽踽淞滨忽七年，俗尘万斛滓心田。出山泉水终嫌浊，那有清泉养水仙。""翠带玉盘盛古盎，凌波仙子自娟妍。移将阿母灵前供，要把清芬送九泉。"可是这不过是我的一片痴心，九泉之下的老母，再也闻不到水仙花香了。

唐玄宗以红水仙十二盆赐与虢国夫人，盆都用金玉七宝制成，华贵非常；夫人每夜采花一柱，将裙褕覆盖其上，第二天穿上了进见玄宗，玄宗称之为肉身水仙。以金玉七宝制水仙盆，已觉其俗，再加上了什么肉身水仙，真是俗之又俗了。唐代有红水仙，闻所未闻，大约那花实在是火黄色的，以致误传为红色吧？

市上花店中有所谓洋水仙的，叶片攒簇，花从中央挺生，一朵朵如倒挂的钩子，作盆供风致较差；有红、白、紫诸色，香较浓郁。故梁溪词人王西神偏爱此种，一一锡以佳名，紫色的称"紫云囊"，红色的称"红砂钵"，白色而微绿的称"绿萼仙"；此外有乔种的，又加以"鸳鸯锦""西施舌""翠镶玉"诸称，我以为这洋水仙比了国产水仙，总有雅俗之分。

问梅花消息

"月之某日，偕同人问梅于我南邻紫兰小筑，时正红萼含馨，碧簪初绽。"这是杨千里前辈在我嘉宾题名录上所写的几句话。他们一行九人，是专诚来问梅花消息的。今春因春寒甚厉，加以有了一个闰三月，节令延迟，所以梅花迟迟未放。我天天望着园子里二十多株梅树和四十多盆梅桩，焦急不耐，而梅蕊为春寒所勒，老是不肯开放，真如清代尤展成《清平乐·咏梅蕊》一词所谓："烟姿玉骨。淡淡东风色。勾引春光一半出。犹带几分羞涩。　　陇头倚雪眠霜。寒肌密抱疏香。待得罗浮梦破，美人打点新妆。"在它们犹带几分羞涩，而我却望穿秋水了。

今年立春以后，又连下了两次春雪，雪又相当大，因此梅花也受了影响，欲开又止；宋代范成大有《梅为雪所厄》一诗云："冻蕊黏枝瘦欲干，新年犹未有春看。雪花只欲欺红紫，不道梅花也怕寒。"我也以梅花怕寒为虑，真欲向东皇请命，快把温暖的春风来嘘拂它们啊。

这一个月来，每逢亲友，总是向我问梅花消息，倒像唐代王摩诘的那首诗："君自故乡来，应知故乡事。来日绮窗前，寒梅着花未。"我对于这样的问讯，答不胜答，只得以尚有十天半月来安慰他们，直到农历二月初，才见爱莲堂和紫罗兰盦中陈列着的十多盆大小梅桩，陆续开放起来；我忙向亲友们报了喜讯，于是臣门如市，都来看"美人打点新妆"了。

梅花不肯早放，确是一件憾事！古时有所谓羯鼓催花的，恨不得也催它们一催呢。宋代诗人对于梅花晚开的遗憾，也有形之吟咏的，如朱熹《探梅得句》云："迎霜破雪是寒梅，何事今年独晚开。应为花神无意管，故烦我辈着诗催。繁英未怕随清角，疏影谁怜蘸绿杯。珍重南邻诸酒伴，又寻江路觅香来。"又尤袤《入春半月未有梅花》云："枯树扶疏水满池，攀翻未见玉团枝。应羞无雪教谁伴，未肯先春独探支。几度杖藜贪看早，一年芳信恨开迟。留连东阁空愁绝，只误何郎作好诗。"

我园梅丘梅屋一带，因坐南面北，梅花开得更迟，除红梅渐有开放外，白梅、绿萼梅还是含苞，而有几位种花的朋友，却赶来看这含苞的梅花，说开足了反没有意思。这倒与清代诗人宋琬所见略同，他曾有小简约友看梅云："永兴寺老梅，花中之鲁灵光也。亟欲一往，而门下以花信尚早为辞。不知花之佳处，正在含苞蓄蕊，辛稼轩所谓十三女儿学绣时也。及至离披烂漫，则风韵都减。故虽怪风疾雨，亦当携卧具以行。仆已借得葛生塞驴，期门下于西谿桥下矣。"此君的话自有见地，尤以浅红梅含苞为美，一开足反而减色了。

第三辑　花前续记

江苏人民出版社一九五六年十二月初版

杏花春雨江南

　　每逢杏花开放时，江南一带，往往春雨绵绵，老是不肯放晴。记不得从前是哪一位词人，曾有"杏花春雨江南"之句，这三个名词拆开来十分平凡，而连在一起，顿觉隽妙可喜，不再厌恶春雨之杀风景了。又宋代诗人陈简斋句云："客子光阴诗卷里，杏花消息雨声中。"足证雨与杏花，竟结了不解之缘，彼此是分不开的。我的园子里有一株大杏树，高二丈外，结实很大，作火黄色；另一株高一丈余，结实较小，色也较淡，而味儿都很甘美。所可惜的，每逢含苞未放时，就遭到了绵绵春雨，落英缤纷，我自恨护花无术，徒唤奈何而已！

　　去年初夏，我于西隅凤来仪室上起了一座小楼，名"花延年阁"，凭窗东望，可见那大杏树烂漫着花；今春多雨，我常在楼头听雨；因此记起我们的爱国诗人陆放翁，曾有"小楼一夜听春雨，深巷明朝卖杏花"之句，自有佳致。可是苏州卖花人，只有卖玫瑰花、白兰花、茉莉花的，卖杏花的却绝对没有。

　　唐明皇游别殿，见柳杏含苞欲吐，叹息道："对此景物，不可不与判断。"因命高力士取了羯鼓来，临轩敲击，并奏一曲，名《春光好》，回头一看，柳杏都放了；他得意地说道："只此一事，我能不能唤作天公啊？"开元中叶，扬州太平园中，有杏树数十株，每逢盛开时，太守大张筵席，召娼妓数十人，站在每一株杏树旁，立一馆，名曰"争春"，宴罢夜阑，有人听得杏花有叹息之声。又宋祁咏杏，有"红杏枝头春意闹"之句，一"闹"字下得好，传诵一时，人们便称之为"红杏尚书"。

咏杏的诗颇多佳作，如王禹偁云："长愁风雨暗离披，醉绕吟看得几时。只有流莺偏称意，夜来偷宿最繁枝。"元好问云："杏花墙外一枝横，半面宫妆出晓晴。看尽春风不回首，宝儿元是太憨生。"黄蛟起云："烟波影里画船轻，尺五斜辉拥树明。马上销魂禁不得，杏花山店一声莺。"此外，如"借问酒家何处有，牧童遥指杏花村""金勒马嘶芳草地，玉楼人醉杏花天""春色满园关不住，一枝红杏出墙来"等，都是有关杏花的名句，传诵至今，杏花真是花国中的幸运儿了。

清初李笠翁的《闲情偶寄》中说杏云："种杏不实者，以处子常系之裙系树上，便结子累累；予初不信，而试之果然。是树性喜淫者，莫过于杏，予尝名为风流树。噫！树木何取于人，人何亲于树木，而契爱若此；动乎情也，情能动物，况于人乎？其必宜于处子之裙者，以情贵乎专；已字人者，情有所分而不聚也。予谓此法既验于杏，亦可推而广之；凡树木之不实者，皆当系以美女之裳，即男子之不能诞育者，亦当衣以佳人之裤；盖世间慕女色而爱处子，可以情感而使之动者，岂止一杏而已哉？"这一番怪论，可说是荒谬绝伦，是唯心论的代表作；笠翁自作聪明，才会有这种不科学的论调，真的要笑倒米丘林了。

杭州西湖的西泠桥附近，旧有一家酒食店，名"杏花村"，门前挑出一个蓝色的小布幡，临风飘拂，很有画意，可惜早已歇业了。

一瓣心香拜鲁迅

一九五五年十月十九日，是我们伟大的文学家、思想家和革命家鲁迅先生逝世十九周年纪念日，我不能抽身到上海去扫一扫他的墓，只得在自己园子里采了几朵猩红的大丽花，供在他老人家的造像之前，表示我一些追念他、景仰他的微忱。作为一个文学工作者的我，不但在公的一方面要追念他、景仰他，就是在私的一方面也要追念他、景仰他，因为我对他老人家是有文字知己之感的。

一九五〇年上海《亦报》刊有鹤生的《鲁迅与周瘦鹃》一文，随后又有余苍的《鲁迅对周瘦鹃译作的表扬》一文，就足以说明我与鲁迅先生的一段因缘。鹤生文中说："关于鲁迅与周瘦鹃的事情，以前曾经有人在报上说过，因为周君所译的《欧美名家短篇小说丛刻》三册，由出版书店送往教育部审定登记，批复甚为赞许，其时鲁迅在社会教育司任科长，这事就是他所办的。批语当初见过，已记不清了，大意对于周君采译英美以外的大陆作家的小说一点，最为称赏，只是可惜不多；那时大概是一九一七年夏，《域外小说集》早已失败，不意在此书中看出类似的倾向，当不胜有空谷足音之感吧。鲁迅原希望他继续译下去，给新文学增加些力量，不知怎的，后来周君不再见有译作出来了。（下略）"余苍文中说："（上略）我们首先应确定周先生在介绍西洋文学上的地位，恐怕除了《域外小说集》外，把西洋短篇小说介绍到中国来印成一本书的，要以周先生的《欧美名家短篇小说丛刻》（中华书局出版）为最早。此书取材方面，南欧、北欧、十九世纪的名家差不多全了；而且一部分是用语体译的，每一作品前面，还附有作者小传、小影，在那个时候，是还没有什么人来做这种工作的。此书出版年月，大约为一九一八（民国七年）左右，曾获得北京政府教育部的奖状，此事与鲁迅先生有关。原来鲁迅那时正在教育部的社会教育司当佥事科长，主管这一部门工作，曾将中华送审的原稿，带回绍兴会馆去亲阅一遍。他老先生本来就有意要提倡翻译风气，故在原书批语上，特别加上些表扬的话。中华书局如能找出当日原批，还可以肯定这是出于鲁迅先生的手笔呢。抗战前夕，上海文化工作者为针对当时国情，积极呼号御侮，曾一度展开联合战线，报纸上发表郭沫若、鲁迅、周瘦鹃等数十人的联合宣言，鲁迅对周先生的看法一直是很好的。"

不过鹤生说我后来不再有译作出来，实在不确，我除了创作外，还是努力地从事翻译，散见于各日报各杂志上，鲁迅先生他们没有留意。一九三六年大东书局出版的《世界名家短篇小说全集》四册，就是一个铁证；内中包含二十八国名家的作品八十篇，单是苏联的就有十篇，其他如波兰、捷克、匈牙利、罗马尼亚、保加利亚等，一应俱全，鲁迅先生在天之灵，也许会点头一笑，说一声孺子可教吧？

至于余苍所说的出版年月，一九一八年左右，实在已再版了，初版发行是在一九一七年二月，那时我是二十二岁，为了筹措一笔结婚费而编译这部书的。包天笑先生序言中所谓"鹃为少年，鹃又为待阙鸳鸯，而鹃所辛苦一年之集成，而鹃所好合百年之侣至"，即指此而言，他老人家原是知道这回事的。

此书出版后，由中华书局送往北京教育部审定，事前我并没知道，后来将奖状转交给我，也已在我脱离中华书局二年之后；那时鲁迅先生正任职教育部，并亲自审阅加批，也是直到解放以后才知道的。去春北京鲁迅著作编辑室的王士菁同志曾来苏见访，问起鲁迅先生的批语是不是在我处？想借去一用。其实我从未见过，大约当初留存在中华书局，只因事隔三十余年，人事很多变迁，怕已找寻不到了。抗日战争初起时，鲁迅先生等发起文化工作者联合战线，共御外侮，曾派人来要我签名参加，听说人选极严，而居然垂青于我，鲁迅先生对我的看法的确很好，怎的不使我深深地感激呢？

鲁迅先生的大作《呐喊》《彷徨》，我曾看过三遍。看了这两部书的名字，就可知道他处于黑暗的时代，以彷徨来表示愤激，以呐喊来惊醒国人。我们未尝不彷徨，可是未敢作斗争；未尝不呐喊，可是声音太低弱，其贤不肖之相去也就远了。鲁迅先生如果知道今天的祖国，阴霾尽扫，八表光明，也该含笑于九泉咧。

长眠西湖的章太炎

朴学大师余杭章太炎先生的灵柩，已于一九五五年四月三日从苏州的墓地上起出来，运到杭城，安葬在西湖上了；从此黄土一抔，与西邻的张苍水墓同垂不朽。我既参加了苏州市方面的公祭，更与汪旭初、金兆梓、谢孝思、范烟桥诸君恭送灵柩赴杭，以表景仰之忱。寓苏耆宿致送挽联挽诗的很多，我所留意到的，如孙履安先生一联云："北斗文光冲虎跑，南屏山色映牛眠。"张俟庵先生一联云："若是其大乎，天下溺援之以道；可以为师矣，今日吊奠敢不哀。"张松身先生一诗云："一代宗师传朴学，憝遗天忍丧斯文。救时论在昌言报，痛逝书焚革命军。生慕伯鸾充大隐，殁依苍水峙高坟。首丘归正清明近，郁郁南屏护白云。"我除了在灵前敬献手制的梅花、连翘、紫罗兰、迦南馨等花综合的盆景外，也挽以一联："吴其沼乎，昔诵遗言惭后死；国已兴矣，今将喜讯告先生。"首句因军阀乱政的黑暗时期，先生忧国心切，曾大书"吴其沼乎"四字以寄愤慨，这是章夫人所见告的。章夫人自己也做了一首诗："南屏山下旧祠堂，郁郁佳城草木香。异代萧条同此愿，相逢应共说兴亡。"章先生在九泉之下，得与苍水为邻，差不寂寞了。

鲁迅先生于时人少所许可，而对于章先生却拳拳服膺，一九三六年六月十四日章先生在苏逝世，鲁迅先生闻耗，在病中写

《关于太炎先生二三事》，过了十天，他也去世了。他的文章中说："我以为先生的业绩，留在革命史上的，实在比在学术史上还要大……考其生平，以大勋章作扇坠，临总统府之门大诟袁世凯的包藏祸心者，并世无第二人；七被追捕，三入牢狱，而革命之志终不屈挠者，并世亦无第二人：这才是先哲的精神，后生的楷模。"这是章先生的盖棺定论，也是正确的评价。

章先生以大勋章作扇坠，瞧不起袁世凯，他之被捕，这固然是一个原因，而还有几首讽刺时局的谐诗，也是贾祸的原由，那诗是："瀛台湖水满时功，景帝旌旗在眼中。织女羁思蒸夜月，石狮鳞甲动春风。风飘胡子沈云黑，雨湿国旗坠粉红。关塞极天惟鸟道，江湖满地两渔翁。""袁四犹疑畏简书，芝泉常为护储胥。徒劳上将挥神腿，终见降王走火车。饶夏有才原不忝，蒋张无命欲何如。可怜经过刘家庙，汽笛一声恨有余。""蓬莱宫阙对西山，车站车头京汉间。西望瑶池见太后，南来晦气满冥关。云移鹭尾看军帽，日绕猴头识圣颜。一卧瀛台惊岁晚，几回请客吃西餐。""此人已化黄鹤去，此地空余黄鹤楼。黄鹤一去不复返，白狼千载空悠悠。晴川历历汉阳渡，芳草萋萋白鹭洲。日暮乡关何处是，黄兴门外使人愁。"这几首诗，讽刺得十分尖刻，凡是留心当年政局的中年人、老年人，都可给它们作注解的。

易开易谢的樱花

　　樱花是落叶亚乔木，叶作尖形，与樱桃叶一模一样，花五瓣，也与樱桃花相同，不过樱桃花结实，而樱花是不会结实的。花有单瓣、有复瓣，色有白、绿与浅红三种，易开易谢，一经风雨，就落英满地了。我们的邻国日本，不知怎的，竟挑上了这樱花作为他们的国花，三岛上到处都种着，花开的时节，称为樱花节，士女们都得到花下去狂欢一下，高歌纵酒，不醉无归；连全国的学校也放了樱花假，让学生们及时行乐，真的是举国若狂了。自从上一次大战惨败之后，国运衰微，民生憔悴，美国占领军又盘踞不去，到处横行，每年虽逢到了樱花时节，也许没有这闲情逸致了吧。

　　我的园子里，本有两株樱花，那株浅红色花的早就死了，还有一株白的，却已高出屋檐。今年春光好时，着花无数，我本来爱花若命，对于花几乎无所不爱，可是经了"八一三"创钜痛深，对樱花也并没好感，记得往年曾有这么一首诗："芳菲满眼占春足，紫姹红嫣绕屋遮。花癖还须分国界，樱花不爱爱梅花。"某一天早上见树头已疏疏落落地开了几枝花，与一树红杏相掩映，我只略略看了一眼，并不在意；谁知到了午后，竟完全开放，望过去恰如白云一大片，令人有"其兴也勃焉"之感，雨风一来，就纷纷辞枝而下，这正可象征日本国运的兴得快也败得快呢。

故词人况蕙风，对于樱花似乎特殊地爱好，既以"餐樱庑"名其斋，而词集中咏叹樱花的作品，也有十余阕之多。兹录其《浣溪纱》九之五云："不分群芳首尽低。海棠文杏也肩齐。东风万一尚能西。　　见说墨江江上路，绿云红雪绣双堤。梅儿冢畔惜香泥。""何止神州无此花。西方为问美人家。也应惆怅望云涯。　　风味似闻樱饭好，天台容易恋胡麻。一春香梦逐浮槎。""画省三休伫玉珂。峨冠宝带惹香多。锦云仙路簇青娥。似此春华能爱惜，有人芳节付蹉跎。隔花犹唱定风波。""何处楼台砉画中。瑶林琼树绚春空。但论香国亦仙蓬。　　未必移根成惆怅，只今顾影越妍浓。怕无芳意与人同。""且驻寻春油壁车。东风薄劣不关花。当花莫惜醉流霞。　　总为情深翻怨极，残阳偏近蒨云斜。啼鹃说与各天涯。"词固隽丽，足为樱花生色，可是樱花实在不足以当之。

前南社社友邓尔雅有《樱花》诗五言一首："昨日雪如花，明日花如雪。山樱如美人，红颜易销歇。"这也是说樱花的易开易谢，任它开放时如何的美，总觉美中不足。

樱花中白色的和浅红色的都不希罕，只有绿色而复瓣的较为名贵；但也与吾国梅花中的绿萼梅相似，含苞时绿得可爱，开足后也就变淡，好像是白的了。上海江湾路附近，旧有日本人的六三园，中有绿樱花数十株，种在一起，成了一片樱花林，开花时总得邀请中外诗人画家们前去观赏，故杭州词人徐仲可曾与无锡王西神同去一看，宠之以词，各填《瑶华》一阕，徐词已佚，王词云："玲珑梅雪。葱蒨梨云，试鸾绡红浣。亭亭小立，妆竟也、一角水晶帘卷。露寒仙袂，好淡扫、华清娇面。似那时、珠箔银屏，唤题九华人懒。　　丝丝绿茧低垂，伴姹紫嫣红，不胜清怨。移根何处，只怅望、三岛蓬莱春远。明光旧曲，早换了、看花心眼。对玉窗、凤髻重簪，吟入郑家魂断。"樱花树身易于虫蛀，不能经久；自日本战败以后，园主他去，三径荒芜，这数十株绿樱花，怕也荡然无存了。

健康第一

　　人生一切的一切，以健康为第一；而要构成一个强大的国家，也一定要有健康的人民，人民如果都是萎靡不振，国家也不会强大起来的。健康之道，须从锻炼身体着手，经常的从事体操和运动，是必要的条件。解放以来，国家尽力提倡体育，各地常在举行运动会，工人有工人的运动会，军人有军人的运动会，学生有学生的运动会，机关干部有机关干部的运动会；而每天更利用无线电广播，作早操和工间体操，使伏案工作的人，都可活动肢体，增进健康，实行之后，已获得了显著的成效。

　　我在学生时代，就注意于锻炼身体；最先是喜欢跳绳，一口气能跳二三百下，并且会做种种花式；后来参加足球队和田径赛，而以跳高的成绩为最好。记得那时在上海民立中学求学，有一次跳高时，引起了一位德国籍物理学教师杜伯莱先生的注意，在课堂上他因不知道我的姓名，就称我为跳高朋友。现在我虽年过花甲，还能一试身手；而跳起绳来，还有持续一百下的成绩。推原其故，实在得力于平时爱好花木，终日劳动所致。

　　说起跳绳，倒是一种简单而有益的运动，设备只须一条绳子，场地不论室内、室外，随时都可练习，所以是方便不过的，久经练习之后，可以增强两腿两脚的弹力，加快血液的循环，并且可帮助消化、扩大呼吸，而神经系统的机能也因此增强起来。

跳绳的花式很多，有顺跳，有逆跳，有双手交叉而跳，也一样的可以顺跳、逆跳；如果嫌独跳单调，那么可约三四人合作，二人执绳挥动，一人或二人同跳；如其执绳的技能较好，那么同时也可跳的。朋友们，你何不试一试呢？

家庭中的妇女们，也可练习跳绳，他如每天打太极拳或做广播体操，都能增进健康的。倘家有庭园，那么搭一个秋千，常和孩子们一起荡秋千，也是一种增强脚力、腕力的很好的运动。说起秋千，古已有之，如明代陈眉公诗云："粉堞朱阑挂绿杨，春风飘宕彩丝长。只缘睡起娇无力，落地花泥满绣裳。"清代宋荔裳《生查子》词云："仙仙蝴蝶衣。窄窄檀香板。纤体欲飞扬，只恨春风软。　春葱玉指柔，香汗罗襦满。侍女笑相扶，倩把云鬟挽。"又朱竹垞《点绛唇》词云："香袂飘空，为谁一笑穿花径。有时花顶，罗袜纤纤并。　飞去飞来，不许惊鸿定。重门静，粉墙深映，留取春风影。"可惜那时他们只把荡秋千瞧作是一种闺中游戏，没有把健身的好处描写出来。

梅君歌舞倾天下

　　"梅君歌舞倾天下，余事丹青亦可人。画得梅花兼画骨，独标劲节傲群伦。"

　　这是我当年题京剧名艺人梅浣华先生兰芳画梅的一首诗；因他在对日抗战期间不肯以声音献媚敌伪，故意养起须子来作抵抗，抗战八年，他始终没有登过一次台，演过一出戏，像他这样的独标劲节，不受威胁利诱，在艺人中是不可多得的；我钦佩他的节操，因此末二句以梅花为喻。梅先生不但擅长画梅，也善于画佛；二十余年前，曾替我画过一幅无量寿佛，着墨不多，自成逸品；后来又画了一张芭蕉碧桃的便面见赠，画笔也很遒劲，我配上了一副檀香骨，夏季难得一用，简直爱如拱璧。前三年梅先生的爱子葆玖来苏演出，文学艺术工作者联合会举行茶会欢迎他；我特地带了这扇子去给他瞧，并笑着说："梅世兄，您父亲画这扇子的时候，恐怕您还在襁褓中吧？"同来的许姬传先生忙道："他今年只十七岁，那时候还没有出世咧。"前年梅先生在上海演出，我和范烟桥兄写信去请他来苏一演，梅先生因先受无锡之聘，辍演时已在炎夏，亟须休息，很恳切地回信婉辞。但我们还在期望着，期望他终有一天会到苏州来，以慰苏州人民喁喁之望的。

　　梅先生平日接物待人，彬彬有礼，当我过去在《申报》主编副刊《自由谈》和《春秋》时，他每度来沪演出，总得登门造访，我不在时，也得留下一张名片或见赠玉照一帧，紫罗兰盦中，至今还珍藏着他好多玉照和名片呢。儿子铮结婚时，他也特来道贺，终席始去；其谦恭和周至，于此可见。我们虽已好久不见了，而他的声音笑貌，还在我心版上留着深刻的印象。

梅先生的几出名剧，如《宇宙锋》《贵妃醉酒》《黛玉葬花》《嫦娥奔月》《天女散花》《霸王别姬》《费宫人刺虎》等，我都曾看过，叹为绝唱；当年名词人况蕙风先生也深为倾倒，一再赋词咏叹，其《减字浣溪纱》云："解道伤心片玉词。此歌能有几人知。歌尘如雾一颦眉。　　碧海青天奔月后，良辰美景葬花时。误人毕竟是芳姿。"这是为听了梅先生的《奔月》《葬花》二剧，有感而作的。某年梅先生自沪北归，名画家何诗孙先生为作北归图卷，名词人朱彊村先生题以《清平乐》云："残春倦眼。容易花前换。萼绿华来芳晼晚。消得闲情诗卷。　　天风一串珠喉。江山为被清愁。家世羽衣法曲。不成凝碧池头。"这也足见梅先生的艺事和为人，深得文艺名宿的爱重了。

一九五五年是梅先生舞台生活五十年纪念，北京文艺界举行盛大的祝典，我身在南中，未能前去参加，愧歉万分！梅先生虽已六十二岁了，而驻颜有术，丰采依然，但愿他老而弥健，在舞台上更多贡献，以作后生的楷模。

一生低首紫罗兰

"幽葩叶底常遮掩，不逞芳姿俗眼看。我爱此花最孤洁，一生低首紫罗兰。"

"艳阳三月齐舒蕊，吐馥含芬却胜檀。我爱此花香静远，一生低首紫罗兰。"

"开残篱菊秋将老，独殿群芳密密攒。我爱此花能耐冷，一生低首紫罗兰。"

这三首诗，是我为歌颂紫罗兰而作的；那"一生低首紫罗兰"句，出于老友秦伯未兄之手，他赠我的诗中曾有这么一句，我因此借以为题。

紫罗兰产于欧美各国，是草本，叶圆而尖其端，很像是一颗心；花五瓣，黄心绿萼，花瓣的下端，透出萼外，构造与他花不同。花有幽香，欧美人用作香料，制皂与香水，娘儿们当作恩物。此花虽是草本，而叶却经冬不凋，并且春、秋两季，都会开花；今年也并不像他花那么延迟时日，三月下旬就照常地盛开了。

考希腊神话，司爱司美的女神维纳丝 Venus，因爱人远行，分别时泪滴泥土，来春发芽开花，就是紫罗兰；我曾咏之以诗："娟娟一圃紫罗兰，神女当年血泪斑。百卉凋零霜雪里，好花偏自耐孤寒。"我之与紫罗兰，不用讳言，自有一段影事，刻骨倾心，达四十余年之久，还是忘不了；因为伊人的西名是紫罗兰，我就把紫罗兰作为伊人的象征，于是我往年所编的杂志，就定名为《紫罗兰》《紫兰花片》，我的小品集定名为《紫兰芽》《紫兰小谱》，我的苏州园居定名为"紫兰小筑"，我的书室定名为"紫罗兰盦"，更在园子的一角叠石为台，定名为"紫兰台"，每当春秋佳日紫罗兰盛开时，我往往痴坐花前，细细领略它的色香；而四十年来牢嵌在心头眼底的那个亭亭倩影，仿佛从花丛中冉冉地涌现出来，给我以无穷的安慰。故王西神前辈，曾采取我的影事作长诗《紫罗兰曲》，兹录其首段云："飞琼姓氏漏人间，天风环珮来姗姗。千红谢馥嫣红俗，化作琪葩九畹兰。芳兰本自生空谷，白石清泉寄幽躅。韵事尽教传玉台，秾姿未肯藏金屋。移根远道来欧洲，瑶草呼龙种碧畴。耕同仙李供香国，咒傍夭桃俪粉侯。"诗太长了，只录其花与人双关的一段，以下从略。

我往年所有的作品中，不论是散文、小说或诗词，几乎有一半儿都嵌着紫罗兰的影子，故徐又铮将军当年曾赋诗见赠云："持鳌天后落人寰，历劫情肠不可寒。多少文章供涕泪，一齐吹上紫罗兰。"真是知我者的话。可是宣传太广，就被人家利用了，往年广东有女舞蹈家，艺名紫罗兰，杭州有紫罗兰商店，上海与苏州有紫罗兰理发店，其实都是与我不相干的。我的《红鹃词》中，有几阕小令，都咏及紫罗兰，如《花非花》云："花非花，露非露。去莫留，留难住。当年沉醉紫兰宫，此日低徊杨柳渡。"《转应曲》云："难耐。难耐。泼眼春光如缋。万花婀娜争开。付与贪蜂去来。来去。来去。魂殢紫兰香处。"又《如梦令》云："一阵紫兰香过。似出伊人襟左。恐被蝶儿知，不许春风远播。

无那。无那。兜入罗衾同卧。"日来闲坐花前，抚今思昔，不禁回肠荡气了。

金鱼中有一种从北方来的，叫作"紫兰花"，银鳞紫斑，雅丽可喜，旧时我曾蓄有二十尾，分作二缸，与紫萝卜花并列一起，堪称双璧。

阛第光临看杂技

我先在银幕上看过了中国杂技团的演出，后在无锡看过了武汉杂技团的演出；最近苏州市来了一个重庆杂技艺术团，也在最后一天去观光了一下。我觉得前后三次所看到的，都是经过了改造的崭新的场面，作风也改变了，不像旧时卖艺的，一个在表演，一个在旁边叫叫嚷嚷，以增加惊险的气氛；而现在却自始至终，只做手势，不则一声，使观众的注意力集中于每个演员的表演上，不为叫嚷所打扰。所有服装与音乐，都以民族风格为主；而道具也推陈出新，与表演的技术相得益彰。

重庆杂技艺术团，是于一九五〇年由五个团体组织而成，经政府大力扶植，培养教育，又经了每个演员不断的苦练，获得了良好的成绩；曾先后三次赴朝鲜作慰问演出，又曾先后出国到几个人民民主国家去演出，观摩了国外的杂技，交流了经验，因此技术上又提高了不少；据说节目中的柔术一项，就是这样得来的。

我很欣赏柔术，由女团员彭小云担任，体格健美，长短适中，在一只椭圆形红绒面的大凳上，作种种表演，全身的骨骼，似乎都是弹簧做的，节节可以弯曲；简直好像是没有骨骼似的，正合着"柔若无骨"一句形容词。末了她把牙齿咬住一朵大红花，双臂展开，上下身折叠起来，悬空停留着，更见得身轻如燕，美妙极了。

男团员杨少元的椅技，也是一个特出的节目，据说是驰名国际的；他把十多只椅子，在四只垫脚的啤酒瓶上，一只又一只的交叠起来，他就一步一步地向上爬；最后还加上两根长竿子，两手撑住，两脚上翻，做了个竖蜻蜓的姿势，惊险已极！在他逐步向上爬的过程中，椅子有些动摇，我不禁替他捏一把汗，而他却在高处站稳了"立场"，微微地笑，似乎在笑我白担心呢。

此外，如顶竿、踩球、跳板、车技、碟子、空竹等等节目，都是力与美的表演，使人看得眉飞色舞，心醉目迷；而团员们虽在作种种惊险的演出，却个个在嘴脸上带着笑，始终是胜任愉快的。

这一次的观光，除了我与妻外，还带了三个小女儿去，倒是破题儿第一遭的"阖第光临"，我们一家子皆大欢喜，把五双手掌也拍痛了。这几天来，三个淘气的小女儿，老是把小椅子小凳子一只只叠起来，仿效杨少元表演椅技，使她们的母亲大伤脑筋，可是我却顾而乐之。

珠联璧合走钢丝

重庆杂技艺术团在苏州市演出了十四个节目，真的是丰富多采，美不胜收；我除了欣赏那柔术、椅技等几项外，如何会忘怀那一双两好璧合珠联的走钢丝呢？

走钢丝是两个娇小玲珑的妙龄女郎联合表演的，一名刘玉飞，一名王利中，身材的长短肥瘦，竟是一模一样，有如孪生的姊妹，大概也是从全体女团员中精选出来的。台上先立了两根彩柱，中间横亘着一条粗粗的钢丝，闪闪地发着光亮，这道具已是够美的了。加着两女郎身穿一色火黄缎绣花的半臂短裤，裸露着健美的双臂与双腿，脚上穿着特制的白色软底鞋，手中各自擎着一顶五色斑斓的花伞，款款地走上钢丝去，组成了一个美妙的画面。

她们俩分头站在彩柱顶头的一只小平台上，就开始表演了，先由这边一个在钢丝上滑过去，或作鹤立，或作鸥蹲，做了几个姿态；再由对方的一个兔起鹘落地表演一番，她们手中的花伞，随着脚的搬动而舞动着，是利用它来镇定身体的重心的。最精彩的两点，一是把两腿拍开，作一字式的贴在钢丝上；一是在钢丝上放上一条板，作十字形，双方站在板的两头，上下簸动，这也是很觉惊险的演出，而她们俩却笑逐颜开，如履平地一样，要练成这一种技术，决不是一朝一夕之功。

走钢丝这玩意，古已有之，称为绳戏，因为那时不用钢丝而是用丝绳的。据《通典》说，梁代有高绳技。这就是在高挂着的绳子上所玩的把戏。又据《晋书·乐志》上载，后汉天子受朝贺，舍利从西来，戏于殿前，以两丝绳系两柱头，相去数丈，两女对舞，行于绳上，相逢切肩而不倾。唐代也有绳戏，曾有人咏之以诗，有"身轻一线中"句，可谓要言不烦，曲尽其妙。降至清初，表演绳戏的都是娼妓，所以有绳妓的专名，严修人曾有《观绳妓作》一诗云："长绳胃竿高百尺，杨花雪落城南陌。美人冉冉化行云，细縠轻纵望空掷。冶袖双开舒锦臂，婆娑往来若平地。盘中小试飞燕舞，楼上惊看绿珠堕。回眸顾盼无限情，空里忽闻环珮声。天风吹入碧云去，始觉仙骨珊珊轻。轻躯上下无断续，舞罢腰肢新结束。燕钗堕地悄无声，背立当窗鬟云绿。抱得秦筝写春怨，歌唇宛转吴趋曲。吴歌楚舞绝可怜，谁家笑掷珊瑚鞭？"看了末尾两句，可知当时作绳戏的确是娼妓了。

　　后来卖解女子也玩绳戏，所以改称绳技，如女词人王淑，有《蝶恋花》词《观绳技》云："红粉墙边停画艇。绿树阴阴，半露惊鸿影。裙飐留仙风不定，彩丝约住双钩稳。　　小立回身香汗映。薄薄斜阳，照上秋蝉鬓。舞瘦垂杨花酩酊，莺莺燕燕差堪并。"这种绳技，却是在画艇上表演的，倒也别开生面。绳技又称走索，清代乾嘉年间都作此称，词人刘芙初有《瑶华》一阕《咏美人走索》云："花梢雾重。柳脚烟垂，压秋千晴昼。轻轻扶上，看惊鸿、来往袜尘生透。红墙西畔，便悄把、弓鞋量彀。不防他、裙底留仙，天半潇湘绿绉。　　有时沙鹭翘来，怕隔着秋江，眼波先溜。细腰如许，珮声里、愁杀伊家消瘦。银河一线，等风定、月斜时候。问秦楼，可有人归？团扇招将鸾袖。"当时女子都曾缠足，又穿着裙子，表演时倒是不很容易的。

姊妹花枝

　　文章中有小品，往往短小精悍，以少许胜。花中也有小品，玲珑娇小，别有韵致，如蔷薇类中的七姊妹、十姊妹，实是当得上这八个字的考语的。花与蔷薇很相像，可是比蔷薇为小，花为复瓣，状如磬口；一蓓而有七朵花的，名七姊妹，一蓓而生十朵花的，名十姊妹，花朵儿相偎相依，活像是同气连枝的姊姊妹妹一样。花色以深红、浅红为多，白色与紫色较少，而以深红色的一种最为娇艳。每年倘于农历正月间移种，八月间扦插，没有不活的。此花因系蔓性，可以攀在墙上，一年年的向上爬；往年我住在上海愚园路田庄时，在庭前木栅旁种了一株浅红色的十姊妹，最初攀在木栅顶上，后用绳子绊在墙上，不到三年，竟爬到了三层楼的窗外，暮春繁花齐放，好似红瀑下泻，美妙悦目。清代吴蓉齐有《咏十姊妹》一诗云："袅袅亭亭倚粉墙，花花叶叶映斜阳。谁家姊妹天生就，嫁得东风一样妆。"移咏我这一株倚着粉墙攀缘直上的十姊妹，也是十分确当的。

　　明代小品文作家张大复，有《梅花草堂笔谈》之作，中有一则谈十姊妹云："十姊妹，花之小品，而貌特媚，嫣红古白，袅袅欲笑，如双环邂逅，娇痴篱落间，故是蔷薇别种。伯宗云：折取柔枝插梅雨中，一岁便可敷花，故知其性流艳，不必及瓜时发也。"以人喻花，自很隽妙。又李笠翁《闲情偶寄》中有记姊妹花一文云："花之命名，莫善于此，一蓓七花者曰七姊妹，一蓓十花者曰十姊妹，观其浅深红白，确有兄长娣幼之分，殆杨家姊妹现身乎？予极喜此花，二种并植，汇其名为十七姊妹；但怪其蔓延太甚，溢出屏外，虽日刈月除，其势犹不可遏，岂觉羽过多，酿成不戢之势欤？此无他，皆同心不妒之过也。妒则必无是患矣。故善御女戎者，妙在使之能妒。"以唐明皇所宠爱的杨家姊妹相喻，更觉妙语如环。

以杨家姊妹为喻的，更有清代词人两阕词，如董舜民《画堂春》云："天然一色绮罗丛，妆成并倚东风。秦姨总与虢姨同。玉质烟笼。　馥馥幽香密蕊，姗姗淡白轻红。相携竞入翠薇宫，不妒芳容。"又吴枚庵《满庭芳》云："桃雨飘脂，梨云坠粉，闲庭春事都阑。窗纱斜拓，墙角碎红攒。露重愁含秀靥，娇酣甚、不耐朝寒。珊珊态，惯双头并，蕊叶接枝骈。　昭阳台殿冷，银灯拥髻，说尽悲欢。又杨家秦虢，翠钿偷安。一样芳心浑不妒，垂珠珞、浅笑风前。双蝴蝶，花阴梦醒，飞过曲阑边。"大抵因花中姊妹而说到人中姊妹，就不知不觉地要想到杨家秦虢了。

我苏州的园子里，现有深红的七姊妹三株，与浅红的十姊妹一株，而以"亭亭"半廊旁边的一株为最，据说是德国种，色作深红，一蓓七花，花型特大，这当然是一株出色的七姊妹了。记得明代杨基有《咏七姊妹花》一诗云："红罗斗结同心小，七蕊参差弄春晓。尽是东风女儿魂，蛾眉一样青螺扫。三姊娉婷四妹娇，绿窗虚度可怜宵。八姨秦国休相妒，肠断江东大小乔。"因姊妹花而牵引出杨家双鬟、江东二乔来，几乎浑不辨所说的是人是花了。

采 薪

"八一三"日寇来犯，苏州不能住下去了，我扶老携幼，和老友程小青兄暨东吴诸教授避难安徽黟县南屏村，大家真的做了难民。不但是挑水、买菜，亲自出马，还得上山去砍柴；而以砍柴为我们最得意的工作。那地点大半是在南屏山麓虎山上的大松林中，砍柴之外，再拾些松皮、松针和松果，带回来生了火，煮饭烹茶，是再好没有的。我曾以长短句记其事，调寄《喝火令》云："雪干常栖凤，云根自蛰蛟。腾挐夭矫上层霄。大泽风来谡谡，万壑起松涛。 丹果如丹荔，翠针似翠毛。检来并作一筐挑。好去煎茶，好去当香烧。好去鸭炉添火，玉斝暖芳醪。"

我每天午后，往往带着儿女们，提篮的提篮，带刀的带刀，捐竹竿的捐竹竿（打松果用得着），浩浩荡荡地走二三里路，赶上山去。到得夕阳下山时，就满载而归，连我那八岁的小儿子，也得肩挑两篮子的松果哩。在山上时，就常常遇到小青夫妇和他们的子女，他们工作尤其努力，每天总得一担两担地挑回去。小青曾有《樵苏》一诗云："滞迹山村壮志无，米盐琐屑苦如荼。添薪为惜闲钱买，自执镰刀学采苏。"我也有二十八字，附录于下："未经忧患贪安乐，坐食奚知稼穑艰。且与儿曹同作苦，夕阳影里负薪还。"但我自从回到上海以后，早又变做了一个手不能提、肩不能挑的废物；想起在南屏山村做樵子时的情景，如同隔世了。

　　说起柴薪这些引火之物，在山村中本来很便宜的，焦炭每元可买一百二十斤，树柴每元可买二百八十斤，煮饭烹茶，所费实在有限。至于山间的柴薪，自以茅草为大宗，山上山下，到处皆是。我家里的老妈子，每天午后无所事事，总得拿了一把镰刀，一根扁担，出去砍茅草，只消二三小时，就成担地挑了回来，柴间里堆得高高的，像小山一样。便是村中的妇女，也以砍茅草为日常工作之一，我常见许多老婆婆和小姑娘们，或肩或挑，伛腰曲背地从山上挑下来，一二百斤的重量，不算一回事。我想自己昂藏六尺之身，难道及不上一个老婆婆、小姑娘，很想尝试一下。可是有一天见小青砍茅草，一不小心，在茅草上捋了一手心的血，把纱布裹了好几天，于是把我的勇气吓下去了，始终没敢去尝试。只为山上茅草太多，樵子们嫌它碍路，每到春初，就放一把火烧了起来；我所住的对山草堂，面对顶云峰，常能看到山半的野烧，夜间熄灭了灯火，坐在窗前饱看。那火焰幻成种种图案，活像上海市上的霓虹灯，自诩眼福不浅；而孩子们更拍手欢呼，当作元宵看花灯哩。我曾填了一阕《散余霞》词："夕阳鸦背徐徐堕。忽余霞掀簸。山背灼烁齐红，放芙蓉千朵。　　童稚欷欷歆歆。问彩灯好么。我却心系天涯，痛处处烽火。"

看了《黑孩子》

最近看了苏联彩色电影片《黑孩子马克西姆卡》，很为感动。本片是根据作家史达纽科维奇的小说《海洋故事》摄制而成的。这故事虽发生于一八六四年，还是在帝俄的时代，而当时的俄罗斯人也像今日的苏联人民一样，站在正义的立场上，反对种族歧视，尊重世界上一切的种族和一切的民族，对于使用暴力奴役其他种族的罪行，加以有力的打击和制止，这是人道主义的表现，凡是有人心的人，都应该引起共鸣的。

看了《黑孩子》，我因此想起了三十年前所读过的那部林琴南先生译述的《黑奴吁天录》，我本来是个重于情感而心肠极软的人，因此被它赚去了眼泪不少。此书原著是一位美国女作家史都威夫人所作，原名《汤姆叔叔的小木屋》。只为她好多年间眼见得美国人虐待黑种人，简直是惨无人道，无所不用其极，黑种人处于水深火热之中，上天无路，入地无门，实在痛苦极了。她因此抱着悲天悯人之念，决意乞灵于一枝笔，替黑种人呼吁，替黑种人请命，替黑种人一申冤抑，要求她的国人大发慈悲，给他们一条生路。

史都威夫人在动笔写作的时候，两眼中含着热泪，仰天大呼道："求上帝帮助我！让我好好地写一些东西，只要我还活在世上，一定要写！一定要写！"她所谓一定要写的一些东西，就是这部用眼泪和墨水混合写成的杰作《汤姆叔叔的小木屋》。一八五一年六月，先发表于《国家时代》丛报，一八五二年三月，以单行本问世，一时不胫而走，风行全美，一年间就销去了三十多万本。书中写小伊娃的惨死，哀利石的逃亡，泪随笔下，深刻非常，读者往往掩卷不忍卒读，于是引起了广大人民的同情和愤怒。

据说，一八六二年十一月，黑奴们在华盛顿举行了一个感谢的宴会，邀请史都威夫人前去出席，表示了热烈深挚的谢忱。解放黑奴的林肯总统，特地召她一见，当夫人走进白宫客厅的时候，林肯颤巍巍地从圈椅中站起身来，欣然说道："夫人，我很乐于和您相见。"随即眨了眨眼睛，开玩笑似地接下去说道："原来您就是那位写了一部书而引起这次南北大战的小妇人么？请坐吧，请坐吧！"于是他就和夫人对坐在壁炉之前，炉火熊熊，放出血红的光来，照着他们俩娓娓而谈，谈了好久，方始互道珍重而别。史都威夫人似乎并没有其他作品，而这部《汤姆叔叔的小木屋》，已尽够使她名垂不朽了。

看了《黑孩子》，我们愿向一切被压迫的种族和民族，表示衷心的同情。

清芬六出水栀子

"清芬六出水栀子"，这是宋代陆放翁咏栀子花的诗句，因为栀子六瓣，而又可以养在水中的。栀与"卮"通，卮是酒器，只因花形像卮之故，古时称为卮子，现在却统称栀子了。栀子有木丹、越桃、鲜支等别名；宋代谢灵运称之为林兰，其所作《山居赋》中，曾有"林兰近雪而扬猗"之句，据说是一种花叶较大的栀子。佛经中又称之为薝卜，相传它的种子是从天竺来的，明代陈淳句云："薝卜含妙香，来自天竺国。"因它来自佛地，与佛有缘，所以有人称它为禅客，为禅友，如宋代王十朋诗云："禅友何时到，远从毗舍园。妙香通鼻观，应悟佛根源。"

栀子以盆植为多，高不过一二尺，而山栀子长在山野中的，可高至七八尺。叶片很厚，色作深绿而有光泽，形如兔子的耳朵。六月开花，初白后黄，花都是六瓣，有复瓣，有单瓣，山栀子就是单瓣的，花香浓郁，却还可爱。古人甚至歌颂它可以代替焚香的，如宋代蒋梅边诗云："清净法身如雪莹，肯来林下现孤芳。对花六月无炎暑，省爇铜匜几炷香。"

我在对日抗战以前，曾从山中觅得老干的山栀，硕大无朋，苍古可喜，入夏着花累累，一白如雪。苏州沦陷后，我避寇他乡，万念俱灰，借重佛经来安慰自己，想起了这一株老干的山栀，咏之以诗，曾有"堪怜劫里耽禅定，入梦犹闻薝卜香"之句；到得胜利后回到故园，却已枯死，为之惋惜不止！去年在农历四月十四日所谓吕纯阳生辰的花市中，买得小型的山栀两株，都是老干，一作欹斜态，一作悬崖形，苦心培养了一年，今夏已先后着花，单瓣六出，瓣瓣整齐，好像是图案画一样。今夏又从花市中买得干粗如酒杯的复瓣栀子两株，姿态一正一斜，合种在一只紫砂的椭圆形浅盆中，加以剪裁与扎缚，楚楚有致；自端阳节起，陆续开花，花瓣重重，花型特大，大概就是谢灵运所称的林兰了。

栀子花总是白色的，而古代却有红色的栀子花，并且在深秋开放，的是异种。据古籍中载称："蜀孟昶十月宴芳林园，赏红栀子花；其花六出而红，清香如梅。"蜀主很爱重它，或令图写于团扇，或绣在衣服上，或用绢素鹅毛仿制首饰。花落结实，用以染素，成赭红色，妍丽异常。可是自蜀以后，就不听得有红栀子花了。

栀子入诗，齐梁即已有之，其后如宋代女诗词家朱淑真诗云："一根曾寄小峰峦，薝卜香清水影寒。玉质自然无暑意，更宜移就月中看。"明代大画家兼诗人沈石田诗云："雪魄冰花凉气清，曲阑深处艳精神。一钩新月风牵影，暗送娇香入画庭。"词如宋代吴文英《清平乐》咏栀子画扇云："柔柯剪翠。胡蝶双飞起。谁堕玉钿花径里。香带薰风临水。　露红滴下秋枝。金泥不染禅衣。结得同心成了，任教春去多时。"又清代陈其年《二十字令》咏团扇上栀子花云："纨扇上，谁添栀子花。搓酥滴粉做成他。凝禅纱。夭斜。"栀子花在近代被人贱视，以为是花中下品；而这些诗词，却是足以抬高它的身价的。

上海有一位被称为"活吕布"的昆剧专家徐凌云先生，他也是培养水栀子的专家。十余年前，我曾见他用四五十只各色各样的瓷碗、瓷盘，满盛清水，养着四五十株从杭州山中觅来的山栀子，浓绿的叶片，和雪白的根须，相为妩媚；据说也可以使它们开花，大概需要施用一种特殊的肥料了。

文人爱猫

猫是一种最驯良的家畜，也是家庭中一种绝妙的点缀品，旧时闺中人引为良伴，不单是用以捕鼠而已。吾家原有一头玳瑁猫，已畜有三年之久，善捕鼠，并不偷食，便溺也有定处，所以一家上下都爱它。不料最近却变了，整天懒得动弹，常在灶上打盹，见了东西就偷去吃，便溺也不再认定一处，并且常把脚爪乱抓地毯和椅垫，使我非常痛恨，但也无可奈何。不料前天早上，却发见它死在园子里了，也不知道它是怎么死的。幸而它已生下了两头小猫，总算没有绝嗣，差无后顾之虑。我们送掉了一头，留下了一头，毛片火黄夹着深黑色，腹部和四脚都作白色，比母亲生得更美丽，也可算得是移人尤物了。

吾国文人墨客，大都爱猫，因此诗词中常有咏叹之作；清代词人钱葆馚倚《雪狮儿》调咏猫，遍征词友和韵，名家如朱竹垞、吴榖人、厉樊榭等都有和作，朱氏三阕，雅韵欲流，可称狸奴知己。其一云："吴盐几两，聘取狸奴，浴蚕时候。锦带无痕，搦絮堆绵生就。诗人黄九，也不惜、买鱼穿柳。偏爱住、戎葵石畔，牡丹花后。　午梦初回晴昼。敛双睛乍竖，困眠还又。惊起藤墩，子母相持良久。鹦哥来否，惹几度、春闺停绣。重帘逗，便请炉边叉手。"其二云："胜酥入雪，谁向人前，不仁呼汝。永日重阶，恒把子来潜数。痴儿呆女，且莫漫、彩丝牵住。

一任却、食鱼捕雀，顾蜂窥鼠。　　百尺红墙能度。问檀郎谢媛，春眠何处。金缕鞋边，惯是双瞳偏注。玉人回步，须听取、殷勤分付。空房暮，但唤衔蝉休误。"又陈其年《垂丝钓》云："房栊潇洒，狸奴嬉戏檐下。睡熟蝶裙，儿皱绡衩。梅已谢，撒粉英一把，将伊惹。　　正风光艳冶，寻春逐队。小楼窜响莺瓦。花娇柳妮，向画廊眠藉。低撼轻红架，鹦鹉怕，唤玉郎悄打。"董舜民《玉团儿》云："深闺驯绕闲时节。卧花茵、香团白雪。爪住湘裙，回身欲捕，绣成双蝶。　　春来更惹人怜惜。怪无端、鱼羹虚设。暗响金铃，乱翻鸳瓦，把人抛撇。"刘醇甫《临江仙》云："绣倦春闺谁伴取，红氍日暖成堆。炉边叉手任相猜。金猊从唤住，玉虎罢牵回。　　刚是牡丹开到午，亭阴尽好徘徊。几番移梦下妆台。买鱼穿柳去，戏蝶踏花来。"清词丽句，足为狸奴生色。

　　不但吾国文人爱猫，就是西方文坛名流，也有好多人都有猫癖的；如法国文豪许峨（V. Hugo）要是不见他的爱猫在房间里时，心中就会郁郁不乐，若有所失。小说家柯贝（F. Coppee）更如痴如醉的爱着猫，连年搜罗名种，不遗余力，有几头波斯种的，名贵非常。小说家高梯尔（T. Gautier）也豢养着好多头的猫，无一不爱，都给它们题了东方式的名儿，如荼比德、左培玛等；有一头雌猫，用埃及女王克丽巴德兰的名儿称呼它；另有一头最美的，生着红鼻蓝眼，平日最为钟爱，不论到哪里去，总带着同行，他称之为西菲尔太太，原来西菲尔是他自己的名儿，简直当它像爱妻般看待了。英国文坛上，也有位爱猫的名流，如小说家兼诗人史谷德（W. Scott）本来是爱狗成癖而并不爱猫的，到了晚年，却来了个转变，对于猫引起极大的好感，他曾在文章中写着："我在年龄上最大的进步，就是发见我爱着一头猫，这畜生本来是我所憎恶的。"诗人考伯（Gowper）每在家里时，他所爱的一头小猫总是厮守在他的身旁，他曾写信给朋友说："这是蒙着猫皮的一头最灵敏的畜生。"其他如约翰生（O. Johnson）、白朗（O. M.Brown）、华尔泊（H. Walpole）诸名作家，也都是有名的爱猫者，平日间是与猫为友，非猫不欢的。

静安八景

　　二十年来，上海南京西路的静安寺一带，商店栉比，车辆辐辏，已变做了沪西区唯一的闹市；而在明末清初之际，却是一个非常清静的所在，现在所有的屋子，都是后来才造的。

　　元明之间，这里更是一个风景区，高人雅士，常来游览，单以静安寺本身而论，就有所谓"静安八景"，一曰陈桧，二曰涌泉，三曰赤乌碑，四曰虾子禅，五曰讲经台，六曰沪渎垒，七曰芦子渡，八曰绿云洞。在元代时，静安寺的住持法名寿宁，字无为，号一庵，上海人，工吟咏，是一位有名的诗僧。他在寺中治丈室，两旁种满了许多桧竹桐柏，春夏时绿阴森森，因自号"绿云洞"，连同寺中其他古迹，合为"静安八景"，求诗人们赐以题咏，成《静安八咏》一卷，大名鼎鼎的杨铁崖给他作序，传诵一时。

　　寿宁自己的八首诗古音古节，做得很不错，中如《涌泉》云："坤之机兮下旋，涌吾水兮泡漩。一气孔神兮无为自然，吁嗟泉兮何千万年。"《芦子渡》云："芦瑟瑟兮水溶溶，望美人兮袁之崧。雁呖呖兮心忡忡，眺东城兮江之中。吾将踏莩兮歌清风。"《绿云洞》云："万樾兮森森。云承宇兮阴阴。洞有屋兮云无心，我坐石兮歌瑶琴。耶之溪兮华之浔，云之逝兮吾将曷寻。"如今"静安八景"，除了寺前那个涌泉外，其余都已荡然无存。

就这一方涌泉，在解放以前也好像成为公众的痰盂和垃圾桶，肮脏不堪。近年来市当局提倡爱国卫生运动，再也没有人去作践它，四周又围了起来，对于这前代遗留下来的唯一古迹，保护得也好了。对日抗战期间，我在愚园路田庄曾住过七年，静安寺一带，是我每日必到之地，对它有特殊的好感；而近二年来，每到上海，住在儿子铮的梵王渡路寓所中，每天出入，又必须经过这里，可说是与静安寺有缘的了。

茉莉开时香满枝

茉莉原出波斯国，移植南海，闽粤一带独多；因系西来之种，名取译音，并无正字，梵语称末利，此外，又有没利、抹厉、末丽、抹丽诸称，都是大同小异的。花有草本、木本之分，茎弱而枝繁，叶圆而带尖，很像茶叶，夏秋之间开小白花，一花十余瓣，作清香，很为可爱！有复瓣更多的称宝珠小荷花，出蜀中，最名贵。据说别有红茉莉，色艳而无香，作浅红色的，称朱茉莉，雷州、琼州有绿茉莉与黄茉莉，我们从未见过。

佛书中称茉莉为鬘华，因它往往给娘儿们装饰髻鬟的。苏东坡谪儋耳时，见黎族女子头上竞簪茉莉，因拈笔戏书几间，有"暗麝着人簪茉莉"之句。关于茉莉簪鬓的事，诗人词客都曾咏及，如明代皇甫汸云："萼密聊承叶，藤轻易绕枝。素华堪饰鬓，争趁晚妆时。"宋代许棐云："荔枝乡里玲珑雪，来助长安一夏凉。情味于人最浓处，梦回犹觉鬓边香。"清代王士禄云："冰雪为容玉作胎，柔情合傍琐窗隈。香从清梦回时觉，花向美人头上开。"徐灼云："酒阑娇惰抱琵琶，茉莉新堆两鬓鸦。消受香风在凉夜，枕边俱是助情花。"恽格云："醉里频呼龙井茶，黄星靥乱鬓边鸦。移灯笑换葡萄锦，倚枕斜簪茉莉花。"词如徐釚《清平乐》云："清芬飘荡。偏与黄昏傍。浴罢玉奴心荡漾。小缀乌云鬓上。　　定瓷渍水初开。春纤朵朵分来。半晌双鬟撩乱。不教贴上银钗。"黄燮清《减兰》云："芳心点点。细朵惺忪娇素艳。碎月筛廊。凉约烟鬟称晚妆。　　玲珑小玉。窄袖轻衫初试浴。香已销魂。况在秋罗扇底闻。"看了这些诗词，便知茉莉与女子鬟发似乎是分不开的。

　　把茉莉花蒸熟，取其液，可以代替蔷薇露；也可作面脂，泽发润肌，香留不去。吾家常取茉莉花去蒂，浸横泾白酒中，和以细砂白糖，一个月后取饮，清芬沁脾。至于用茉莉花窨茶叶，更是司空见惯的事；北方爱好的香片，就是茉莉窨成的。近年来苏州花农争种茉莉，夏花秋花，先后可开三四次，而灌水、施肥、摘花等工作，都在烈日炎炎下施行，实在是非常辛苦的。听说茉莉所窨的茶叶，不但广销于北方，并且装运出国，换回重工业建设所需要的机械，不道这些小小花朵，也负着如此重大的使命，真可留芳百世了。

　　茉莉除了簪鬓外，也有用铅丝拴成了球，挂在衣纽上；或盛在麦柴精编的小花囊中，佩在身上；更有特别加工，扎成了精巧玲珑的花篮，挂在床帐中的；因为它的阵阵清香，太可人意了。茉莉球宋代已有之，戴复古诗中曾有"香薰茉莉球"之句。又范成大诗云："忆曾把酒泛湘漓，茉莉球边擘荔枝。一笑相逢双玉树，花香如梦鬓如丝。"茉莉花囊见于清人诗中的，如平素娴《闺中杂咏》之一云："一棱琥珀映香肩，茉莉囊悬翠髻边。贪看纱幮凉月影，语郎今夜且分眠。"清代吴毅人《有正味斋词》中，曾有《瑶华》一阕咏茉莉花篮云："浓香解媚。清艳含娇，簇盈盈凉露。金丝细绾，讶琼壶、冷浸清冰如许。玲珑四映，问恁得、相思盛住。已赢他、织翠裁筥，消受美人怜取。　　几回荡着轻舠，听吴语呼时，争傍篷户。拎来素手，爱袖底、犹带采香风趣。斜阳渐晚，看挂向、粉舆归去。到夜阑，斗帐横陈，梦醒蝶魂无据。"末二句就归纳到床帐中去了。

平民的天使

苏联近代文学界中，作家辈出，高尔基当然是此中领袖，他的每一作品，都是人民的呼声，他的一枝笔，就是斗争的武器；而在帝俄时代，我们可不能忘怀那位伟大的托尔斯泰，他以贵族的身份，站在同情解放农奴的立场上，扛着一枝千锤百炼的健笔，与暗黑的势力纵横作战。

托氏作品的英文译著，往年我曾读过不少；并曾翻译过他的杰作《复活》和几种短篇小说，对他的文笔是拳拳服膺的。托氏的家世和生平事迹，都略有所知；他是一八二八年八月二十八日（旧历）生于图拉的亚士那亚·波利亚那村。他的祖父与彼得大帝交好，袭伯爵，后由其父承袭，托氏是第三世的伯爵了。托氏三岁丧母，九岁丧父，同他的三个哥哥、一个姊姊依其姑母，因家有采邑，生活是不成问题的。

托氏富于感情，天性过人，想起了去世的父母，往往痛哭流涕。初求学于莫斯科与喀山二地，成绩平平，后毕业于圣彼得堡帝都大学，回乡与农民交往，以改良农事为己任。一八五一年入高加索军中，后随军出征土耳其，托氏独据一炮台，与敌作战，勇名大噪，他的中篇小说《塞伐斯托波尔》就是记这一次战役的。

战事平定后，托氏解甲归来，已以诗家小说家闻名，出入圣彼得堡文酒场中，人家都刮目相看。后作德意志、意大利之游，以广见闻。一八六二年，年三十四，方始结婚，住在莫斯科邻近的菜地上，和农民们杂处。他痛恨贵族与地主的专横，深表同情于农民，曾感慨地对人说道："我们是人，农民也是人；农民披星戴月，终年忙于农事，没有好好的吃，好好的穿，而我们不耕而食，不织而衣，还要去奴役他们，这岂是仁人君子所应为的呢？"于是把他家所有的农奴，悉数遣散。他爱好劳动，事必躬亲，身穿毛布的衣服，每天茹素不吃荤腥，曾对人说："挥尔额上汗，充尔腹中饥。尽尔十指力，制尔身上衣。"他的劳动观点，于此可见一斑。

托氏因旧帝俄教育，虚浮不合理，就设立了一所小学校，集合了农家子弟，亲自教诲，课程的周密，教法的良善，其他小学校都比拟不上。校中既没有章程，也没有规则，更没有服从的体制，只是以仁爱友义的精神教导学生。托氏又精于医道，乡人有病，他亲往诊治给药，十分亲切，受惠的人都感激涕零，称之为"平民的天使"。

托氏怜悯农民的痛苦，所有著作凡是写农民生活的，最为深刻，并用以教育农民。他平日从事农作，除草砍柴，都由自己动手，常说："我们有了一副好筋骨，却不能劳动；他们农民吃不饱，穿不暖，而做我们所不能做的事，岂不是我们的耻辱！"托氏体力充沛，能够带了一百二十斤的重物，安然步行。住宅简朴非常，书室中都放着镰刀、锹、锄等农具，活像是一个农家。最奇怪的，屋中有窗无门，庭前手植大榆树一株，亭亭直上，名之为"平民树"。一九一〇年，弃家出走，不久就病倒了，以十一月七日（旧历）殁于阿司塔波伏车站。

　　他的一生著作，除小说外，有诗歌、杂作、宗教书等极多，其中宗教性论著及政论性作品，以帝俄审查条件的限制，未能刊印，而是转托友人先后在瑞士和英国出版的。小说以《战争与和平》《复活》《安娜·卡列尼娜》为三大杰作，传诵世界。

荷花的生日

人有生日，是当然的，不道花也有生日，真是奇闻！农历二月十二日，俗传是百花生日；而荷花却又有它个别的生日，据说是农历六月二十四日。在前清时，每逢此日，画船箫鼓，纷纷集合于苏州葑门外二里许的荷花荡，给荷花上寿。为了夏季多雷雨，游人往往被淋得像落汤鸡一般，甚至赤脚而归，因此俗有"赤脚荷花荡"之谣，足见其狼狈相了。

其实所谓荷花生日，并无根据。据旧籍中说，这一天是观莲节，昔晁采与其夫，各以莲子互相馈送；曾有人扶乩叩问，晁降坛赋诗云："酒坛花气满吟笺，瓜果纷罗翰墨筵。闻说芙蕖初度日，不知降种自何年。"连这无稽的神话，也以荷花生日为无稽，而加以讽刺了。

不管是不是荷花的生日，而苏州旧俗，红男绿女总得挑上这一天去逛荷花荡，酒食征逐，热闹一番，再买些荷花或莲蓬回去。其见之诗词的，如邵长蘅《冶游》云："六月荷花荡，轻桡泛兰塘。花娇映红玉，语笑薰风香。"舒铁云《六月二十四日荷花荡泛舟作》云："吴门桥外荡轻舻，流管清丝泛玉凫。应是花神避生日，万人如海一花无。"高高兴兴地趁热闹去看荷花，而偏偏不见一花，真是大杀风景；那只得以花神避寿解嘲了。词如沈朝初《忆江南》云："苏州好，廿四赏荷花。黄石彩桥停画鹢，水晶冰窨劈西瓜。痛饮对流霞。"张远《南歌子》云："六月今将尽，荷花分外清。说将故事与郎听。道是荷花生日、要行行。粉腻乌云浸，珠匀细葛轻。手遮西日听弹筝。买得残花归去、笑盈盈。"记得二十余年前，我与亡妻凤君也曾逛过荷花荡，扁舟一叶，在万柄荷叶荷花中迤逦而过，真有"花为四壁船为家"的况味。凤君买了几只莲蓬，剥莲子给我尝新，此情此景，历历在目，可惜此乐不可复再了！

　　清代大画家罗两峰的姬人方婉仪，号白莲居士，能画梅竹兰石，两峰称其有出尘之想。方以六月二十四日生，因有《生日偶作》一诗云："冰簟疏帘小阁明，池边风景最关情。淤泥不染清清水，我与荷花同日生。"诗人好事，又有作荷花生日词的，如计光炘一绝云："翠盖亭亭好护持，一枝艳影照清漪。鸳鸯家在烟波里，曾见田田最小时。"徐阆斋两绝云："荷花风前暑气收，荷花荡口碧波流。荷花今日是生日，郎与姜船开并头。""金坛段郎官长清，临风清唱不胜情。怪郎面似荷花好，郎是荷花生日生。"荷花生日虽说无稽，然而比了什么神仙的生日还是风雅得多；以我作为《爱莲说》作者周濂溪先生的后人来说，倒也并不反对这个生日的。

神话《水晶宫》

　　世界上任何一个国家，都有他们自己的各种神话。以我国而论，譬如"嫦娥奔月""牛郎织女""天女散花""白蛇传""宝莲灯""袁樵摆渡""张羽煮海"等等，我们在戏剧和弹词中都可看到听到，并且是为群众所爱看爱听的。苏联电影中，也有很多神话片，前有《宝石花》，近有《水晶宫》，可算是神话片中的代表作，两片都用彩色摄制，富丽堂皇，十分可爱，我都曾看过，留下了很深的印象。我以为无论是我们自己的神话或其他各国的神话，都不能看作迷信，斥为荒唐；我以为是一种美丽的幻想，况且内中也往往含有或多或少的教育意义，所以在我们新中国的新社会中，这种神话也是很受重视的。

　　我和妻看了《水晶宫》那部神话片，很感兴趣，妻说："我们中国有海龙王的传说；苏联也有海王，并且还有王后和一位美丽的公主，比中国的海龙王幸福多了。"我笑道："说起海龙王，我倒记起来了；记得往年渡海游普陀时，曾做了一个白日梦，梦见自己先到上界仙都去作客，后来又被龙王邀去游水晶宫，一觉醒来，记之以词，可惜已记不得了。"当下在故纸堆中找寻了一下，居然找到了旧稿，妻看不懂，我便把词意讲给她听。词共二阕，词寄《临江仙》："局促人间无处住，跨鸾直上丹霄。琼台负手听金璈。祥麟威凤，相对舞云翘。　　闲种琪花和瑶草，疗饥自有灵桃。姮娥招饮月中醪。银河倒泻，为我涤仙瓢。""浪迹仙寰无个事，突来西海书邮。龙王邀我作清游。金鳌背上，倏忽到瀛洲。 百戏纷陈都一试，钓鲸翡翠为钩。珊瑚床上梦庄周。神蛟入奏，晓起看云楼。"妻听了我的讲解，扁一扁嘴说道："你的口气倒着实不小，可是无非吃喝玩睡这一套，哪及《水晶宫》中的萨特阔，得了海王公主之助，造船下海，探险得宝，多么有意义呢？"我苦笑道："《水晶宫》原是一个有意义的神话，我的两阕词，你就当它是个荒唐的幻想；但看用翡翠钩子钓大鲸的一点，不就是天字第一号的海外奇谈吗？"

影片《梁山伯与祝英台》的结尾一节，祝英台哭灵之后，大雷打开了梁山伯的坟墓，她就跳了进去，二人化为一双蝴蝶，联翩飞舞；就含有些神话意味的。我以为何妨挑选一二富有教育意义的神话，摄成影片，料想观众不会不爱看吧？

殡舍作动物园

苏州城东中由吉巷底有一所古老的殡舍，名昌善局，也是善堂性质的组织，专给人家寄存死者的棺木的。局中小有园林之胜，有假山、有旱船、有亭榭、有两个池子，一个池子里，有好多只大鼋，颇颇有名，可与阊门外西园的鼋分庭抗礼。池边有三株老柏，近门处有一架紫藤，都是古意盎然，足足有百岁以上的高寿了。

一九五三年秋，苏州市园林修整委员会因那里棺木早已移去，空着没用，决计前去修整一下，我也是参加设计的一员。费了三个月的时间，总算修整得楚楚可观，但还想不出怎样去利用那些从前存放棺木的一间间屋子。一九五四年春，因拙政园中原有的那个动物园地盘太小，大家计上心来，就决定把动物迁到昌善局去，又费了二个多月的时间，鸠工庀材，从事改装，这一个崭新的城东动物园终于在五月一日开幕。一所死气沉沉的殡舍，居然变作生气勃勃的动物游息之场了。这两年来又一再加以改善，使那些飞禽走兽以及水族，一一各得其所。并且从各地罗致了各种珍奇的动物，大可观赏。谁也料不到这动物园的前身，却是一所殡舍。

这城东动物园一带，有一大片澄清的水，风景清幽，很有水乡风味，入夏特备了几艘游船，供群众打桨游赏，一路可通黄天荡。那边的荷花，也是颇颇有名的，每年六七月间，红裳翠盖，蔚为大观，足供半天的流连。至于通往动物园的街道，也已拓宽，从前的小巷曲曲，已变作大道盘盘了。

老友徐卓呆兄，在十一岁至二十岁的十年之间，曾在中由吉巷住过，所以对于附近一带的旧时情况，很为熟悉，听他说起来，历历如数家珍。据说动物园西面的徐家弄内，有地名方家场，是明代大忠臣方孝孺的住宅所在，现已成为废墟了。清末的那位能诗、能画、能作小说的风流和尚苏曼殊，有讲学处设在邻近的传芳巷内，但不知他讲的是文学呢，还是佛学？动物园的西北，有一带绿杨堤岸，对河有一座水阁，六十年前，住着一个姓叶的寡妇，生有二女，能画能琴，一班惨绿少年在河边驰马坠鞭，忙个不了，都是被那二女吸引来的。寡妇的老父祝听桐，精于七弦琴，曾在上海味莼园中当众奏弄，倒也算得是一门风雅了。

一枝珍重见昙花

任何物象，在一霎时间消逝的，文人笔下往往譬之为昙花一现。这些年来，我在苏州园圃里所见到的昙花，是一种像仙人掌模样的植物，就从这手掌般的带刺的茎上开出花来，开花的季节，是在农历六七月间，开花的时期，是在晚上七八时间。花作白色，状如喇叭，发出浓烈的香气；花愈开愈大，香气也愈发愈浓，从七八时开起，到明晨二三时才萎缩，花却并不掉落。它产在热带地区，所以入冬怕冷，非在温室中过冬不可。吾园也有盆栽昙花好多株，内一株高四尺许，去夏先后开了九朵花，花白如雪，香满一堂，可是去冬严寒，它和其余的几株全都冻死了。

我对于这一种昙花，始终怀疑着，以为它是属于仙人掌一类的多肉植物，并非昙花；因为我另有一大盆仙人球，去夏也开了一朵花，花形、花色、花香以及开放的时期，竟和所谓昙花一模一样。记得二十余年前，我在上海新新公司见过几株昙花，似乎是作浅灰色的，由开放到萎缩，不过二十分钟，这才与昙花一现之说，较为接近；而现在所见的却能延长到七八小时之久，怎能说是昙花一现呢？

昙花一现之说，源出佛经，《法华经》云："佛告舍利弗，如是妙法，如优昙钵华，时一现耳。"优昙钵华亦称优昙花，据说是属于无花果类，喜马拉雅山麓和德干高原锡兰等处都有出产，树身高达丈余，叶尖，长四五寸，叶有两种，有的粗糙，有的平滑。花隐蔽在凹陷的花托中，雌花与雄花不同，花托大如拳，或如拇指，十余指聚在一起。至于花作何色，有无香气，却未见记载。又据夏旦《药圃同春》载："昙花，色红，子堪串珠，微香。"看了这些记载，就足见我们现在所见的昙花，是仙人掌花而不是昙花了。

《群芳谱》中虽罗列着万紫千红，而于昙花却不着一字；古人的诗文中，我也没有见过歌咏或描写昙花的，偶于清初钱尚濠《买愁集》中见有一则："吉水东山修禅师，讲义精邃，一日有逊秀才来谒，玄谈霏娓，题咏轩轾，盖山猿听讲，日久得悟者也。"下有逊秀才诗十首，中《赠僧》一首云："一瓶一钵一袈裟，几卷楞严到处家。坐稳蒲团忘出定，满身香雪坠昙华。"这所谓"昙华"，分明与梅花相似，而不是现在所见的昙花了。叶誉虎前辈《遐庵诗集》中，有《赵叔雍家昙花开以一枝见赠》云："黄泉碧落人何在，玉宇琼楼梦已遐。谁分画帘微雨际，一枝珍重见昙花。"又《昙花再开感赋》云："刹那几度见开残，光景旋销足咏叹。谁信春回容汝惜，一生醒眼过邯郸。"这两首诗中所咏的昙花，不知又作何状？

寄畅园剪影

无锡的园林，如荣氏的梅园和锦园、杨氏的鼋头渚、王氏的蠡园、陈氏的渔庄等，全是崭新的，唯一的古园要算寄畅园了。园在惠山寺左，明代正德年间，秦端敏公金置，引涧泉作池，声若风雨，前后二百余年，虽屡次易主，却并未易姓，仍为秦氏后人所有。清代顺治年间，翰林秦松龄（留仙）主此园，与当代名流吴梅村、姜西溟、严荪友等时常赋诗唱和，梅村曾有《秦留仙寄畅园三咏》之作，《山池塔影》云："黛色常疑雨，溪堂正早秋。乱山来众响，倒影漾中流。似有一帆至，何因半塔留。眼前通妙理，斜日在峰头。"《惠井支泉》云："石断源何处，涓涓树底生。遇风流乍急，入夜响尤清。枕可穿云听，茶频带月烹。只因愁水递，到此暂逃名。"《宛转桥》云："斜月挂银河，虹桥乐事多。花欹当曲槛，石碍折层波。客子沉吟去，佳人窈窕过。玉箫知此意，宛转采莲歌。"此外，又有一般词客，在园中集会填词，陈其年曾有《秦对岩携具寄畅园举填词第三集》一词，调寄《醉乡春》云："银甲闹时偏悄。绿水昏时胜晓。双㮡枕，百娇壶，好景世间都少。　人对烛花微笑。袖向蘋风轻舀。玉山倒，脸波横，酒痕一点红窝小。"当时园中光景，读了这些诗词，可见一斑。

二十余年前，我与天虚我生陈栩园丈初游寄畅园，就有好感；但见一株株的古树参天，老翠欲滴，园心有池一泓，种着莲花，红裳翠盖间，游鱼可数。我们坐在知鱼槛阑干边啜茗，大吃四角菱，津津有味。对岸沿池有二古树，同根相连，枝叶四布，好似张了一个油碧的天幕。栩园丈说："这就是连理树；我往年咏之以诗，曾有'四百年前连理树，夜游应忆旧红妆'之句；因为我看了这一株有情的树，就不知不觉地想起林黛玉、崔莺莺一类的多情女子来了。"诗人们的心，往往会想入非非的。池的一隅，有一株很粗的紫藤，绕在古树上，像龙一般蜿蜒地盘上去，大约也有数百年的高寿了。

今春无锡市钱钟汉副市长来苏相访时，我曾对他说："寄畅园是无锡唯一的古园，整修时必须特别郑重，非保持它固有的风格不可。"这一次我到了园中，见那一株连理树矫健如故，那一株老紫藤也依然无恙，那一块美人石也仍在原处，石身苗条，真像一位林黛玉型的美人一样；可是被一株紫藤蒙络着，几乎瞧不出那窈窕的腰身了，还该好好地修剪一下才是。我们建议此园最好恢复它的旧面目，可将新堆的假山和圆洞门全部拆除，把蓉湖公园中搁在地上投闲置散的几块大型旧湖石搬运过来，再尽力搜罗一些较小的湖石，请名手重行布置，才不负这无锡唯一的古园。

紫薇长放半年花

"似痴如醉弱还佳，露压风欺分外斜。谁道花无红百日，紫薇长放半年花。"

这是宋代杨万里咏紫薇花的诗，因它从农历五月间开始着花，持续到九月，约有半年之久，所以它又有一个"百日红"的别名。

紫薇是落叶亚乔木，高一二丈，也有达三四丈的。树干光滑无皮，北方人称之为猴刺脱树，就是说猴子也爬不上的。要是用指爪去搔树身时，树叶会微微颤动，好像也有感觉而怕痒似的，所以它又有"怕痒树"之称。叶片对生，绿色而有光泽；每一枝着花数颖，每一颖开花七八朵或十余朵不等。花未放时，苞如青豆，花瓣的构造很特别，多襞皱，每朵好似一个小小的轮子，作紫色；另有红、白二色，称红薇、白薇；又有紫中带浅蓝色的，名翠薇，不常见。

《广群芳谱》对紫薇评价很高，说它："一枝数颖，一颖数花，每微风至，妖矫颤动，舞燕惊鸿，未足为喻。唐时省中多植此花，取其耐久，且烂漫可爱也。"唐开元元年，改中书省为紫薇省，中书令为紫薇令，就为的省中都种有紫薇花之故。于是诗人们又得了诗料，往往把花与官结合起来，如白乐天云："丝纶阁下文章静，钟鼓楼中刻漏长。独坐黄昏谁是伴，紫薇花对紫薇郎。"杨万里云："晴霞艳艳复檐牙，绛雪霏霏点砌沙。莫管身非香案吏，也移床对紫薇花。"陆放翁云："钟鼓楼前官样花，谁令流落到天涯。少年妄想今除尽，但爱清樽浸晚霞。""官样花"三字含有讽刺之意，紫薇不幸，竟戴上了个官的头衔，就觉得它俗而不韵了。

紫薇花因为常被人把它和官牵扯在一起，所以好诗好词绝少，我只爱明代程俱五古一首云："晚花如寒女，不识时世妆。幽然草间秀，红紫相低昂。荣木事已休，重阴闷深苍。尚有紫薇花，亭亭表秋芳。扶疏缀繁柔，无复粉艳光。空庭一飘委，已觉巾裾凉。手中蒲葵箑，虽复未可忘。仰视白日永，凄其感冰霜。"清代陈其年《定风波》词云："一树曈昽照画梁，莲衣相映斗红妆。才试麻姑纤鸟爪，袅袅。无风娇影自轻飏。　　谁凭玉阑干细语，尔汝，檀郎原是紫薇郎。闻道花红无百日，难得。笑他团扇怕秋凉。"上半阕还不差，而下半阕来了个紫薇郎，就感得减色，不如程诗之通体不着一个"官"字来得好了。

唐代大诗人杜牧之曾作中书省舍人，因被称为紫薇舍人杜紫薇，他曾有《紫薇花》诗一绝："晓迎秋露一枝新，不占园中最上春。桃李无言又何在，向风偏笑艳阳人。"作紫薇郎而诗中一字不提，自不失其为好诗。

紫薇花有大年有小年，去年恰逢大年，我园的一株红薇、一株白薇，和七八个老本盆栽，都烂漫着花，如火如荼，朝夕观赏，眼福不浅。盆栽中有红薇一株，枯干作船形，虬枝四张，满开着红花，古媚可爱；我把一个小型的达摩立像放在干上，取"达摩渡江"之意，别饶奇趣。又有紫薇大本一株，枯干好似顽石，上生青苔，如画师用大青绿设色，更多画意；着花数百朵，全作紫色，真是道地的紫薇了。

轻红擘荔枝

荔枝色、香、味三者兼备，人人爱吃，而闺房乐事，擘荔枝似乎也是一个节目；清代龚定盦有《菩萨蛮》词集前人句云："娇鬟堆枕钗横凤。青春酒压杨花梦。翠被夜徒熏，娇郎痴若云。　　波痕空映袜。艳净如笼月。明月上春期，轻红擘荔枝。"又苏曼殊《东居杂诗》之一云："兰蕙芬芳总负伊，并肩携手纳凉时。旧厢风月重相忆，十指纤纤擘荔枝。"读了这一词一诗，使我回忆到二十余年前亡妻凤君健在时，一见荔枝上市，总得买了来亲手剥开给我尝新的。那时我有一位文友罗五洲兄，服务香岛邮局，每年仲夏总得寄赠佳种糯米糍一大筐，成为常年老例，我和凤君大快朵颐，而儿女们也都能饱啖一下。对日抗战以后，与罗兄失去联系，久已吃不到糯米糍；今年春暮，我曾吃过二十多枚荔枝，那是早种的三月红、玉荷包之类，并不高妙，更使我苦念糯米糍不置！而送荔枝的好友与擘荔枝的亡妻，更憧憧心头不能去了。

古人吃荔枝，对于天时、环境、人事，都有研究，并不是随随便便的。据宋珏《荔枝谱》所载，有所谓清福三十三事，如开花雨时、结实风时、次第熟、雨初过、袅露摘、护持无偷摘、同好至、晚凉、新月、浴罢、簪茉莉、拈重碧、微醉、科头箕踞、佳人剥、乳泉浸、蜜浆解、临流、对鹤、楼头、联骑出观，名品尝遍、检谱、辨核、贮白瓷盆、悬青筠笼、着白苎、挂帐中、壳堆苔上、膜浮水面、色香味全、隔竹闻香、土人忽送。与清福相反的不如意事，称为黑业，也有暴雨、妒风、偷儿先尝等三十四事，吃荔枝而已，偏偏有这许多花样，也足见文人好事了。

古人吃荔枝，兴高采烈，不但独吃，并有集会结社而吃的。五代刘铢每年于荔枝熟时，设红云宴，大会宾客。明代徐燉，约友好作餐荔会，定名红云社，订有社约，善啖者许入，只限七八人，太多则语喧，荔约二千颗，太少则不饱，会设清酒、白饭、苦茗，和肴核数器而已。谢肇淛有《红云续约》，在初出市时即举行餐荔会，到将罢市时为止，社友都须搜罗名种，与众共之。后来宋珏又结荔社，其社约中有云："夫以希奇灵异之物，而能珍惜之，留护之，结以同趣，集以嘉辰，幂以浓阴，浴以冷泉，披以快风，照以凉月，和以重碧，解以寒浆，征以往牒，纪以新词；虽迹混尘壤，而景界仙都，身坐火城，而神游冰谷。"读了这一段文字，可见他们的兴会淋漓，真是荔枝的知己。

关于荔枝的文献，上自齐梁，下至明清，凡诗词歌赋以及谱牒、书翰、散文、杂记，等等，无不应有尽有，不知呕却文人多少心血。其以少许胜者，如明马森五言绝云："不逐青阳艳，偏妍朱夏时。摘来红玛瑙，擘破白琉璃。"宋曾几六书绝云："红皱解罗襦处，清香开玉肌时。绣岭堪怜妃子，苎萝不数西施。"明邓元岳七言绝云："金波潋滟碧波妍，一道霞光照眼鲜。何似婕妤初赐浴，玉肌三尺浸寒泉。"宋李芸子《捣练子》词云："红粉里，绛金裳。一卮仙酒艳晨妆。醉温柔，别有乡。　　清暑殿，偶风凉。鸡头擘破误君王。泣梨花，春梦长。"

记吝人

俭，原是人生一种美德，但是倘俭得太过分，不得其当，那就是吝了。友人给我谈起民初一个富翁的故事，十分可笑，简直是个天字第一号的吝人。

某富翁，以蓰业起家，积资千万，住在繁华奢靡的上海，却仍是一钱如命，牢守着荷包死不放。平日间布衣一领，淡泊自甘，出外总是坐一辆破包车，马车、汽车一辈子都没有坐过；而他的几位公子，却都是汽车出入，在外面花天酒地，及时行乐，不过全瞒着老子一人罢了。

他老人家在故乡时，有一晚收了账回来，天色很黑，由一个书僮，提着灯笼照路。可是这孩子走得太急，那灯笼兀自左右晃动着，他老人家心想照这样子，那一支蜡烛一定完得很快，那未免太浪费了。一抬头恰见前面有一顶四人轿在那里赶路，轿后挂着两盏灯笼，灯烛荧煌，恰好照着前路。他计上心来，忙唤书僮吹熄了烛火，紧跟着那轿子前去，赶了一程，已到家里，谁知那轿子恰也在他家大门前停住了。他以为定是什么慈善机关募捐来的，于是忙不迭地溜进后门，唤家人出去回说不在家。家人出去一看，便暗暗失笑，回说并没有募捐的人。他老人家大为诧异，追问来的是谁？家人瞒不过，才说是公子回来了。他老人家气愤万分，心想我爱惜一支蜡烛，舍不得点完，不肖子倒坐着四人大轿，不知道做老子的正在轿后气急败坏地跟随着。一时气极了，便掏个铜子，唤家人去买了些花生和腐干来，唤过他的老妻来道："算了，我们也不用再省钱了，大家索性多吃一些，享享福吧！"用一个铜子，就算享福，也足见其吝的程度了。

　　他老人家有一个媳妇，很能迎合他的意思，平日间穿着破衣服，分外地省吃俭用，有一天他老人家回来得迟了，还没有吃饭，唤厨子做菜上来，一会儿便来了一碗青菜，一碗豆腐，外加一盆炒鸡蛋。那媳妇见了，大发雷霆，唤那厨子上来，打他一个耳刮子，说："已经有了青菜、豆腐，还用什么炒鸡蛋？像这样的浪费，可不要吃穷人家吗？"他老人家听了，暗暗欢喜，以为这媳妇贤极了。却不知她背了他，也正和公子们一样的阔绰，一掷千金，是不算一回事的。

明末遗恨《碧血花》

日寇大举进犯我国的头几年间，铁蹄尚未侵入上海租界，我因自己所服务的《申报》已复刊，只得从皖南回到上海来。那时稍有人心的人，都感到亡国之痛，苦闷已极，而又无从发泄。阿英（钱杏邨）同志，以魏如晦的笔名，编了一出话剧《碧血花》（后来不知怎的，又改名为《明末遗恨》），演出于璇宫剧院，轰动一时，连演一个多月，天天满座，凡是感到亡国之痛而苦闷得无从发泄的人，都去看一二遍。我也看了两遍，当时百脉偾张，兴奋得不可名状。

剧中女主角葛嫩娘，由唐若青饰演，男主角孙克咸，由施汶饰演，演技的精湛，达到了最高峰，简直使观众的喜怒哀乐，都跟着她们的喜怒哀乐而转移。我曾写了一篇小品文赞颂她们，有云：昔者释迦牟尼作大狮子吼，唤醒众生，今诸君子掬无穷血泪，大声疾呼，其功德正不在释迦牟尼下，恨不能使诸君子化身千万个，搬演千万遍耳。观罢归来，感不绝于予心，爰赋二绝句，分赠孙、葛二先烈云："不负堂堂六尺身，鸳鸯并命作贞臣。孙三今日登仙去，长笑一声泣鬼神。""义胆忠肝出狭斜，只知有国不知家。看伊嚼断丁香舌，万古长开碧血花。"

《碧血花》的故事，阿英是根据明末余澹心《板桥杂记》中的一节写的："葛嫩，字蕊芳。余与桐城孙克咸交最善，克咸名临，负文武才略，倚马千言立就，能开五石弓，善左右射，短小精悍，自号飞将军，欲投笔磨盾，封狼居胥，又别字曰武公；然好狭邪游，纵酒高歌，其天性也。先昵珠市妓王月，月为势家夺去，抑郁不自聊，与余闲坐李十娘家。十娘盛称葛嫩才艺无双，即往访之。阑入卧室。值嫩梳头，长发委地，双腕如藕，面色微黄，眉如远山，瞳人点漆，教请坐。克咸曰：'此温柔乡也，吾老是乡矣！'是夕定情，一月不出，后竟纳之闲房。甲申之变，移家云间，间关入闽，授监中丞杨文骢军事，兵败被执，并缚嫩。主将欲犯之，嫩大骂，嚼舌碎，含血噀其面，将手刃之。克咸见嫩抗节死，乃大笑曰：'孙三今日登仙矣！'亦被杀。中丞父子三人同日殉难。"此剧最足使人感动的，就是末了的一幕，唐若青的葛嫩，慷慨激昂，声色俱厉，十足表演出烈女子不屈服不怕死的精神。

我第二次去看时，观众依然满坑满谷；我也依然看得百脉偾张，兴奋得不可名状。社友钱小山兄也在座，当然也大为感动，第二天就填了一阕《貂裘换酒》，咏葛嫩娘，指定要我与同社郑心史兄和他。先前我虽从未填过长调，也勉为其难，尝试一下。小山原唱云："呜咽秦淮水。说当年、板桥遗事，烟花北里。却有红颜奇节在，多少须眉愧死。问女伴、谁为知己。眼底无双推独步，算怜才、早有湘真李。相见晚，诸名士。　　郎君浊世佳公子。误初心、英雄终老，温柔乡里。直与从军浮海去，碧血争辉青史。有几个、从容如是。嚼舌含胡还骂贼，共孙三一笑登仙矣。千载下，闻风起。"心史和云："凄绝桃花水。恨南朝、不堪重问，江山万里。谁识嫩娘心似铁，不信艰难一死。好说与、风尘知己。斫地悲歌余一剑，赋长征、身外无行李。终不负，无双士。　　笑他多少良家子。恋年年、春闺一梦，绿杨风里。竟与孙郎同毕命，认取青楼信史。合愧杀、横波如是。谁为红颜埋碧血，看青山影入秦淮矣。流水急，悲风起。"我的和作是："白下凄清水。镇潺潺、似歌似泣，声闻故里。道有青楼楼上女，为国甘拚一死。遇嘉客、随成知己。说剑吹箫豪狂甚，愿怜侬、莫当桃和李。方不愧，一佳士。　　孙郎自是奇男子。效孤忠、荷戈杀敌，仙霞关里。难得红妆能摆甲，不作樽边侍史。晓大义、端应如是。嚼断丁香寒贼胆，谢人天我目长瞑矣。魂化鹤，搏云起。"蚓唱蛙鸣，词不成词，只因受了葛嫩娘的感应，总算交了卷了。

吾家的灵芝

古人诗文中对于灵芝的描写，往往带些神仙气，也瞧作一种了不得的东西；但看《说文》说："芝，神草也。"《尔雅》说："芝一岁三华，瑞草。"又云："圣人休祥，有五色神芝，含秀而吐荣。"宋代大诗人陆放翁有《玉隆得丹芝》绝句云："何用金丹九转成，手持芝草已身轻。祥云平地拥笙鹤，便自西山朝玉京。"又《丹芝行》云："剑山峨峨插穹苍，千林万谷蟠其阳。大丹九转古所藏，灵芝三秀夜吐光。如火非火森有芒，朝阳欲升尚煌煌。何中劀断取换肝肠，往驾素虹朝紫皇。"写得何等堂皇，可知芝之为芝，决不能与闲花野草等量齐观的了。

芝的品种繁多，《神农经》所传五芝，据说红的如珊瑚，白的如截肪，黑的如泽漆，青的如翠羽，黄的如紫金，这就是所谓五色神芝。其他如龙仙芝、青灵芝、金兰芝三种，据说吃了之后，可以寿至千岁；月精芝、萤火芝、万年芝三种，吃了之后，可以寿至万岁，我终觉得古人故神其说，并不可靠，大家姑妄听之好了。

十余年前，之江大学的一位教授，在杭州山里掘得一株灵芝草，认为稀世之珍，特地送到上海去公开展览，并且拍了照片，在报纸尽力宣传，曾标价五千万元义卖助学（似是当时的所谓金圆券，尚在比较稳定的时期），其名贵可想。我生平对于花花草草，本有特殊的癖好，难得现在有这神草瑞草展览于海上，合该不远千里而来，观赏一下，可是一则因岁首触拨了悼亡之痛，鼓不起兴致来；二则吾家也有灵芝，正如报端所说质地坚硬，光亮而面有云纹，不过是死的；死的与活的没有多大分别，不看也罢。

吾家灵芝，大大小小一共有好几株，有朋友送的，也有往年在骨董铺里买来的；大的插在古铜瓶里，小的供在石盆子里，既不会坏，又十分古雅，确当得上"案头清供"之称。最好的一株，是十年前苏州一位盆栽专家徐明之先生所珍藏而割爱见赠的；三只灵芝连在一起，而在左角上方，更缀上三只较小的，姿式非常美妙，却是天生而并非人为的。这六个灵芝都面有云纹，作紫红色，背白而光，柄作黑色，好像上过漆一样，其实是天生的；质地极坚，历久不坏。对日抗战期间，我曾带着它一同逃难，后来在上海跑马厅中西莳花会中与其他盆栽并列，曾引起中西士女们的赞赏。平日间我只当它是木菌，并不十分珍视，作为一件普通的陈设；直至看了之江大学那枝灵芝的照片，才知它也是灵芝，所不同的，就是活的与死的罢了。

今夏我又得了一株灵芝，据说是一个竹工在玄墓山上工作时掘来的。五芝连结在一起，两芝最大，过于手掌，三芝不整齐地贴在后面，大小不等。五芝都坚硬如石，作紫色，沿边有两条线，色较浅淡，柄黑如漆，有光泽，的是此中俊物。我把它插在一只白端石的双叠形的长方盆里，铺以白砂，配上了一个葫芦，一块横峰的英石，供在紫罗兰盒中，自觉古色古香，非同凡品，朋友们都来欣赏，恋恋不忍去。我不知道这是什么芝？如果吃了下去，能不能长寿？我倒也不想活到千岁万岁，老而不死，寿比南山；只要活到了一百岁，也就福如东海，心满意足了。呵呵！

　　然而，我却没有勇气吃下这一株五位一体的灵芝。

白话的情词

今人提倡白话文，不遗余力，所有小说和一切小品文字，多已趋重白话，如白香山诗，老妪都解，自是一件挺好的事情。以后，连公文通信等，也全用白话，那更通俗，更容易使人明白了。不过文艺中的白话诗，很少佳作，虽白话诗集，常有出版，可是有的陈义太高，有的带着外国气息，仍然令人不易明白；并且为了不用韵脚，又无从上口讽咏，总觉得不够味儿。这等于将散文拆散，排成长短句罢了。

我曾翻阅古人的诗词，见小词中尽有全用白话，而斐然可诵的，如宋代石孝友《卜算子》云："见也如何暮，别也如何遽。别也应难见也难，后会难凭据。　去也如何去，住也如何住。住也应难去也难，此际难分付。"又《品令》云："困无力。几度偎人，翠鬟红湿。低低问、几时么，道不远、三五日。　你也自家宁耐，我也自家将息。蓦然地、烦恼一个病，教一个、怎知得。"辛弃疾《寻芳草》云："有得许多泪。更闲却、许多鸳被。枕头儿、放处都不是。旧家时，怎生睡。　更也没书来。那堪被、雁儿调戏。道无书、却有书中意。更排个、人人字。"又有虽非白话而用极浅显的文字的。如李之仪《卜算子》云："我住长江头，君住长江尾。日日思君不见君，共饮长江水。　此水几时休，此恨几时已。只愿君心似我心，定不负相思意。"每一讽诵，觉得韵味之佳如嚼橄榄，决非现代的白话诗所可企及。

写情的词，自应以情味见长，才有韵致，要是只知堆垛字面，那么好似女子浓抹脂粉，天然妩媚，都给掩盖住了，还有什么好看？清代的黄仲则《步蟾宫》云："一层丁字帘儿底。只绣着、花儿不理。别来难道改心肠，便话也、有头没尾。　兰膏半灭衾如水。陡省起、梦中情事。可怜梦又不分明，怎得个、重新做起。"董文友《忆萝月》云："已将身许。敢比风中絮。可奈檀郎疑又虑。未肯信侬言语。　便将一瓣香烟。花间敛衽告天。若负小窗欢约，来生丑似无盐。"近人词如天虚我生《步蟾宫》云："替卿拭泪扶卿起。到底是、怪人怎地。不成为了前言戏，便从此、将人不理。　我何敢辩非和是。生受了、冤家两字。果然你要抛侬死，敢先向、泉台等你。"此等词情味浓郁，而又明白如话，真使人百读不厌。

"八一三"抗日军兴，我避寇皖南黟县的南屏山时，想起了故乡与故园，苦闷已极！因此以填词自遣，为了觅取题材起见，时常留意左邻右舍的动态。有一次听说邻近有一个青年，因他的女友探亲他去，好久不见回来，他就相思成病，我因仿作白话词，以"相思"为题，调寄《鹊桥仙》云："恨花恨月，怨天怨地，动便绊愁流泪。人言此是病相思，却没个仙方能治。　挂心挂肚，有情有意，要避也终难避。相思味苦似黄连，只苦里、还含甜味。"不上几时，那女友回来了，见他们俩偎坐在一起，很亲切地谈话，我因又填了一阕《西地锦》："促坐口脂香逼。把眼波偷瞥。偎肩低问，别来无恙，恁者般清瘦。　莫是相思太切。减许多眠食。愿听侬劝，万千珍重，要时时将息。"有一晚，听得贴邻夫妇口角，各不相下；一会儿声息全无，似乎偃旗息鼓，言归于好了。我揣摩了他们两下里的情景和心理，戏作三阕反目词，调寄《步蟾宫》云："一床分做鸿沟界。只为了、三言两语。不成铁打硬心肠，便兀自、把人怨怪。　看来少你前生债。我到底、心儿未坏。待将决计暂丢开，又无奈、时时记挂。""看伊郁郁常含泪。不用说、依然怄气。有时偷掷眼波来，才一霎、自家回避。　令人束手难为计。直做了、妆台奴隶。本来拚与两头眠，怎禁得、柔情蜜意。""几朝甜蜜如情侣。一扳脸、便来冷语。莫非天在做黄梅，因此上、忽晴忽雨。　分明错订鸳鸯谱。竟仿佛、冤家团聚。到头终是好夫妻，又何必、相煎太苦。"这是仿黄、陈两家的《步蟾宫》而作的，可是东施效西子之颦，未免丑态百出了。

杨贵妃吃荔枝

唐代开元年间，四海承平，明皇在位，便以声色自娱；贵妃杨玉环最得他的宠爱，白香山《长恨歌》所谓"后宫佳丽三千人，三千宠爱在一身"；因此她要什么，就依她什么，真的是百依百顺。贵妃生于蜀中，爱吃荔枝，一定要新鲜的，于是下旨取涪州荔枝，从子午谷路进入，飞骑传送，历程数千里，到达京师时，色香味都还未变，可知一路传送的速度。

关于杨贵妃所吃的荔枝的来源，言人人殊，《杨妃外传》说贡自南海，杜诗中也说是南海与炎方；而张君房以为贡自忠州，苏东坡却说是涪州，都未肯定；可是《涪州图经》所载与当地人士声称，涪州有妃子园荔枝，即是进贡给贵妃吃的。又据蔡君谟《荔枝谱》说："天宝中，妃子尤爱嗜，涪州岁命驿致。"又称："洛阳取于岭南，长安来于巴蜀。"于是后人都深信此说，没有争论了。可是又有人证明其非，据说襄州人鲍防，天宝末举进士，那时明皇恰下诏飞骑递进南海荔枝，以七日七夜到达京师，鲍因作《杂感》诗云："五月荔枝初破颜，朝离象郡夕函关。雁飞不到桂阳岭，马走皆从林邑山。"这就说贵妃所吃的荔枝是从南海去的，涪州之说又不可靠。

《唐书·礼乐志》称明皇临幸骊山时，逢杨贵妃生日，命小部在长生殿张乐，奏新曲上寿，一时还没有名称；恰巧南方进贡荔枝，因此就定名"荔枝香"。天宝中正月十五夜，明皇在常春殿撒闽江红锦荔枝，命宫人争相拾取以为戏，那么这又是贡自闽中的荔枝了。

关于杨贵妃吃荔枝的诗，自以唐杜牧《华清宫》一首最为传诵人口，诗云："长安回首绣成堆，山顶千门次第开。一骑红尘妃子笑，无人知是荔枝来。"最近岭南荔枝有妃子笑一种，即因此定名的。宋曾巩《荔枝》云："玉润冰清不受尘，仙衣裁剪绛纱新。千门万户谁曾得，只有昭阳第一人。"明张燮《荔枝词》云："长生殿上紫烟开，妃子红妆映酒杯。小部新声歌未了，岭南飞骑带香来。"这是咏及《荔枝香》新曲的。

杨贵妃病齿，据说就为了多吃荔枝内热太重之故；宋黄庭坚《题杨妃病齿》云："多食侧生，损其左车。"侧生就是指荔枝。又元杨维桢《宫词》云："熏风殿阁日初长，南贡新来荔子香。西邸阿环方病齿，金笼分赐雪衣娘。"这是诗中有画，分明是一幅杨妃病齿图了。荔枝生于炎方，多吃确是太热，据说蜜浆可解，或以荔壳浸水饮之亦可。

清代洪昉思的《长生殿传奇》中，有《进果》一出，写贡使的劳苦，和一路上伤害人命，摧残庄稼的种种扰民之举，足见统治阶级的罪恶。《舞盘》一出，就是写明皇在杨贵妃生日寿宴初开进献荔枝，与梨园子弟歌舞祝寿情形，中有〔杯底庆长生〕〔倾杯序〕〔换头〕唱词云："盈筐，佳果香，幸黄封，远敕来川广。爱他浓染红绡，薄裹晶丸，入手清芬，沁齿甘凉。〔长生导引〕便火枣交梨应让。只合来万岁台前，千秋筵上，伴瑶池阿母进琼浆。"这是杨贵妃的全盛时期，不料后来却有马嵬之变，"六军不发无奈何，蛾眉宛转马前死"，那沁齿甘凉的荔枝，可就永永吃不成了。

《红楼》琐话

我的心很脆弱，易动情感，所以看了任何哀情的作品，都会淌眼抹泪，像娘儿们一样。往年读《红楼梦》，读到"苦绛珠魂归离恨天　病神瑛泪洒相思地"那一回，心中异样的难受，竟掩卷不愿再读下去了。

看过了大半部《红楼梦》小说，当年也曾看过《红楼梦》电影；我不是批评家，不唱高调；单以情感来说，那么不怕人家笑话，我又照例掉过眼泪的。我很爱潇湘馆的布景，绿竹漪漪，使人起"天寒翠袖薄，日暮倚修竹"之感。我也很爱听周璇所唱的那首《葬花词》，似乎把黛玉心中的哀怨都唱了出来。

这一部电影，以《红楼梦》为名，自是太广泛了一些；因为所演出的只是贾、林二人的一段哀史，不如称作"双玉哀史""还泪记"，或竟直率地称"贾宝玉与林黛玉"，而旁边注明"《红楼梦》的一节"，那就妥当得多。倘要用《红楼梦》这一个大名字，那么索性浩浩荡荡的来一下，把"鸳鸯剑""风月宝鉴""宝蟾送酒""刘姥姥初进大观园""王熙凤毒设相思局"等等，一股脑儿包括在内，依原书中情节的先后，依次摄影起来，不过人力物力，也要相当的扩大了。

梅兰芳《黛玉葬花》，我曾瞧过两次，表情细腻，歌喉婉转，自是他生平的力作。当时故词人况蕙风氏倾倒得了不得，特地为他填了两首词捧场，我爱他的那阕《西子妆》："蛾蕊鬈深，翠茵蹴浅，暗省韶光迟暮。断无情种不能痴，替消魂、乱红多处。飘零信苦，只逐水沾泥太误。送春归，费粉娥心眼，低徊香土。　　娇随步。着意怜花，又怕花欲妒。莫辞身化作微云，傍落英、已歌犹驻。哀筝似诉，最肠断、红楼前度。恋寒枝，昨梦惊残怨宇。"

我虽不懂大鼓，而白云鹏的《黛玉悲秋》《黛玉焚稿》，倒也去听过的。可是任他唱得怎样缠绵悱恻，我却并不感动，也许因为我是外行的原故吧？

往年女诗人杨令茀女士，曾做过一个大观园的立体模型，有两张八仙桌那么大，曾在上海、苏州公开展览，所有园中亭台楼阁，山水花木，以及各种人物，都制作得十分精细，一丝不苟，而且宝玉、黛玉的面目，也栩栩如生，令人叹为观止！

《红楼梦》有英译本，就直译其名为 The Dream of the Red Chamber，译者是位精通中国文的英国人，似乎是名 Giles 吧？这倒是一件吃力不讨好的工作。

解放以后，《红楼梦》在文艺上仍保持了它的崇高的地位。俞平伯的《红楼梦研究》，因系根据唯心主义理论，受到了唯物主义者的严正的批判；而贾宝玉与林黛玉也获得了很高的评价，如果双玉真有其人，也该含笑于九泉了。

舞台上常见有各剧种新编的《宝玉与黛玉》的演出，而以江苏省锡剧团的《红楼梦》为最，由姚澄、沈佩华、王兰英主演，吴白、木夫编剧，因为意义正确，很得好评。苏州弹词作家吴和士前辈，正在替朱雪琴、郭彬卿两艺人编《宝玉与黛玉》弹词，不料尚未脱稿，而苏州市评弹工作团潘伯英、黄异庵已编成了中篇弹词《红楼梦》，分上、中、下三集，先后在苏、沪演出，风靡一时。

我对于林黛玉向有好感，深表同情于她的不幸的遭遇；我虽是一个男子，而我的性情和身世也和她有相似之处。她孤僻，我也孤僻；她早年丧母，我早年丧父；她失意于恋爱，我也失意于恋爱；她工愁善感而惯作悲哀的诗词，我也工愁善感而惯作悲哀的小说。因此，当我年青的时候，朋友们往往称我为小说界的"林黛玉"，我也直受不辞。

林黛玉自号颦卿，颦又是悲哀的表示，颦与哭是分不开的，所以一部《红楼梦》，一半儿是林黛玉的泪史，说她是在还泪债，一些也不错。我自幼至长，直到五十二岁，为了恋爱，为了国恨，为了家难，也单直构成了一部泪史，也在还我的一笔泪债；记得当年曾有《还泪》两首诗："悲来岂独梦无成，直欲逃禅了此生。偷活人间缘底事，尚须还泪似颦卿。""学书学剑两难成，愁似江潮日夜生。为有情逋偿未了，年年还泪作颦卿。"可是那个时代女子的心，毕竟是脆弱的，所以林黛玉因受不起悲哀的袭击而死了。我却顽强地抵抗着，终于渡过了一重重难关；恋爱早已告一段落，家难也早就应付过去，而祖国获得了新生，国恨也一笔勾销了。到如今我已还清了泪债，只有欢笑而没有眼泪，只有愉快而没有悲哀。

林黛玉孤芳自赏，落落寡合，她死心塌地地爱着贾宝玉，而不肯赤裸裸地透露出来；她面对着残酷的封建和礼教，孤军作战，坚持着不妥协的精神，与恶劣的黑暗势力相周旋；所以她虽受不起悲哀的袭击，而走上了死亡之路，仍不愧为封建社会中一个勇敢的女斗士。

关于花的恋爱故事

金代泰和中，直隶大名府地方，有青年情侣，已订下了白头偕老之约，谁知阻力横生，好事不谐；两人气愤之下，就一同投水殉情。当时家人捞取尸身，没有发现，后来被踏藕的人找到了，面目虽已腐化，而衣服却历历可辨。这一年荷花盛开，红裳翠盖，一水皆香，所开的花，竟全是并蒂，大概是那对情侣的精魂所化吧。

大词章家元遗山氏有感于此，填了一首《迈陂塘》词加以揄扬："问莲根、有丝多少，莲心知为谁苦。双花脉脉娇相向，只见旧家儿女。天已许。甚不教、白头，生死鸳鸯浦。夕阳无语。算谢客烟中，湘妃江上，未是断肠处。　　香奁梦。好在灵芝瑞露。中间俯仰今古。海枯石烂情缘在，幽恨不埋黄土。相思树。流年度，无端，又被西风误。兰舟少住。怕载酒重来，红衣半落，狼藉卧风雨。"李仁卿氏也倚原调填了一首："为多情、和天也老，不应情遽如许。请君试听双蕖怨，方见此情真处。谁点注。香溆滟、银塘对抹胭脂露。藕丝几缕。绊玉骨春心，金沙晓泪，漠漠瑞红吐。　　连理树。一样骊山怀古。古今朝暮云雨。六郎夫妇三生梦，幽恨从来间阻。须念取。共鸳鸯翡翠，照影长相聚。秋风不住。怅寂寞芳魂，轻烟北渚，凉月又南浦。"

清代名臣彭玉麟氏，谥刚直，文事武功，各有成就，并且刚介廉明，正直不阿，可说是当时数一数二的人物。中法之战发生后，他以七十多岁的高年，疏调湘军入粤，把守虎门沿海，准备将他带领的两只炮艇，和法国的铁甲舰拼上一拼，后来虽因清廷急于议和，未成事实，也是见他的爱国精神。可惜他先前做了曾国藩的爪牙，和太平天国为敌，这是他一生的污点。

他少年时爱上了邻女梅仙，曾有嫁娶之约，只因为了自己的前途起见，暂与分手，预备等功成名立之后，回来完婚。谁知梅仙终于被家人所迫，含恨别嫁，以致郁郁而死。刚直知道了这回事，无限伤心，于是专画梅花，以纪念梅仙，并将他的心事，一再寄之题咏，曾有"狂写梅花十万枝"之句；每一幅画上，总钤着"英雄肝胆儿女心肠"和"一生知己是梅花"等印章，也足见他的一片痴情了。

近人李宗邺君曾有《彭刚直恋爱事迹考》一书之作，考证极详，并且编成话剧《梅花梦》，由费穆君导演，搬演于红氍毹上，曾赚了我许多眼泪。后来吾友董天野画师也曾画有梅仙像幅，图中正在瑞雪初霁之际，梅仙倚在梅花树上，作凝思状。他要我题诗，我因为是一向同情于刚直这一段恋史的，就欣然胡诌了两绝句："冷香疏影一重重，画里真真绝代容。赢得彭郎长系恋，个侬不是负情侬。""英雄肝胆彭刚直，跌宕情场见性真。狂写梅花盈十万，一花一蕊尽伊人。"

英国大小说家施各德氏（W. Scott）十九岁时，有一天，在礼拜堂前遇见一个女郎，那时大雨倾盆，她却没有带伞，因此一再踌躇，欲行不得；施氏忙将自己的伞借给她，于是两人就有了感情。女名玛格兰，是约翰贝企士男爵的爱女，从此和施氏做了密友，足足有六年之久，月下花前，常相把晤，渐渐达到了热恋的阶段。可是后来玛格兰迫于父命，嫁了一位爵士的儿子，侯门一入深如海，彼此不再相见。施氏万般伤心，只索借笔尖儿来发泄，他的小说名著《罗洛白》《荷斯托克》两部书中的美人就是影射他的恋人，并以紫罗兰花作为她的象征。

玛格兰嫁后六月，施氏在百无聊赖中，娶了一位法国女子莎绿德沙士娣，虽是琴瑟和谐，但他的心中总还忘不了旧爱，曾赋《紫兰曲》一章歌颂她。十余年前，袁寒云盟兄正在海上作寓公，我们天天在一起切磋文艺，我将诗意告知了他，他欣然地译成汉诗三首："紫兰垂绿荫，参差杨与榛。窈然居幽谷，丽姿空一群。""碧叶间紫芽，迎露轻娇弹。曾见双明眸，流盼独媒婳。""赤日照清露，弹指消无痕。一转秋水波，久忘别泪昏。"他还写了一个立幅赠给我，作行体，字字遒逸，我用紫绫精裱起来，作为紫罗兰盦中的装饰品。

甪直之行

　　久闻吾苏甪直镇唐塑罗汉像的大名，却因一再蹉跎，从未前去鉴赏，引为遗憾！劳动节前五天，蒙老友吴本澄兄与费怡盦画师见邀，因欣然同往。上午七时，从阊门外万人码头搭船出发；一行七人，都已年过半百，综计共四百十四岁，而逸兴遄飞，过于少壮。船行极稳，真有"春水船如天上坐"的感觉；过胥门后，水面渐见开阔，水色渐见澄清，青山环绕，如迎如送。我站在船头，饱餐绿水青山的秀色，顿觉扑去了万斛俗尘，不由得喊一声"不亦快哉"了。

　　十时到达甪直镇，找到了附设在保圣寺内的文化站，由唐君陪同我们入寺观光。此寺相传创立于梁代，一说是唐代，宋真宗时重建；大殿也是宋代建筑，原有唐代塑壁和罗汉像十六尊，据说是出于大雕塑家杨惠之手。民初殿堂倒塌，壁像也都有毁坏，民七顾颉刚先生见了塑像，大为赞叹，后又写了文章宣传，引起日本美术权威大村西崖的注意，不远万里而来，在甪直逗留了五天，拍了二十多张照片，他之爱好塑壁，过于塑像，回国后就写了一本《吴郡奇迹：塑壁残影》加以考证，他说塑壁上的云石、洞窟、树木、海水等，制作之妙，虽山水名手，也难与比肩。所称塑壁，只剩东壁一堵，有罗汉像四尊，另有五尊是先前拆存的；西壁早已坍塌，只剩碎片若干，真是可惜！民十八由当时的教育部和江苏省政府等拨款修复，于大殿址建古物馆，推蔡元培、马叙伦、叶誉虎、陈万里诸先生主持，由雕塑家江小鹣、滑田友二先生担任整修塑壁塑像，因东西两壁已无从复原，所以归并在北壁，凡是结构、形态、色泽，都不失其旧。罗汉像位置已不可考，或上或下，只求其俯仰呼应而已。自民十九年秋动工，二十一年秋工成，开幕之日，叶誉虎先生亲往参加，并赋诗记其事，诗云："年来寡所营，万事付休莫。法门勤外护，矢志非有托。甫里唐塑像，神物九鼎若。历劫荡烟灰，随风譬枯籜。我来不自量，辛苦强营度。中遭万迍邅，危途轻岝崿。观成幸有日，茹苦乃成乐。涌现弹指间，华严几楼阁。因思塑造工，历朝颇彰灼。戴颙称圣手，惠之多杰作。元代得刘兰，功堪继疏凿。所惜兵火余，遗制久凋落。杨塑仅此堵，亦几归冥漠。愿力保区区，孤怀殊硌硌。有为固如幻，卫道宁自薄。"叶先生对于这民族遗产的保存，是煞费苦心的。

我们看那塑壁和塑像，因已加上了小方格的玻璃窗，觉得视线有碍，不很畅快；然而看上去古意盎然，的非凡品。据唐君说，这九尊罗汉像，未必出于杨惠之之手，就是日本人大村西崖也不置一辞，只在塑壁上着眼；然而考据大殿是宋代的建筑，那么罗汉像出于宋塑，是可以肯定的。我们鉴赏了半小时，才兴辞而出；那个张口狞笑、右手上举的罗汉，却给我留下了活生生的印象。

日本的花道

　　明代袁宏道中郎，喜插瓶花，曾有《瓶史》之作，说得头头是道，可算得是吾国一个插花的专家。陈眉公跋其后云："花寄瓶中，与吾曹相对，既不见摧于老雨甚风，又不受侮于钝汉粗婢，可以驻颜色，保令终，岂古之瓶隐者欤？"中郎之爱瓶花，又可于他的诗中见之，如《戏题黄道元瓶花斋》一诗云："朝看一瓶花，暮看一瓶花。花枝虽浅淡，幸可托贫家。一枝两枝正，三枝四枝斜。宜直不宜曲，斗清不斗奢。傍佛杨枝水，入碗酪奴茶。以此颜君斋，一倍添妍华。"第五句至第八句，就是他插花的诀门，三言两语，要言不烦，可给他的《瓶史》作注脚。

　　日本人见了《瓶史》，大为钦佩，就将中郎的插花诀门，广为传布，称为"宏道流"。日本对于插花，当作专门技术，美其名曰"花道"，与专研吃茶的茶道并重；凡是姑娘们在出嫁之先，必须进新嫁娘学校，学会花道，要是做新嫁娘而不会插花，那就不成话说了。

　　日本的花道，历史也很悠久，还是开始于江户时代，流派很多，有池坊流、远州流、青山流、未生流、松月堂古流、慈溪流、美笑流、古远州流、古流、千家古流、东山慈照院流、相阿弥流、靖流、竹心流、流源流、庸轩流、一圆流、绍适流、源氏流、春山流、石州流等，这都是他们自己标新立异的派别，而取法于我们中国的，那就是独一无二的宏道流。

文化、文政时代，有一位远州流插花的专家，名本松斋一得，他九十九岁时，名画家文晁作画一幅给他祝寿，文学家龟田鹏斋在画上题云："本松斋一得老人，以插花之技鸣于世，从游徒弟遍于关左；今兹年九十九矣，颜色如小儿，实地上之仙也，其徒欲启寿筵以祝之。余闻其名者久矣，因赋一绝以贺其寿焉。老人受'其技于信松斋一蝶翁，翁受之远州小堀公四世弟子甘古斋一玉子云。插花三昧绝尘缘，一小瓶中一百天。此外不知有何乐，是非花圣即花仙。'"时为文政十三年，而这九十九岁老人之上，还有老师、太老师，也足见日本花道传世之久了。

花道各有各派，各有信徒，世世传授，竟有传至六十五世的。即如那位远州流本松斋，也传至十四世；他们著书立说时，都得把这些头衔抬出来，引以为荣。宏道流传自我国明代，所以已传至二十四世，是一位女专家，名望月义耀，这一派的插花似乎参考《瓶史》，大抵是上、中、下三枝，或则增为五枝，插法较为简单，但也较为自然。有一种叫做池坊立华的，矫揉造作，用足功夫，瞧上去最不自然，据说是在国家举行大典时用的。他们插花的器具，不但用瓶、用坛，并用特制的竹器铜器，或瓷制陶制的长方形水盘，甚至有用木槽、木桶、竹篓、竹篮的，而最可笑的，无过于利用我们作扫垃圾用的畚箕了。他们所用材料，并不限于各种花草，竟不惜工本，把数十年老本的梅树和松柏等也砍断，插在瓶中盘中，供数日的观赏，那未免暴殄天物哩。

田间诗人陆龟蒙

　　我是个贪心不足的人，看了保圣寺中的塑壁塑像，还想看看旁的古迹；因向文化站的唐君探问，还有什么可以看看的没有？唐君指着寺的右面说："除了那边一个唐贤陆龟蒙先生的坟墓外，没有什么古迹了。"我听了陆龟蒙的大名，心中一喜，因为我知道他是唐代大诗人之一，与皮日休（袭美）常相唱和；并且给我们苏州的山水名胜常作宣传，今天来谒他的墓，也是应该的。于是跟着唐君前去，先到一个长方形的水阁中，空无一物，也不见有什么匾额；那建筑并不古旧，大概是二三十年前重修过的。阁下有池一泓，也作长方形，水面上满是浮萍，鲜绿可爱。据唐君说："陆先生爱鸭，经常豢养着数十头鸭子，这池就是他当年的斗鸭池，平日在池边看群鸭拍浮争逐为乐。"他又指那池旁的石槽，说是陆先生就在这里饲鸭的。（但我回家后遍检书籍，却不见他老人家在甪直养鸭的话，不知何所依据？）

　　水阁后有一方亭，亭中有碑，中央刻着"唐贤甫里先生之墓"八大字；右旁刻有"大清同治五年岁次丙寅长至重修祠墓"字样；左旁刻有"赏戴蓝翎钦加五品衔署元昆新分防县丞升用知县平湖许树枌重立并书"字样。亭后有一黄泥墩，野草丛生，前立一碑，因埋得太深，中央只有"唐贤甫里先生鲁望"八字和半个"陆"字，下面当然还有"公之墓"三字，左旁有"康熙五十一年壬辰三月日系孙"十三字，以下埋在地下，不知道还有什么字？我在墓前小立了一会儿，不期而发思古之幽情。

甫里先生是他老人家的别号，曾有《甫里先生传》一作，就是他的自传，据说是"人见其耕于甫里，故云"。甫里是松江上村墟名，而角直也有人称为甫里，不知孰是？他自称性野逸，不受拘束，好读古圣人书；好洁，几格窗户砚席，剪然无尘埃。性不喜与俗人交，人虽登门，亦不得见；无事时，扁舟出游，只带一束书和茶炉笔床钓具而已；人谓之江湖散人，又自号天随子。先生之为人，也可见一斑了。

最难得的，先生自己有田，自己耕种，人家见他太劳动，说何必自苦如此？先生答道："尧舜霉瘠，禹胼胝，彼圣人也；吾一布衣，敢不勤乎？"他所作诗文，关于农事的很多，如《放牛歌》《刈获歌》《彼农诗》《祝牛宫辞》《禽暴》《记稻鼠》《耒耜经》《田舍赋》《象耕鸟耘辩》等，都很有意义，与寻常吟风弄月不同，因此，我称之为田间诗人。

先生有《自遣诗》三十首，字斟句酌，自是诗人之诗，如："南岸村田手自农，往来横绝半江风。有时不耐轻桡兴，暂欲蓬山访洛公。""甫里先生未白头，酒旗犹可战高楼。长鲸好鲙无因得，乞取艅艎作钓舟。""数尺游丝堕碧空，年年长是惹春风。争知天上无人住，亦有春愁鹤发翁。""强梳蓬鬓整斜冠，片烛光微夜思阑。天意最饶惆怅事，单栖分付与春寒。""一派溪随若下流，春来无处不汀州。漪澜未碧蒲犹短，不见鸳鸯正自由。"诸首，都是千锤百炼之作。又《小雪后书事》云："时候频过小雪天，江南寒色未全偏。枫汀尚忆逢人别，麦陇惟应欠雉眠。更拟结茅临水次，偶因行乐到村前。邻翁意绪相安慰，多说明年是稔年。"写出农家心事，这就是田间诗人的本色了。

花木的神话

我性爱花木，终年为花木颠倒，为花木服务；服务之暇，还要向故纸堆中找寻有关花木的文献，偶有所得，便晨钞暝写，积累起来，作为枕中秘笈。曾于旧籍中发见许多花木的神话，虽是无稽之谈，却也可以作为爱好花木者的谈助。

三代时，安期生于喝醉了酒之后，和酒泼墨洒石上，一朵朵都成桃花。汉代有徐登、赵炳二人，各有仙术，有一天彼此相遇，各献身手，赵能禁止流水不流，徐口中含酒，喷到树上去，都会开出花来。三国时，樊夫人和她的丈夫刘纲，都能使法，各有本领。庭心有桃树二株，夫妇俩各咒其一，两桃树便斗争起来，刘纲所咒的那一株，竟会走到篱外去，好像生了脚一样。

晋代佛图澄初次访石勒时，石知道他有道术，请他一试；佛取一钵盛了水，烧香念咒，不多一会儿，钵中生青莲花，鲜艳夺目。唐代元和中，有书生苏昌远住在苏州，邻近有小庄，距离官道约十里，中有池塘，莲花盛开；一天，他在池边看莲，忽见一个红脸素服的女郎，貌美如花，迎面而来。苏一见倾心，就和她逗搭起来，女郎并不拒绝，表示好感。从此他们俩常到庄中来幽会，苏赠以玉环，亲自给她结在身上，十分殷勤。有一天，苏见阑槛前有一朵白莲花开了，似乎特别的动目，他低下头去抚弄一下，却见花房中有一件东西，就是他所赠的那只玉环；大惊之下，忙把那白莲花拗断，从此女郎也绝迹不来了。又唐代冀国夫人任氏女，少时信奉释教；一天，有僧人拿法衣来请她洗涤，女很高兴地在溪边洗着，每漂一次，就有一朵莲花应手而出。女于惊异之余，忙回头看那僧人，却已不知所往，因给这条溪起了个名字，叫做浣花溪。

唐上都安业坊唐昌观，旧有玉兰多株，在开花的时节，好似瑶林琼树一样。元和中，春光正好，赏花的人们纷至沓来，车马络绎。有一天，忽有一位十七八岁的女郎，身穿绣花的绿衣，骑着马到来，梳双鬟，并无首饰，而美貌出众。后有二女尼和三女仆跟随，女仆都穿黄衣，也生得很美。女郎下马后，将白角扇遮面，直到玉兰花下，一时异香四散，闻于数十步外。附近的群众都以为是皇家宫眷，不敢走近去看。那女郎在花下立了好久，命女仆取花数十枝而出。一时烟雾蒙蒙，鹤鸣九天，上马之后，就有轻风拂起了尘埃，少停尘灭，大家见那女郎们已在半天之上，方知是神仙下凡，这一带余香不散，足有一个多月之久。

润州鹤林寺，有杜鹃花高一丈余，相传五代正元中有僧人从天台山移植而来，用钵盂药养它的根，种在寺中；曾有人见两位红裳艳妆的女郎游于花下，倏忽不见，疑是花神。周宝镇守浙西时，有一天对道人殷七七说："鹤林的杜鹃花，天下所无，听说道人能使花不照时令开放，现在重阳将近，可能使杜鹃开花么？"七七便到寺中去，当夜那两位女郎就对他说："我们替上帝司此花，现在且给道长开放一下；可是它不久就要回到阆苑去了。"到了重阳那天，杜鹃花果然开得烂漫如春。周宝等欣赏了整整一天，花就不见了。后来鹤林寺毁于兵火，花也遭劫，料想就如二女郎所说的回到阆苑去了。

寒云忆语

　　袁寒云盟兄逝世以来，已二十余年了；当他逝世十六周年时，因八月三十一日是他的冥诞，他的门弟子等，特在上海净土庵讽经追荐，只因我在吴中，未得通知，不曾前去致祭，真觉愧对故人！记得民四年间寒兄为了反对他父亲称帝，曾做了一首诗规谏，以《分明》为题："乍着微棉强自胜，阴晴向晚未分明。南回寒雁掩孤月（兄曾南游一次），东去骄风黯九城（指日本交涉）。驹隙留身争一瞬，蛩声催梦欲三更。绝怜高处多风雨，莫到琼楼最上层。"末二句就隐隐说皇帝是做不得的。当时国会议员孙伯兰就根据了这首诗，宣言反对，说项城的次子克文，也不赞成帝制，何况他人；终于引起了蔡松坡将军的云南起义，打倒了洪宪。亡友毕倚虹兄，曾说这一首诗，将来在历史中定有位置的；而寒兄之薄皇子而不为，其人格之崇高，也可想而知了。

　　民九、民十年间，寒兄来沪作寓公，我正在聚精会神地编辑后期的《礼拜六》周刊，他就给了我一封信，备加称许，说是愿意和我做一个朋友，从此就订了交，往来极密，凡是文酒之会，总得邀我列席，凡是他所收藏的骨董文玩以及古泉邮票之类，也一一同我摩挲观赏；后来他又爱好了西方的古金币，广事搜罗，每有所得，总以金币上的西字和我研讨，这么二三年，彼此早就交深莫逆了。

后来我又编行了《半月》《紫罗兰》《紫兰花片》诸刊物，寒兄又尽力相助，所用封面题签，都由他一手包办，并且给我写了许多文章，有《洹上私乘》《三十年闻见行录》诸名作，以及其他诗词小品，不胜枚举；他专为我作的诗也有不少，兹录其一二，如《题紫兰花片》云："还罢明珠涕泪垂，紫兰香去未移时。吴淞一剪眉痕在，苦忆苍波照鬓丝。""无限情波暗暗通，紫兰花片尺鱼中。闲愁写入新词调，和泪研朱一例红。"《题紫罗兰神造像》云："神女无端幻紫兰，云轩星佩落江干。空教白石流仙景，十二红楼梦已寒。""当年有愿作鸳鸯，弹指仙凡恨竟长。洛水巫山都隐约，微波遥梦已神伤。"《紫罗兰神赞》云："比花长好，比月当圆。香柔梦永，别有情天。右把明珠，左挥涕泪。愿花之神，持欢毋坠。"鱼鱼雅雅，具见他词章上的工力。

后来他回到了津沽，还是常通尺素，并以《江南好》一阕见怀云："鹃声苦，憔悴更谁同。早托寓言传本事，今从小记识游踪。（按，时予方游莫干山，有《山中琐记》之作，刊《上海画报》。）梦老紫兰丛。"附有一函，说在沪时意气相投，如手如足，愿订为异姓兄弟，请予赞同云云。我感愧之余，立时去书答允了。

民二十一年间，寒兄戒绝嗜好，啸傲京津间，不幸害了羊毛疹，不治去世。我得了噩耗，一恸几绝，只因牵于人事，未能前去一吊，只索北望燕云，临风肠断而已。如今他与世长辞已二十余年了，遗著除了日记外，大都散佚，真是一件憾事！

杨彭年所制的花盆

　　经过了一重重的国难家难，心如槁木，百念灰冷，既勘破了名利关头，也勘破了生死关头；我本来是幻想着一个真善真美的世界的，而现在这世界偏偏如此丑恶，那么活着既无足恋，死了又何足悲？当时我在《新闻报》上发表了一篇提倡火葬的文字，结尾归纳到自己的身后问题，说是要把我的骨灰装在一只平日最爱的杨彭年手制的竹根形紫砂花盆里，倒像是立了遗嘱似的。恰恰被一位七十五岁的前辈先生读到了，就责备我道："你才过五十，如日方中，为什么如此衰飒，这是万万要不得的。做人总是这么一回事，不如提起兴致来，过一天算一天，千万不要想到死的问题，就是我年逾古稀，还是生趣盎然，从没有给自己身后打算过呢。至于火葬的话，我也并不赞成，与其碎骨扬灰，何妨薄殓薄葬，况且这也是下一代的责任，何必自己操心，且待死了之后，让下一代给你作主吧。"我因前辈先生的规劝，原是一片好意，未便和他老人家争辩，只得唯唯称是。

　　过了一天，又有一位爱好花木的同志赶到我家里来；他倒并不反对火葬，却要瞧瞧我将来安放骨灰的那只最爱的花盆。对日抗战期间，我住在上海，人家正在投机囤货，忙着发国难财，我却什么都不囤，只是节衣缩食，向骨董铺子里搜罗宜兴陶质的古花盆，这期间倒也含有些抗日意义的。原来日本人爱好盆栽，而他们自己却做不出好盆，据说先前曾把宜兴蜀山的陶泥装运回去，尽力仿制，而成绩不良，因此专在吾国搜买古盆。凡是如皋、扬州、淮安、泰县各地，都有他们骨董商人的足迹；那边有多许旧家，祖上都是癖爱花木的，而子孙却并不爱花，就把传下来的古盆一起卖给他们，数十年来，几乎都被收买完了。上海的骨董商人投其所好，也往往以古盆卖给日本人，可得善价。我以为这也是吾国国粹之一，自己要种花木，而没有一个好好的古盆，岂不可耻！所以在太平洋战争爆发以前的几年间，我专和日本人竞买，尽我力之所及，不肯退让，在广东路的两个骨董市场中，倒也薄负微名，我每到那里，他们就纷纷把古盆向我兜揽，一连几年，大大小小的买了不少，连同战前在苏州买到的，不下百数，蔚为大观。就中有明代的铁砂盆，有清代萧韶明、杨彭年、陈文卿、陈用卿、爱闲老人、钱炳文、陈贯栗、陈文居、子林诸名家的作品，盆底都有他们的钤印，盆质紫砂、红砂、白砂什么都有，这就算是我的传家之宝了。

现在那位爱花同志来问我打算把哪一只最爱的花盆安放骨灰，一时倒回答不出来。记得苏州一位创办火葬场的戎老先生说：火葬时倘不穿衣服，约重三磅之谱；而我所最爱的花盆，有很大的，也有很小的，似乎都不相称，末了才想起那只杨彭年手制的竹根形紫砂盆来，不大不小，恰好容纳得下三磅的骨灰。杨氏是乾嘉年间专替陈曼生制砂茶壶的名手，这一个盆子确是他的得意之作，里胎指痕宛然，表面有浮雕的竹节和竹叶，并刻着一首七言律诗，笔致遒逸可喜。我本来对它有偏爱，平日陈列在玻璃橱中，不肯动用，这时拿出来给那位同志仔细观赏；他也觉得给我一个花迷作饰终之用，再合适也没有了。我想将来安放了骨灰之后，还得加以装饰，在盆面上插几枝云朵形的灵芝，再把一块灵璧石作为陪衬，就供在梅屋中那只洛阳出土的人马图案的大汉砖上，日常有鲜花作供，好鸟作伴，断然不会寂寞；到了梅花时节，更包围在香雪丛中，香生不断，这真是一个最理想的归宿；要不是火葬，你能把灵柩供在家里么？所成为问题的，却是亡妇凤君已长眠在灵岩下的绣谷公墓中，我的墓穴也预备了，将来要是不去和她同葬一起，她就得永永地孤眠下去，怕要永永抱恨的。唉！活着既有问题，死了还有问题，且待将来再说吧。

解放以来，我看到了祖国的奋发有为，突飞猛进，我的心情也顿时一变，由消极变为积极，由悲哀变为愉快；我要好好地活下去，至少要活到一百岁，我要把我一切的力量贡献与祖国，我要看到社会主义新中国的实现，和全国人民熙熙然如登春台，同享幸福。到那时我即使死了，也不必再借那只心爱的花盆来作归宿之所，愿意把我的骨灰撒遍祖国的大地，使膏腴的土壤中开出千百万朵美丽的花来！装点这如锦如绣的大好河山，向我可爱的祖国献礼致敬！

可是"天有不测风云，人有旦夕祸福"，万一我不幸而像老友洪深兄一样害了不治之症，看不到社会主义的实现就撒手人世了，这……这……这怎么办呢？但是想到了祖国有希望，有办法，社会主义终于会来，也就死而无憾。我愉快地先来把南宋爱国大诗人陆放翁先生那首临终的名作改上十个字，以示我的子女：

"死去元知万事空，我生幸见九州同。他年大业完成后，家祭毋忘告乃翁。"

无　言

　　春秋时，楚文王灭息，将息侯的夫人妫掳了回去，以荐枕席，后来生下了堵敖和成王，但她老是不开口，不说话；楚子问她却为何来？她这才答道："我以一妇而事二夫，虽不能死，还有什么话可说呢？"于是"息妫无言"就成了一个典故。可是天赋人以一张嘴，一条舌，原不是专为吃喝而设，兼作说话之用；人既不能不和社会相接触，也就不得不借说话来表达自己的意思。要是天生是个哑巴，造物之主先已夺去了她说话的权利，倒也罢了；至于说过话的人，而忽然装哑巴不说话，虽有一肚子的话要说而无从说起，这痛苦就可想而知了。息夫人以不说话来表示亡国之痛，对楚国是一种无言的抗议，值得后人同情。过去我们不幸处在一个反动统治的黑暗时代，虽都生了口舌，尽可说话，然而说起话来，有种种顾忌，有时说了一无所用，也等于空口白说。所以我在大发牢骚的时候，自愿变做一个哑巴，一辈子不再说话；甚至变做一个瞎子，一辈子不再看报。

　　中国有一位为了祖国而不言语的息夫人，西方也有一位为了祖国而三十年不言语的匈牙利人福立西林尔，那时匈牙利屈伏于奥地利统治之下，失去了一切自由；林尔愤慨之余，就在一八四八年集合了同志，揭竿起义。只因兵力单薄，终于失败，林尔也做了俘虏，奥人用了酷刑，逼他说出同志匿迹的所在来，以便一网打尽，杜绝后患。林尔自求一死，嚼齿不答。奥人再把他的老母、弱妹和恋人都捉了来，威胁他吐实，谁知依然无效；末后把他这三个亲人当着他的面处死，他还是不屈不挠地不发一言。奥人不忍杀害这位爱国英雄，处以无期徒刑；林尔在狱中幽囚了三十年，从没有说过一句话，以至于死。英国诗人南士弼氏曾有《不语行》一诗咏其事，赞叹不置。

西方既有一位三十年不言语的爱国家，却又有一位四十九年不言语的痴情人，那是十九世纪时英国甘莱郡中的青年威廉夏柏。威廉爱上了一个邻近的农家女，此女也深深地爱着他，早就以身相许；无奈她的父亲是个老顽固，从中作梗，她又不忍告知爱人，偷偷地竟把结婚的吉期也订定了。到了那天，威廉鲜衣华服，欢天喜地地上礼拜堂去，满以为有情人终成眷属了；谁知他的爱人已被她那顽固的老父禁闭了起来，连信也没法儿递一个给他。威廉左等也不来，右等也不来，料知好事已变了卦，垂头丧气地回到家里；从此万念俱灰，离群独处，一连四十九年，从没有和人说过话，到七十九岁才死，也并没有一句遗言，真的是伤心极了。

共产党先烈中，北有刘胡兰，南有王孝和，不幸落入了敌人之手，天天被毒刑迫害着，要他们说出同党的名姓来，他们却斩钉截铁，始终无言，宁可贡献出他们宝贵的生命。

无言无言，伟大无言！

第四辑　花前新记

江苏人民出版社一九五八年一月初版

灯 话

我们在都市中，夜夜可以看到电灯、日光灯、霓虹灯，偶然也可以看到汽油灯；在农村中，电灯并不普遍，日光灯和霓虹灯更不在话下，所习见的不过是油盏或煤油灯罢了。我所要说的，并不是这些灯，而是用以点缀农历元宵的花灯。

元宵，就是农历的正月十五夜，古人又称之为元夕，又因旧俗人家都要在这一夜挂灯，所以也称为灯夕。旧时苏州风俗，十三夜先在厨下挂点花灯，称为点灶灯，一共五夜，到十八日为止，十三夜称为试灯日，十八夜称为收灯日，而以十五夜为正日，家家都点上了花灯，还要敲锣击鼓，打铙钹，热闹非常，称为闹元宵。

元宵张灯之俗，古已有之。考之旧籍，起于唐代睿宗景云二年。当时定为一夜，即正月十五夜。在安福门外作灯轮，高二十丈，挂点花灯五万盏，命宫女们在灯轮下踏歌。唐玄宗时，于十三夜至十六夜张灯三夜，在上阳宫中起建灯楼二十间，高一百五十尺，规模更为宏大。北宋、南宋时，又将时期延长，先为五夜，后为六夜，到十八夜落灯。到了明太祖朱元璋时，初八夜就开始张灯，在南都搭盖了高高的彩楼，连续十天之久，招徕天下富商都来看灯。北都东华门一带，也有二里长的灯市；在白天，有各地的古玩珍宝和一切日常服用的东西，陈列在市上，入夜就有花灯烟火，照耀通宵，鼓吹杂耍，喧闹达旦，足见当时统治阶级剥削了民脂民膏，穷奢极欲，连元宵看灯也要大大地铺张一下。

在清代时，苏州阊门内吴趋坊和皋桥、中市一带，每年腊后春前，就有劳动人民把手制的各式花灯，拿到这里来出卖，凡人物、花果、鸟兽等，一应俱全，十分精巧。如刘海戏蟾、西施采莲、渔翁得利、张生跳粉墙等，都是有人物的。花果有莲花、栀子花、绣球花、玉兰花、西瓜、葡萄、石榴、藕、菱，等等。鸟类有孔雀、仙鹤、凤凰、喜鹊、鹦鹉、白鸽，等等。兽类有兔、马、鹿、猴、狮，等等。其他如青蛙、鲤鱼、龙、虾、蟹、走马灯、抛空小球灯、滚地大球灯，等等。因卖灯的人都聚在这里，前后历一月之久，因此称为灯市。大抵到十八夜落灯之后，这灯市也就收歇了。

古时苏州制作的花灯，精奇百出，天下闻名。宋代周密《乾淳岁时记》中有云："元夕张灯，以苏灯为最，圈片大者，径三四尺，皆五色琉璃所成，山水人物，花竹翎毛，种种奇妙，俨然着色便面也。"那时梅里镇中，也以精制花灯出名，用彩笺刻成细巧的人物，糊在灯上，就叫做梅里灯。又有一种夹纱灯，也用彩纸细刻花鸟虫鱼，等等，夹着轻绡，更为精美悦目。自清代以后，苏州的花灯逐渐没落，巧匠难求，由浙江硖石镇、菱湖镇等起而代之，比之苏州旧时的花灯，有过之无不及。一九五六年春，上海博物馆中举行浙江手工艺品展览会，就有四十年前硖石名手所制的两只伞灯，灯上的花样，全用细针一针一针地刺成，十分生动；而二十余年前，菱湖灯也曾出现于上海永安公司中，多用纱绢制成，不论花鸟虫鱼，都像真的一样，灯型并不太大，更觉得玲珑可爱，人家纷纷买去，作元宵的点缀。不知解放以后，硖石、菱湖仍有这种制灯的巧匠没有。

抗日战争前，听说北京廊房头条有些灯画的店铺，也有制灯的巧匠。北京的工艺美术品，如象牙雕刻、景泰蓝等，一向以精美驰名国际，解放后又有了很多改进；我想花灯的制作，也不会例外，一定是精益求精的。

安徽黄梅戏的传统剧目中，有一出《夫妻观灯》，故事很为简单，说青年农民王小六，在春节的第一个月圆之夜——正月十五，听说城里在举行灯会，就匆匆地赶回家去，要他那个年青的妻子换上了新衣，手拉手地一同赶到城里去看灯。进了城，只见四面八方，人山人海，各种花灯来来往往，丰富多彩。夫妻俩兴高采烈地看着，指指点点，你问我答，直到夜深，才兴尽而归。我很喜爱黄梅戏的唱腔，也特别喜爱这出戏中夫妻二人的表演，他们每看见一种灯，就在一举手，一投足，以及脸色上、眼风里表达出来。我们不必看见灯，就可从他们的表演上看见多种多样的灯了。何况还有那种婉转动听的唱词和说白，加强了这出戏的艺术性。中间还有一个穿插，那个年青的妻子正在看得手舞足蹈之际，忽然向她丈夫撒娇，说是不高兴看了，硬要拉着丈夫回去。王小六不知就里，忙问为的是什么，她娇嗔地回说，因为人家不看灯，却都在看她。那个天真的丈夫就指手划脚地呵斥那些看他妻子的人，说他将来定要报复，也不看灯而看这些人的妻子。这一个穿插，很为有趣，好似一篇平铺直叙的文章里，有了这曲笔，就见得活泼生动了。因此我连带想起了明代诗人王次回的一首《踏灯》词："观梅古社暂经过，手整花冠簇闹蛾。说与檀郎应一笑，看侬人比看灯多。"读了这首诗，可知不看灯而看人，倒是实有其事的。

清代董舜民有《元夜踏灯》词，咏少妇看灯，写得很美，调寄《御街行》第二体云："百枝火树千金屧。宝马香尘不绝。飞琼结伴试灯来，忍把檀郎轻别。一回佯怒，一回微笑，小婢扶行怯。　　石桥路滑缃钩躞。向阿母低低说。姮娥此夜悔还无，怕入广寒宫阙。不如归去，难忘畴昔，总是团圆月。"

邓尉探梅

立春节届，一般爱花爱游的人们，已在安排出门去探梅了。到哪里去探梅呢？超山也好，孤山也好，灵峰也好，梅园也好，这几处梅花或多或少，都可以看看，而最著名的探梅胜处，莫如苏州的邓尉。这些年来，邓尉的梅花还是大有可观，所以每年春初，仍能吸引各地游人纷纷前去探梅，因为除了剩余的梅花散在各处，仍可饱看外，那边的明山媚水，也是值得游赏一下的。

邓尉在吴县西南六十里，在光福镇之南，相传汉代有邓尉隐居此山，故名。西南有玄墓，彼此连接，实是一山，晋代有青州刺史郁泰玄葬在这里，因以为名。现在这一带山以邓尉、玄墓并称。山中人从前多以种梅为业，因此梅花独多，而"邓尉探梅"，也就成为初春游赏的一个节目了。但在清代道光年间，时人都以玄墓看梅花为言，顾铁卿《清嘉录》有云："暖风入林，玄墓梅花吐蕊，迤逦至香雪海，红英绿萼，相间万重，郡人舣舟虎山桥畔，襆被邀游，夜以继日。"当时探梅的盛况，可见一斑。

玄墓山上有圣恩寺，是光福最著名的古寺；寺后有小山峦，仿佛用湖石堆成，其实是天然的，因有"真假山"之称。这一带原有好多株老梅树，香雪重重，蔚为大观。寺中有还元阁，藏有《一蒲团外万梅花》长卷，出清代名画师手，并有题跋很多，十分名贵；抗战胜利后，只剩了一半，仍有可观，我还作了两绝句赠与寺僧："劫余重到还元阁，举目湖山百种宽。欲寄身心何处寄，万梅花里一蒲团。""万梅花里一蒲团，打坐千年便涅槃。佛雨缤纷花雨乱，如来弥勒共盘桓。"

马驾山一名吾家山，在光福镇之西，山并不高，只因山上种着很多的梅树，洋洋大观，清代康熙中叶，巡抚宋荦在崖壁上题了"香雪海"三字，并且在高处筑亭，以作看梅之所。据说后来乾隆下江南时，曾到此一游，于是香雪海名满海内。二十余年前，我也曾和上海的朋友们结队登临，只见山上山下，以至远处，白茫茫的一片雪白，全是梅花，真是一个不折不扣名实相副的香雪海。可是经过了"八一三"抗日战争的大劫，梅树多被砍伐；而山中人又因种梅之利不如种桑，所以补种的不是梅而是桑了。一九五五年，我与苏州市园林整修委员会同人来此视察，见那座梅花形的亭子和半山的轩屋，都已破败，就设计修复，早已焕然一新；但是全山梅树不多，我建议必须补种五百株，那么梅花时节，在山上可以望见远处的梅林，"香雪海"这个名称，才当之无愧。

清代金恭有《邓尉探梅小记》云："小雪初晴，余寒送腊，具鹤氅浩然巾，入邓尉山，看红梅绿萼，十步一坐，坐浮一大白，花香枝影，迎送数十里；虽文君要饮，玉环奉盏，其乐不是过也。"这一段文字，写探梅之乐，十分隽永。一九五七年三月中旬，我和老友程小青兄同往邓尉探梅，却见邓尉山一带，梅树仍多，红梅绿萼，也随处可见；从光福崦西起，一路到石磴、石壁，所见的全是白梅，正在开得最烂漫的时候，一眼望去，只见到处是皑皑如雪，也许有千株万株之多，倘不拘拘于号称"香雪海"的马驾山一角，那么就是称之为"香雪洋"，也未为不可。

探梅的时期，必须适当，去得太早，梅花还没有开放，去得太迟，却又落英缤纷，那就不免要乘兴而来，败兴而返了。古人曾说"梅花以惊蛰为候"，大约是在农历二月之初，正恰到好处。探梅的人们，最好能与山中人先作联系，探问梅花消息，开到七八分时，就可以前去，领略那暗香疏影的一番妙趣了。

萼绿华

梅花开在百花之先，生性耐寒，独标高格，《群芳谱》里，推它居第一位，自可当之无愧。旧时梅花种类很多，有墨梅、官城梅、照水梅、九英梅、同心梅、丽枝梅、品字梅、台阁梅、百叶缃梅诸称，现在都已断种。我于花中最爱梅，并且偏爱老干的盆梅；年来尽力罗致，得江梅、绿梅、红梅、送春梅、玉蝶梅、朱砂红梅、胭脂红梅，和日本种的花条梅、乙女梅、芦岛红梅、单瓣深红的枝垂梅等。以花品论，自该推绿梅为第一，古人称之为萼绿华，绿萼青枝，花瓣也作淡绿色，好像淡妆美人，亭立月明中，最有幽致；诗人词客，甚至以九嶷仙人相比。宋孝宗时，宫中有萼绿华堂，堂前全种绿梅。

我园紫兰台上，有绿梅一株，古干虬枝，树龄足有二百年，十余年前，从邓尉移来，至今年年着花，繁密非常，伴以奇峰怪石，更觉古雅。盆梅中也有好多株老干的绿梅，而以"鹤舞"一株为魁首，树龄已在一百岁外。先前原为苏州名画师顾鹤逸先生所手植，先生去世后，传之令子公雄，不幸公雄也于五年前去世，他的夫人知我爱梅如命，就托公雄介弟公硕移赠于我。我小心培养，爱如拱璧，五年来老而弥健，枯干上着花如故，因干形如鹤，两大枝很似鹤翅，仿佛要蹁跹起舞，因此名之为"鹤舞"。一九五六年春节，拙政园远香堂中举行梅花展览会，我以此梅种在一只椭圆形的白沙古盆中，陈列中央最高处，自有睥睨一世之概。

明代小简中，有道及绿梅的，如王世贞与周公瑕云："梅花屋雨日当甚佳。翠禽啁啾，恼足下清梦，莫更以为萼绿华否？"史启元报友云："想兄拥双荷叶，歌八卿之曲，芙蓉帐暖，金谷风生。若弟兀坐寓斋，枯禅行径，朝来浓雪披绿萼，稍有晋人肠肺。"清代诗中，如范玑《绿萼梅》云："细波展縠弥弥远，芳草欺裙缓缓鲜。怕向江头吹玉笛，夜寒愁绝九嶷仙。"吴嵩梁《坐月》云："林塘幽绝似山家，坐转阑阴月未斜。仙鹤一双都睡着，冷香吹遍绿梅花。"邵曾鉴《拗春》云："拗春天气酒难赊，微雪初晴日易斜。今夜瓦垆停药帖，细君教煮绿梅花。"这三首诗，都像萼绿华一样的清隽，不着一些烟火气。

我为什么爱梅花

这些年来，大家都知道我于百花中最爱紫罗兰，所以我从前所编的杂志，有《紫罗兰》，有《紫兰花片》；我的住宅命名"紫兰小筑"；我的书室命名"紫罗兰盦"，足见我对于紫罗兰的热爱。其实我不但热爱紫罗兰，也热爱梅花，所以我的家里有"寒香阁"，有"梅屋"，有"梅丘"，种了不少的梅树，也培养了不少的盆梅。爱紫罗兰为什么？为了爱我的挚友；爱梅花为什么？为了爱我的祖国，这是并行不悖，而一样刻骨倾心的。

梅花不怕寒冷，能在严风雪霰中开放，开在百花之先，足以代表我国强劲耐苦的国民性，因此我把它当作我国的国花。况且梅树最为耐久，古代的梅树，至今还活着而仍在开花的，据我所知，浙江省临平附近一个庙宇中，有一株唐梅；超山有一株宋梅；以我国之大，料想深山绝壑中，一定还有不少老当益壮的古梅，可惜没有人表彰罢了。我中央现在还没有想到要国花，如果想到了的话，那么以梅花为国花，似乎是很合适的。

古人曾说，梅具四德，初生蕊为元，开花为亨，结子为利，成熟为贞。后来又有人说，梅花五瓣，是五福的象征，一是快乐，二是幸运，三是长寿，四是顺利，五是我们所最最希望的和平。古代诗人墨客，称颂梅花的，更是举不胜举，诗如唐代崔道融句云："香中别有韵，清极不知寒。"宋代陆游句云："坐收国士无双价，独立东皇太乙前。"戴复古句云："孤标粲粲压群葩，独占春风管岁华。"元代杨维桢句云："万花敢向雪中出，一树独先天下春。"王冕句云："不要人夸好颜色，只留清气满乾坤。"历代诗人墨客，都一致地推重梅花，给予最高的评价。有人问我为什么爱梅花，我就以此为答。

茶　话

茶，是我国的特产，吃茶也就成了我国人民特有的习惯。无论是都市，是城镇，以至乡村，几乎到处都有大大小小的茶馆，每天自朝至暮，几乎到处都有茶客，或者是聊闲天，或者是谈正事，或者搞些下象棋、玩纸牌等轻便的文娱活动，形成了一个公开的群众俱乐部。

茶有茗、荈、槚几个别名。据《尔雅》说，早采者为茶，晚取者为茗，荈和槚是苦茶。吃茶的风气始于晋代。晋人杜育，就写过一篇《荈赋》，对于茶大加赞美；到了唐代，那就盛行吃茶了。

茶树的干像瓜芦，叶子像栀子，花朵像野蔷薇，有清香，高一二尺。江苏、浙江、福建、安徽各省，都是茶的产地，如碧螺春、龙井、武夷、六安、祁门等各种著名的绿茶、红茶，都是我们所熟知的。茶树都种于山野间，可是喜阴喜燥，怕阳光怕水，倘不施粪肥，味儿更香，绿茶色淡而香清，红茶色、香、味都很浓郁，而味带涩性。绿茶有明前、雨前之分，是照着采茶的时期而定名的，采于清明节以前的叫做明前，采于谷雨节以前的叫做雨前，以雨前较为名贵。茶叶可用花窨，如茉莉、珠兰、玫瑰、木樨、白兰、玳玳都可以窨茶，不过花香一浓，就会冲淡茶香，所以窨花的茶叶，不必太好，上品的茶叶，是不需要借重那些花的。

吃茶有什么好处，谁也不能肯定。茶可以解渴，这是开宗明义第一章。有的人说它可以开胃润气，并且助消化，尤以红茶为有效。可是卫生家却并不赞同，以为茶有刺激神经的作用，不如喝白开水有润肠利便之效。但我们吃惯了茶的人，总觉得白开水淡而无味，还是要去吃茶，情愿让神经刺激一下了。

唐朝的诗人卢仝和陆羽，可说是我国提倡吃茶的有名人物，昔人甚至尊之为茶圣。卢仝曾有一首长歌，谢人寄新茶，其下半首云："……柴门反关无俗客，纱帽笼头自煎吃。碧云引风吹不断，白花浮光凝碗面。一碗喉吻润，两碗破孤闷。三碗搜枯肠，惟有文字五千卷。四碗发轻汗，平生不平事，尽向毛孔散。五碗肌骨清，六碗通仙灵。七碗吃不得也，唯觉两腋习习清风生。"夸张吃茶的好处，写得十分有趣；因此"卢仝七碗"，也就成了后人传诵的佳话。陆羽字鸿渐，有文学，嗜茶成癖，著《茶经》三篇，原原本本地说出茶之原、之法、之具，真是一个吃茶的专家。宋朝的诗人如苏东坡、黄山谷、陆放翁等，也都是爱茶的，他们的诗集中，有不少歌颂吃茶的作品。

制茶的方法，红、绿茶略有不同，据说要制红茶时，可将采下的嫩叶，铺满在竹席上，放在阳光中曝晒，晒了一会儿，便搅拌一会儿，等到叶子晒得渐渐地萎缩时，就纳入布袋揉搓一下，再倒出来曝晒，将水分蒸散，再装在木箱里，一层层堆叠起来，重重压紧，用布来遮在上面，等到它变成了红褐色透出香气来时，再从箱里倒出来晒干，然后放在炉火上烘焙。经过了这几重手续，叶子已完全干燥，而红茶也就告成了。制绿茶时，那么先将采下的嫩叶放在蒸笼里蒸一下，或铁锅上炒一下，到它带了粘性而透出香气来时，就倒出来，铺散在竹席上，用扇子把它用力地搧，搧冷之后，立即上炉烘焙，一面烘，一面揉搓，叶子就逐渐干燥起来。最后再移到火力较弱的烘炉上，且烘且搓，直到完全干燥为止，于是绿茶也就告成了。

过去我一直爱吃绿茶，而近一年来，却偏爱红茶，觉得酽厚够味，在绿茶之上；有时红茶断档，那么吃吃洞庭山的名产绿茶碧螺春，也未为不可。

在明代时，苏州虎丘一带也产茶，颇有名，曾见之诗人篇章。王世贞句云："虎丘晚出谷雨候，百草斗品皆为轻。"徐渭句云："虎丘春茗妙烘蒸，七碗何愁不上升。"他们对于虎丘茶的评价，都是很高的；可是从清代以至于今，就不听得虎丘产茶了。幸而洞庭山出产了碧螺春，总算可为苏州张目。碧螺春本来是一种野茶，产在碧螺峰的石壁上，清代康熙年间被人发现了，采下来装在竹筐里装不下，便纳在怀里，茶叶沾了热气，透出一阵异香来，采茶人都嚷着"吓杀人香"。原来"吓杀人"是苏州俗语，在这里就是极言其香气的浓郁，可以吓得杀人的。从此口口相传，这种茶叶就称为"吓杀人香"。康熙南巡时，巡抚宋荦以此茶进献，康熙因它的名儿不雅，就改名为碧螺春。此茶的特点，是叶子都蜷曲，用沸水一泡，还有白色的细茸毛浮起来。初泡时茶味未出，到第二次泡时呷上一口，就觉得"清风自向舌端生"了。

从前一般风雅之士，对于吃茶称为品茗，原来他们泡了茶，并不是一口一口的呷，而是像喝贵州茅台酒、山西汾酒一样，一点一滴地在嘴唇上"品"的。在抗日战争以前，我曾在上海被邀参加过一个品茗之会。主人是个品茗的专家，备有他特制的"水仙""野蔷薇"等茶叶，并且有黄山的云雾茶，所用的水，据说是无锡运来的惠泉水，盛在一个瓦铛里，用松毛、松果来生了火，缓缓地煎。那天请了五位客，连他自己一共六人。一只小圆桌上，放着六只像酒盅般大的小茶杯和一把小茶壶，是白地青花瓷质的。他先用沸水将杯和壶泡了一下，然后在壶中满满地放了茶叶，据说就是"水仙"。瓦铛水沸之后，就斟在茶壶里，随即在六只小茶杯里各斟一些些，如此轮流地斟了几遍，才斟满了一杯。于是品茗开始了，我照着主人的方式，啜一些在嘴唇上品，啧啧有声。客人们赞不绝口，都说"好香！好香！"我也只得附和着乱赞，其实觉得和我们平日所吃的龙井、雨前是差不多的。听说日本人吃茶特别讲究，也是这种方式，他们称为"茶道"，吃茶而有道，也足见其重视的一斑。我以为这样的吃茶，已脱离了一般劳动人民的现实生活，实在是不足为训的。

山茶花

苏州拙政园中有十八曼陀罗花馆，庭前有山茶花十余株，曼陀罗花是山茶的别名，因以名馆。一九五六年春节，就在馆中举行山茶盆栽展览十天，庭前的山茶，还在含苞，而这几十个盆栽是放在温室中将花烘开的；种类有二乔、四面观音、东方亮、雪塔、槟榔、宝珠、六角银红、六角大红等等，只因时间较早，花开不多，不过给爱好山茶的人尝鼎一脔罢了。

云南所产山茶，居全国第一，称为滇茶，去春上海人民公园曾开过一个滇茶展览会，我没有看到，却往南京玄武湖公园里一餍馋眼。最使我念念不忘的，是鹤顶红一种，花瓣很像莲瓣，中心全都塞满，其大如碗，作深红色；可惜是盆栽，着花较少，如果上云南去看到一株大树，那么盛开时，定然如《滇中茶花记》所谓"一望若火齐云锦，烁日蒸霞"了。

欧洲也有山茶，大都是单瓣，而作红色和白色的。法国名作家小仲马所作小说《茶花女》，传诵全世界，女主角马克格妮儿，就是爱茶花成癖而经常把它作为襟饰的。英国一九一四年间，有少年作家贾洛业氏，任少年报记者，著小说《理想之妻》一部，披露报端，大受读者欢迎；尤其是一般女子，分外爱读，都想和他结识。有一位空军大佐朱曼高的爱女丽甘娟，更倾心于他，却没有机会和他接近。有一天，大佐特地唤女儿在海滨作驾驶飞机的表演，遍请各报记者前去参观，贾洛业也在其内，一见之下，大为叹赏；大佐笑问："你那篇《理想之妻》中的对象是一个女飞行家，你瞧她可能中选么？"贾洛业大喜过望，从此就和丽甘娟结为爱侣，不久成婚。二人都爱山茶花，常在花市徘徊欣赏。逾年，丽因所乘飞机失事，坠机而死。贾不胜痛悼，作《山茶曲》以寄意云："庭前山茶花，红白映窗纱。思君肠欲断，心绪乱如麻。山茶花！山茶花！去年花发时，人与花争春，今年花发时，不见去年人。花谢又花开，君去实堪哀。君与花同命，如何不再来。吁嗟乎！我所思兮在君侧，出门车马皆华饰。不见君兮我心悲，山茶为汝无颜色。"

关于汉明妃

号称"京剧四大名旦"之一的尚小云，和苏州有缘，去秋曾来苏演出，很受群众欢迎；今年暮春，前度刘郎今又来，在开明戏院上演了他的五出杰作。第一夜恰逢五一国际劳动节，演的是《汉明妃》，就是我国历史上所谓四大美人之一的王昭君。全剧分为七幕：《选美人》《昭君画象》《汉宫秋》《琵琶怨》《献图发兵》《昭君出塞》《抗敌全贞》，比旧时常演的那出《昭君和番》完美多了。小云虽已年近花甲，而化妆后丰容盛鬋，还像少艾模样，可惜是胖了一些。他的表情很为细腻，可说一丝不苟；嗓子也很响亮，唱几声真的是响遏行云，可以绕梁三日。他表演王昭君的哀怨，分外深刻，真所谓入木三分。

昭君名嫱，汉元帝宫女，有绝色；元帝后宫既多，就使画工画了她们的像，给他挑选，把最美的召进去，宫人们都贿赂了画工，把自己画得美一些，以求宠幸；独有王嫱不肯行贿，因此不能当选。那时呼韩邪单于自己说愿与汉族联姻，元帝为了要睦邻，就把嫱赐给了他。嫱远嫁异族，心中当然不愿，所以出塞时，马上琵琶，悲歌一曲，宣泄了无穷的哀怨。正如元曲中所说："渭城衰柳助凄凉，灞桥流水添悲怆。偏你便怎不断肠，一天愁都撮在琵琶上。"

昭君在塞外，每弹琵琶，都觉得不称意，因命重制一具，名之为"浑不似",仍在怀念汉宫的琵琶,有今不如昔之慨。清代词人董舜民有《昭君怨》一阕咏之云:"莫谓汉宫人巧。便有琵琶难肖。毳帐草萧萧。梦魂遥。 薄命玉容如此。值得一声情死。边月下祈连。影堪怜。"由琵琶而说到她的薄命,真是感慨系之。

后人对于汉元帝将王昭君遣嫁异族,都感不满,常有讥讽的话;如清代诗人王昶《戏题明妃出塞图》云:"汉庭至计在和亲,凭仗良家静塞尘。将相俱应巾帼裹,麒麟阁上画何人。""云重天低塞雁呼,不辞风雪赴幽都。免教卫霍称飞将,待得功成万骨枯。"诗人惜玉怜香,当然要同情昭君的遭遇了。

二十年前,美国编剧家甘南,曾将王昭君的故事编成悲剧,命名《汉宫之花》,在纽约的大剧场中上演,由名伶李邱饰汉元帝,名女伶爱蝶丝梅蒂生饰王昭君,居然轰动一时。我曾在杂志上见过他们的照片,看了那美国汉元帝和美国王昭君服装离奇,不由得笑了起来。

但有一枝堪比玉

"但有一枝堪比玉，何须九畹始征兰"，这是明代诗人张茂吴咏玉兰花的诗句，嵌上了"玉兰"二字，而也抬高了玉兰的身价。春分节近，气候转暖，一经春阳烘晒，春风嘘拂，玉兰的花蕾儿顿时露了白，不上二三天，就一朵朵地开放起来。我们搞园艺的，往往把玉兰当作寒暑表，每年春初一见玉兰花开，就知道不会再有冰冻，凡是安放在室内的盆树盆花，都可移出来了。

玉兰是落叶亚乔木，有高达数丈的，都是数百年物。枝条短而樛曲，很有风致；一枝一朵花，都着在枝梢，花九瓣，洁白如玉，有微香，与兰蕙相似。今年是玉兰的丰年，我园子里的一株，高不过丈余，着花数百朵，烂漫可观；可惜不能耐久，十天以后，就落英满地了。要是趁它开到五六分时，摘下花瓣来，洗净拖以面糊，用麻油煎食，别有风味。

苏州拙政园中部，有玉兰堂，榜额为明代大书画家文徵明手笔，遒逸不凡，庭前有老干玉兰，开花时一白如雪，映照得堂奥也觉得亮了起来。文氏也是爱好玉兰的，曾有七律一首加以咏叹："绰约新妆玉有辉，素娥千队雪成围。我知姑射真仙子，天遣霓裳试羽衣。影落空阶初月冷，香生别院晚风微。玉环飞燕原相敌，笑比江梅不恨肥。"他的诗友沈周，也有同好，曾有句云："韵友自知人意好，隔帘轻解白霓裳。"他简直把玉兰作为韵友了。

玉兰宜于种在厅堂之前，昔人喜把它和海棠、牡丹同植一庭，取"玉堂富贵"之意，在新社会中看来，实在是封建气味十足的。可是玉兰花盛开的时候，确也好看，甚至比作玉圃琼林，雪山瑶岛。明代诗人丁雄飞曾有《邀六羽叔赏玉兰》一简云："玉兰雪为胚胎，香为脂髓，当是玉卮飞琼辈，偶离上界，为青帝点缀春光耳。皓月在怀，和风在袖，夜悄无人时，发宝瑟声。侄瀹茗柳下，候我叔父，凭阑听之。"他将玉兰当作天上的所谓仙子，竟给予一个最高的评价。

洞庭东山紫金院里，有一株数百年的老玉兰，上半截早已断了，只剩几尺高，干已枯朽，只有一张皮还有生机，年年着花十余朵，多数是白色的，少数是紫色的，大概是把玉兰和辛夷接在一起之故。可惜树龄太老，树身太大，再也不能移植，如果能移植在盆子里的话，那是盆栽之王，盆栽之宝了。每年春初，这株老玉兰吸引不少人前去观赏，我祝颂它老而弥健，益寿延年！

神仙庙前看花去

农历四月十四日，俗称神仙生日，神仙是谁？就是所谓八仙中的一仙吕纯阳。吕实有其人，名岩，字洞宾，一名岩客，河中府永乐县人，唐代贞元十四年四月十四日生，咸通中赴进士试不第，游长安，买醉酒家，遇见了钟离权得道，不知所往。吕还是一位诗人，有诗四卷；我很爱他的绝句，如《牧童》云："草铺横野六七里，笛弄晚风三四声。归来饱饭黄昏后，不脱蓑衣卧月明。"《绝句》云："朝游北越暮苍梧，袖里青蛇胆气粗。三入岳阳人不识，朗吟飞过洞庭湖。"《洞庭湖君山颂》云："午夜君山玩月回，西邻小圃碧莲开。天香风露苍华冷，云在青霄鹤未来。"这些诗倒也很有一些仙气的。

福济观，俗称神仙庙，又称吕祖庙，在苏州市阊门内皋桥东，就是供奉吕纯阳的所在。旧时每逢四月十四日，观中必打醮，香客都来膜拜顶礼。相传吕化为衣衫褴褛的乞食儿，混在观中，凡是害有疑难杂症的人，这一天倘来烧香，往往不药而愈，据说是仙人可怜见他而给他治愈的。这天到神仙庙来烧香或凑热闹的，叫做轧神仙。糕团店里特制了五色米粉糕出卖，称为神仙糕；有卖龟的，把大龟小龟和绿毛龟放在竹篓或水盆中求售，称为神仙龟；还有一般花农，纷纷挑了草本花和木本花来出卖，称为神仙花，总之，无一不与神仙勾搭上了。

我们一般爱花的朋友，年年四月十四日，总得前去走一遭，并不是轧神仙，全是为了看花去的。因为从十二日到十四日，神仙庙前的西中市、东中市一带，成了一个盛大的花市，凡是城乡的花贩花农都将盆花集中于此。我们可以饱看姹紫嫣红，百花齐放，见有合意的，就买一些回去；不管它是神仙花不是神仙花，只要是自己心爱的花就得了。

旧时不但人民大众要来轧神仙，娼妓们也非来不可，一面烧香，一面买花，而尤其要买千年蒀，称为交好运，因为"蒀""运"两字是同音的。清代沈朝初有《忆江南》词云："苏州好，生日庆纯阳。玉洞神仙天上度，青楼脂粉庙中香。花市绕回廊。"解放以后，妓女也都解放了，学习技术，从事生产，真的是交了好运。每年农历四月十四日，不废旧俗，大家仍去轧神仙，我们也仍到神仙庙前看花去。

乞巧望双星

"苏州好，乞巧望双星。果切云盘堆玉缕，针抛金井汲银瓶。新月挂疏棂。"

这是清代沈朝初的《望江南》词，是专为七夕望牵牛、织女二星乞巧而作的。这一段美丽的神话，流传已久，几乎尽人皆知，就是戏剧中也有《牛郎织女》一出应时戏，每逢农历七月七日总要搬演一下。

神话的来源是这样的，据《荆楚岁时记》说，天河之东，有织女，是天帝的女儿，年年在织机上劳动，织成云锦天衣。天帝怜悯她单身独处，许她嫁与河西牵牛郎。她嫁了之后，不再从事纺织，天帝一怒之下，就责令她仍回河东，只许每年七月七日，渡过天河去与爱人一会。天帝拆散这一对恩爱夫妻，似乎忒煞无情；然而织女一嫁就不再纺织，也是自取其咎。足见照神话的作者看来，劳动不但是人间应有之事，就是做了神仙，也是不许不劳动的。

苏州旧俗，在七夕的前一夜，妇女们将杯子盛了一半河水一半井水的所谓鸳鸯水，露在庭心，天明后在阳光下曝晒了一会儿，就把绣针丢下去，针浮在水面，水底的针影或粗或细，自能幻出种种物象，借此验看丢针的女孩子是巧是拙。这玩意儿苏州人称为磬（音笃）巧，北京人称为丢巧针，杭州人称为针影，据说是古代的穿针遗俗；清代吴曼云咏之以诗云："穿线年年约比邻，更将余巧试针神。谁家独见龙梭影，绣出鸳鸯不度人。"

七夕，苏州旧时人家有乞巧会，凡是女孩子都须参加，因又称为女儿节。她们往往在庭心或露台上供了香案，烧香点烛陈瓜果，各各礼拜牵牛、织女二星，向他们俩乞巧。这天还得吃巧果，也是乞巧之意；所谓巧果，是用面粉和着白糖打成一个结，入沸油氽脆而成。这种巧果，在七夕前茶食店中早就制备了。现在敬礼双星的旧俗虽已废止，而巧果却仍是年年可吃。

据说织女渡过天河去和牛郎相会，是借重许多乌鹊作成一条桥的，因此称为鹊桥。还有一个可笑的传说，说每逢七月七日，乌鹊头上的毛都会无故脱落，就为了作桥梁给织女过渡之故。它们这种服务精神，倒是很可佩服的。鹊桥，自是很好的词料，所以词牌中也有《鹊桥仙》一调，如清代女词人袁希谢《七夕》，调寄《鹊桥仙》云："银河耿耿，鹊桥填否，试想彩云堆里。双双曾未诉离愁，听壶漏、三更近矣。 月光斜照，良辰易过，促织声催不已。年年此夕了相思，才了却、相思又起。"又孙秀芬《蝶恋花》云："又见佳期逢七夕。乌鹊桥成，欲渡还娇怯。一岁离情应更切。银河执手低低说。 莫怪天孙肠断绝。修到神仙，尚有生离别。风露悄凉人寂寂，夜深独向瑶阶立。"这两位女词人都是深表同情于这一对神仙夫妇的别离的。

每年只有一个七夕，所以牛郎、织女也只有一年一度的相会，除非逢到闰七月，再来一个闰七夕，那么他们俩就占到了便宜，可以再渡天河，再会一次了。清初词人董舜民，曾有《闰七夕》一词，调寄《八声甘州》云："再向银河畔，数佳期、相望又相邀。正欢娱此夜，一年两度，良会非遥。记得从前好合，离恨在明朝。更值秋光永，清漏迢迢。　　天遣多情灵匹，却无情乌鹊，有意偏劳。看云开月帐，重与渡星桥。愿乞取、羲和历日，算年年、长是闰今宵。何须叹，世间儿女，一别魂销。"词人多情，对于这一对神仙眷属的再度相会，也觉得高兴，所以词中充满着欢欣歌舞的情调；并且愿望年年有个闰七夕，好让他们俩年年多会一次了。

闲话《十五贯》

　　浙江昆苏剧团的昆剧《十五贯》，现在是一举成名天下知了。它在百花齐放中，竟变成了一朵大红大紫的牡丹花。一九五六年六月中旬，我到南京去出席江苏省文化工作者代表会议，可巧剧团也从北方来到南京。我对于团中的诸位名艺人本来是熟悉的，如今"他乡遇故知"，有机会重行看一看他们改编过的成功作《十五贯》，当然是高兴得手舞足蹈起来。

　　记得去秋剧团在苏州市演出时，每一个剧目，我都曾看过，对他们的精湛的艺术，一百二十分的佩服。老实说，我爱好昆苏剧，在其他剧种之上，可以说我是昆苏剧的一个忠臣，耿耿此心，始终不变。然而像我这样的忠臣，未免太少了。前次在苏州演出《十五贯》，尽管王传淞的娄阿鼠、周传瑛的况钟、朱国梁的过于执满身是戏，但卖座并不好，真是冤枉之至！

　　有一天，我特地邀请诸位艺人和老友范烟桥兄一同到我家里来，举行一个咖啡座谈会，朱传茗同志恰从上海来，也欣然来会，大家对于卖座不好，都莫名其妙，艺人们还虚心地要我们提供改进的方法。我建议把昆苏剧分家，昆是昆，苏是苏，不要混在一起，两不讨好，艺人们深以为然，可是当时也没有作出结论。

　　他们到了上海之后，和几位昆剧专家共同商讨，把《十五贯》删繁就简，去芜存菁，改编了一下，演出时便大红特红，客满了一个多月。我这忠心耿耿的忠臣，一听得了这好消息，总算吐出了一口闷气，为艺人们额手称庆。

四月间剧团到了北京，又在北京演出了《十五贯》，竟达到了惊天动地的地步。毛主席和周总理等都一再观赏，大加嘉奖，以为是一部富于人民性、教育性、思想性、艺术性的好戏，并且希望各剧种，向他们看齐，向他们学习，真所谓真金不怕火烧，终于遇到识货的人了。

我们在南京的最后一夜，就在人民大会堂看到了他们的招待演出，改编过的《十五贯》已把骈枝式的熊友蕙和豆腐店童养媳的一段冤情删去了。昆苏也分了家，还了原，成了纯粹的昆剧，唱词中如〔山坡羊〕〔红芍药〕〔点绛唇〕〔天下乐〕〔粉蝶儿〕等等，都是昆腔，十分动听，词句是通俗化了，容易了解；而他们的演技，也达到了炉火纯青的境界。

苏州市苏剧团学员队接着也排演了《十五贯》，第一次在政治协商委员会议的文娱晚会上演出，居然头头是道，楚楚可观。我先登台作开场白，说了许多鼓励的话，末了说，《十五贯》的大名虽已如雷贯耳，容易号召，而我们仍要一以贯之地爱护他们，培养他们，使他们一天天壮大起来，千万不要忽视这一份新生力量。今后我要像京剧《三娘教子》里那个忠心耿耿的老家人老薛保一样，全心全意地帮助主母把小东人好好地教养长大，指望他一飞冲天，一鸣惊人。

蔗浆玉碗冰泠泠

"蔗浆玉碗冰泠泠"，是元代顾阿瑛的诗句，从这七个字中，我们可以体会到用玉碗盛着蔗浆喝，冰冷沁齿的意味，顿时觉得馋涎欲滴。所谓"蔗浆"，就是现代的甘蔗露，在苏州市的街头巷口，几乎到处可以喝到的。"蔗浆"二字，唐代已经沿用，杜甫诗中，有"茗饮蔗浆携所有"句，王维诗也有"大官还有蔗浆寒"之句。宋代钱惟演句"蔗浆销内热"，陆游句"蔗浆那破余醒"，可见唐宋时代的人，就很爱好蔗浆了。

老年人齿牙摇落，不能大嚼甘蔗，于是以蔗浆为恩物。暮春三月，苏州的许多水果铺、水果摊就开始供应蔗浆了。旧时用木制的榨床，把切成的段头榨出浆来，现在改用了金属的压榨机，更觉便利而清洁，现榨现卖，盛以玻璃杯，大杯一角五分，小杯九分，全市一律如此。我也偏爱蔗浆，觉得比汽水更为甘美适口，并且有消除内热的功效。从前甘蔗以广东所产的最为著名，而浙江塘栖的产品也不坏；现在苏州的蔗浆，大都是用塘栖甘蔗来榨成的。据说以上海之大，却喝不到蔗浆，所以上海人来游苏州，就要大喝一下，这是水果铺中人告知我的。

甘蔗榨过了浆而剩下来的渣，无非晒干了当燃料用，或者就丢掉了。可是在十余年前，美国加利福尼亚州有一个糖厂中的职员名唤甘来南尔生的，在甘蔗渣中发现了大量坚韧的纤维质素，费了一年多的心力，发明了一种甘蔗砖。他在这纤维质素中加入了硫黄、土沥青油，和其他几种化学原料，更在空气的重压力下压制而成；试验之后，证实用一块一公尺见方的甘蔗砖，放在一辆二十吨重的碾路车轮下连续压碾七次，并未压碎，可见其坚韧了。当时就由十多处筑路局，采用了这甘蔗砖，作为筑路的材料。营造厂中也大量采用，因砖面多孔，可以调和声响，没有回声，所以用来建造剧场、音乐厅和电影院，都是非常适宜的。现在我国剧场的四壁和天棚，也多数利用甘蔗板了。

晋代大画家顾恺之，每嚼甘蔗，总从梢尾嚼到老头，人以为怪，他说："渐入佳境！"因此俗有"甘蔗老头甜"之说；而老年人处境好的，称为"蔗境"。我们老一辈的人，眼见得祖国欣欣向荣，老怀欢畅，也可说是"甘蔗老头甜"了。

和台风搏斗的一夜

一九五六年七月下旬，虽然一连几天，南京和上海的气象台一再警告十二级的台风快要袭来了，无线电的广播也天天在那里大声疾呼，叫大家赶快预防，而我却麻痹大意，置之不理。大概想到古人只说"绸缪未雨"，并没有"绸缪未风"这句话，所以只到园子里溜达了一下，单单把一盆遇风即倒的老干黑松从木板上移了下来，请它在野草地上屈居一下；而我那几间平屋，一座书楼，倒像是两国战争时期不设防的城市，一些儿防备都没有。

八月二日的下午，台风的先头部队已经降临苏州，我却披襟当风，心安理得，自管在书楼上给上海文化出版社继续写一部《盆栽趣味》，一面还听着无线电中的音乐，连虎啸狮吼般的风声也充耳不闻。哪里料到《盆栽趣味》没有写完，这一夜就饱尝了苦于黄连的台风滋味呢。

入夏以来，我是夜夜独个儿睡在那座书楼上的，前年五月，儿女们为了庆祝我的六十岁生日，在东厢凤来仪室的上面，起建了一座小小书楼，名为"花延年阁"；这原是我十余年来的愿望，总算如愿以偿了。这书楼四面脱空，一无依傍，倒像是个遗世独立的高士，而这夜可就做了台风袭击的中心。大约在十一点钟的时候，台风的来势已很猛烈，东北两面的玻璃窗，被刮得格格地响着，加上园子里树木特多，被风刮得分外的响；我听了有些害怕，便抱着枕头和薄被，回到楼下卧室里来。

正在迷迷糊糊快要入睡的当儿，猛听得楼上豁琅琅一片响声，我大吃一惊，立时喊一声"哎哟"，从床上跳了下来，趿着拖鞋，忙不迭和妻赶上楼去；却见北面那扇可以远望双塔的冰梅片格子的红木大方窗，已被击破，玻璃落地粉碎，连窗下那座十景矮橱顶上一尊乾隆佛山窑的"汉钟离醉酒"造像也带倒了。这是我心爱的东西，即忙拾起来察看，还好，并没有碎。此外打碎了一只粉彩凤穿牡丹的瓷胆瓶，和一个浮雕螭虎龙的白端石小瓶，这损失不算大，台风伯伯还是讲交情的。

回到了楼下，又回到了床上，听那风刮得更响了，我想怎样可以入睡呢？没有办法，只得向妻要了两团棉花，塞在两个耳朵里，风声果然低下去了。歇了一会儿，妻还是不放心，重又上楼去看看，我却自管高枕而卧，不料一霎时间，我那塞着棉花团的耳朵里，仿佛听得妻的惊呼之声。我料知"东窗事发"，不由得胆战心惊，霍地跳起身来，飞奔上楼，只见妻呆立在那里，而靠北的一扇东窗，不知怎样飞去了，我的心立刻向下一沉，想窗儿做了这"绿珠坠楼"的表演，定然要粉身碎骨的了。那时狂风挟着雨片，疾卷而入，连西窗下安放着的书桌也打湿了，桌上的所谓"文房四宝"和小摆设之类，都湿淋淋地变成了落汤鸡。我不知哪里来的勇气，竟像当年洪水决堤时将身抵住缺口的英雄们一样，随手拖了一条席子和一张吹落下来的窗帘，双臂像左右开弓似的，用力遮着窗口；可是没有用，身上的衣裤都给打湿了。风雨还是猛扑着，几乎把我扑倒，而一口气也几乎透不过来。

妻赶下楼去报警呼援，于是整个屋子的人，都赶上来了，掮来了一扇板门，替我抵住了窗口，大家手忙脚乱地去找铁锒头，找长钉子，把那板门牢牢钉住在上下的窗槛上，总算又把台风伯伯挡住了驾。

可是台风见我们有困难，也有办法，当然不甘心默尔而息，更以全力进攻。正在提心吊胆的当儿，只听得格的一声，靠南的一扇东窗又不翼而飞了。我喊一声"天哪！"没命地扑向前去，扯起窗帘来抵住窗口，和无情的风雨再作搏斗。好不容易到园子里找到了那扇飞去的窗，回上来放在原处，又把长钉上下钉住了，总算又把台风伯伯挡住了驾。

天快要亮了，我们五个人通力合作，做好了这些起码的防御工事，筋疲力尽地退回后方休息，而这座明窗净几的书楼，早已变了个样，仿佛变做了王宝钏苦守十八年的寒窑。楼外的台风伯伯似乎向我冷笑道："你还要麻痹么？你还要大意么？这回子才叫你晓得咱老子的厉害！"我只得苦笑着道："台风伯伯，我小子这才领教了！"

枣

　　已是二十余年的老朋友了，一朝死别，从此不能再见，又哪得不痛惜，哪得不悼念呢！这老朋友是谁？原来是我家后园西北角上的一株老枣树，它的树龄，大约像我一样，已到了花甲之年，而身子还是很好，年年开花结实，老而弥健；谁知一九五六年八月二日的夜晚，竟牺牲于台风袭击之下，第二天早上，就发见它倒在西面的围墙上，早已回生无术了。

　　我自二十余年前住到这园子里来时，它早就先我而至；只因它站在后园的一角，地位并不显著，凡是到我家里来的贵宾们和朋友们从不注意到它；可是我每天在后门出入，总看到它直挺挺地站在那里，尤其是我傍晚回来的时候，刚走进巷口，先就瞧见了它，柔条细叶，在晚风中微微飘拂，似乎向我招呼道："好！您回来了。"这几天我每晚回来，可就不见了它，眼底顿觉空虚，心底也顿觉空虚，真的是怅然若有所失！

　　老朋友是从此永别了；幸而我在前三年早就把它的儿子移植到前园紫藤架的东面，日长夜大，现在早已成立，英挺劲直，绰有父风，年年也一样地开花结实，勤于生产；去年还生了个儿子，随侍在侧，将来也定有成就。我那老朋友有了这第二代、第三代，也可死而无憾了。

　　枣别名木蜜，是落叶亚乔木，干直皮粗，刺多叶小，入春发芽很迟，五月间开小淡黄花，作清香，花落随即结实，满缀枝头，实作椭圆形，初青后白，尚未成熟，一熟就泛成红色，自行落下，鲜甜可口，是孩子们的恩物。枣的种类很多，据旧籍所载，不下八十种，有羊枣、壶枣、丹枣、棠枣、无核枣、鹤珠枣、密云枣诸称，甚至有出在外国的千年枣、万岁枣，和带有神话意味的仙人枣、西王母枣等，怪怪奇奇，不胜枚举。一九五一年夏，我因嫁女上北京去，在泰安车站上吃到一种芽枣，实小而味甜，可惜其貌不扬。我所最最爱吃的，还是北京加工制过的金丝大蜜枣，上口津津有味，腴美极了。

古代关于枣的神话很多，说什么吃了大枣异枣，竟羽化登仙而去，只能作为谈助，不可凭信；而枣的文献，魏、晋时代早就有了，唐代大诗人白乐天也有长诗加以赞美，结尾有云："寄言游春客，乞君一回视。君爱绕指柔，从君怜柳杞。君求悦目艳，不敢争桃李。君若作大车，轮轴材须此。"这就说出了枣树的朴素，不足以供欣赏，而它的木质很坚实，倒是材堪大用的。他如，宋代赵抃有"枣熟房栊暝，花妍院落明"，黄庭坚有"日颗曝干红玉软，风枝牵动绿罗鲜"之句；而最有风致的，要推明代揭轨的一首《枣亭春晚》："昨日花始开，今日花已满。倚树听嘤嘤，折花歌纂纂。美人浩无期，青春忽已晚。写尽锦笺长，烧残红烛短。日夕望江南，彩云天际远。"他的看法，又与白乐天不同，不过他是别有寄托，而借枣花来抒情的。

鲁迅先生在《秋夜》中曾对枣树加以描写："枣树，他们简直落尽了叶子。先前，还有一两个孩子来打他们别人打剩的枣子，现在是一个也不剩了，连叶子也落尽了。他知道小粉红花的梦，秋后要有春；他也知道落叶的梦，春后还是秋，他简直落尽叶子，单剩干子，（中略）而最直最长的几枝，却已默默地铁似的直刺着奇怪而高的天空，使天空闪闪地鬼眨眼；直刺着天空中圆满的月亮，使月亮窘得发白。"这一节是描写得很美的。我后园里的老枣树，也有这样的景象；可是从此以后，它不会再默默地铁似的直刺着奇怪而高的天空。

说也奇怪！我满以为这株老枣树已被台风杀死了，谁知到了今春，忽又复活，尽管大部分的根已经拔起，而小部分还在地下；尽管倒在墙上，分明已没了生机，而不知怎的，经过了杏花春雨，那梢上的枝条，竟发起叶来，依然是青翠可爱。这就足见我这位老朋友是如何的有力量，台风任是怎样凶狠，也杀不了它，它竟复活了，将顽强地活下去，无限期地活下去。

谈 虎

昔人有"谈虎色变"之说，因为大家都怕虎威，所以一谈起虎，就要色变；而现在谈虎却不会色变，一变而为色喜了。一九五七年春节以来，苏州市民都在喜滋滋地谈虎；因为城东动物园中新从哈尔滨运来了一对乳虎，吸引了不少人前去观赏，第一天就有一万六千多人，打破了一年来的纪录。这两头虎虽出生只有半年，而长得已很苗壮，据说每天各要吃六斤牛肉，四磅牛乳，也可算得是养尊处优的了。

武松景阳冈杀虎这回事，几乎妇孺皆知，曾听上海市评弹工作者杨振雄说《武松》，《杀虎》一回，居然把他的雄姿壮概曲曲表达出来，大家都好像亲见他正在献着好身手，不由得啧啧赞叹道："英雄！英雄！"然而《水浒传》中武松像赞，却说"杀虎未为武，邱嫂猛于虎"，那又似乎轻视他的杀虎而称许他的杀嫂了。

宋代大诗人陆放翁，有《大雪行》一章，写豪士杀虎，一种英迈之气，力透纸背而出，诗云："长安城中三日雪，潼关道上行人绝。黄河铁牛僵不动，承露金盘冻欲折。虬髯豪客狐白裘，夜来醉眠宝钗楼。五更未醒已上马，冲雪却作南山游。千年老虎猎不得，一箭横穿雪皆赤。挈弓争死作牛吼，震动山村裂崖石。曳归拥路千人观，髑髅作枕皮蒙鞍。人间壮士有如此，胡不来归汉天子。"这一位豪士的杀虎，是在马上用箭来射杀的；而武松却是先用棍棒后徒手，其难易就差得远了。

　　游西湖总得一游虎跑，喝一盏泉水沏的香茗，自是一乐。虎跑在大悲山麓，相传唐代有高僧性空住在山中，有一年苦旱，忽然来了两头虎，爪地出水，渟蓄成泉，因此名之为虎跑。茶堂中旧有一画，就画着一头虎在那里用爪爪地，泉水大涌，笔触很雄健，却不知是谁画的。

咖啡琐话

一九五五年仲夏莲花开放的时节，出阁了七年而从未归宁过的第四女瑛，偕同她的夫婿李卓明和儿子超平，远迢迢地从印尼共和国首都雅加达城赶回来了，执手相看，疑在梦里！她带来了许多吃的、穿的、用的和玩的东西，内中有一方听雪白的砂糖和一方听浓香的咖啡粉；她是一向知道老父爱好这刺激性的饮料的。据她说，在印尼无论是土著或侨民都以咖啡代茶喝，往往不放糖和牛乳，好在咖啡豆磨成了粉末，只须用沸水冲饮，极为方便。我已好久喝不到好咖啡了；这时如获至宝，喜心翻倒。从去夏到今春，每星期喝两次，还没有完；有时精神稍差，就得借它来刺激一下。

咖啡是热带的产物，南美洲的巴西国向以咖啡著名，而印尼所产也着实不坏。树身高约二丈，叶对生，作椭圆形，尖如锥子，开花作白色，香很浓烈，花谢结实，像黄豆那么大，采下来焙干之后，就可磨细煎饮了。

咖啡最初的产生，远在十五世纪，有一位阿拉伯作家的文章中，已详述它的种植法；而第一株咖啡树，却发见于阿拉伯半岛西南角的某地。后来咖啡的种子外流，就普及于其他地区，成为世界饮料中的恩物，可以和我国的红绿茶分庭抗礼。

咖啡是舶来品，是比较新的东西，所以我国古代的诗人词客，从没有把它作为吟咏的题材的。到了清代，咖啡随欧风美雨而东来，遍及大都市，于是清末的诗词中，也可看到咖啡了。如毛元征的《新艳》诗云："饮欢加非茶，忘却调牛乳。牛乳如欢甜，加非似侬苦。"潘飞声《临江仙》词云："第一红楼听雨夜，琴边偷问年华。画房刚掩绿窗纱。停弦春意懒。侬代脱莲靴。　　也许胡床同靠坐，低教蛮语些些。起来新酌加非茶。却防憨婢笑，呼去看唐花。"我也有一阕《生查子》词："电影上银屏，取证欢侬事。脉脉唤甜心，省识西来意。　　积恨不能消，狂饮葡萄醉。更啜苦加非，绝似相思味。"其实咖啡虽苦，加了糖和牛乳，却腴美芳香，兼而有之；相思滋味，有时也会如此，过来人是深知此味的。

咖啡馆的创设，还在十五世纪中叶，阿拉伯的城市中，几乎都有咖啡馆，因为从沙漠里来的行商骆驼队，都跋涉长途，口渴不堪，就得上咖啡馆来解解渴，于是咖啡馆风起云涌，盛极一时。一般阿拉伯人渐渐地爱上了咖啡馆，日常聚集在那里，聊聊天，取取乐，以致耽误了正当的工作。甚至政治上的阴谋，也从咖啡馆中产生出来，一时闹得乌烟瘴气。于是掌握政权的主教们大发雷霆，下令取缔咖啡馆，凡是上咖啡馆去喝咖啡的人都要处刑。当时君士坦丁等各地的咖啡馆纷纷倒闭，而在阿拉伯最最著名的咖啡"摩加"，已曾专卖了二百多年，几乎没有人问津，只得另找出路，流入了意大利的水城威尼斯。

十六世纪的中叶，法京巴黎的咖啡馆，多至二千家，而英京伦敦，更多至三千家，虽曾经过一次大打击，被迫关门；后来卷土重来，变本加厉，甚至喊出了口号："我们要从咖啡馆中改造出新的伦敦，新的英吉利来！""咖啡馆是新伦敦之母！"也足见其对于咖啡馆的狂热了。

苏州在日寇盘据的时期，也有所谓咖啡馆，门口贴着"欢迎皇军"的招贴，由一般荡女淫娃担任招待，丑恶已极！我偶然回去探望故园，一见之下，就疾首痛心，掩面而过。那时老画师邹荆盦前辈已从香山回到城中故居，他是爱咖啡成癖的，密藏着好几罐名牌咖啡，而以除去咖啡因的"海格"一种为最，我们痛定思痛，需要刺激，他老人家就亲自煎了一壶"海格"，相对畅饮，我口占小诗三绝句答谢云："卢同七碗浑闲事，一盏加非意味长。苦尽甘来容有日，借它先自灌愁肠。""白发邹翁风雅甚，丹青写罢啜加非。明窗静看丛蕉绿，月季花开香满衣。"（翁喜种月季花。）"瓶笙声里炎炎火，彝鼎纷陈闻妙香。我欲晋封公莫却，加非壶畔一天王。"原来苏州人多爱喝茶，爱咖啡的不多，像邹老那么罗致名品，并且精其器皿的，一时无两，真可称为咖啡王了。他老人家去世三年，音容宛在，我每对咖啡，恨不能起故人于地下，和他畅饮一番，并对他说，现在苦尽甘来，与国同休，喝了咖啡更觉兴奋，不必借它来一灌愁肠了。

探梅记

从前文人墨客以及所谓"风雅之士"，或骑驴，或踏雪，到山坳水边去看梅花，称为探梅。虽说是"十月先开岭上梅"，梅花开得特别早，但现在才交九月，菊花尚未含苞，又从哪里去探梅呢？原来此梅不是那梅，我所探的，即是一九五六年九月三日夜晚才从北京到达上海的京剧大艺人梅兰芳先生。

偶然的机缘巧合，我和老友范烟桥兄在同一天搭着同一班火车从苏州到上海来；又是机缘巧合，恰好在一个宴会上遇见了，我们俩倒像是被台风的边缘刮在一起似的。桥兄对我说："昨晚上梅兰芳先生恰也来了，停会儿我们一同去探看他一下可好？"我一迭连声地回说："好！好！好！"原来这两年来我们俩负着一个使命，就是代表苏州市邀请梅先生去作一次短期的演出。年初梅先生早就应允今秋要捉空儿来苏一行。我们此去就是要问一问梅花消息：这两年来苏州的文艺园地上果然也百花齐放了，能不能让苏州人早日欣赏这一枝"开在百花先"的梅花。

先到嵩山路吴湖帆兄的画寓，由吴兄打了个电话去问梅先生可在家里；接听的是葆玖世兄，回说昨晚上他老人家从北京一路下来，太累了，正在打盹，可于四点钟后前去访问。那时还只两点半，于是我们就说古论今，谈词读画，挨到了四点钟，才一块儿上梅家去。

我们三人先在楼厅里坐候，享受着烟和茶。我是爱好陈设的，就举目四看，见西壁上挂着一个横额，是清代嘉庆时一位名书家所写的篆体"艺效轩"三字，很为古雅，两旁是两幅缂丝的山水人物，古色古香，合成双璧。下方是一个曲尺形的书架，插架的全是各种图书，琳琅满目。东壁客座之后，也有一个曲尺形的书架，却陈列着好多件白地青花的瓷笔筒和瓷花盆，多系清代康、雍、乾、嘉时物。上方很突出地挂着一大幅墨笔的古松与老梅，据湖兄说，这是梅先生作画的老师汤定之先生的遗笔，老干虬枝，苍劲不凡。我正在凝神地欣赏着，而梅先生已翩然走进来了，彼此握手道好，喜形于色。

记得那年大儿铮在十三层楼结婚的那天，梅先生曾光临道喜，一转眼已十二年了，十二年来还是第一次重逢，怎么不喜心翻倒。他说我并不见老，而我瞧他也发了胖。在这祖国欣欣向荣的大时代里，他当然要心广体胖，而我也当然要越活越年青了。

梅先生先就谈起五月中访日演出的经过，那些日本的旧友们一见了他，都热情地和他握手拥抱，并且对于"八一三"事变表示歉意，有的说着还流出了眼泪。他先后往东京、京都、大阪等五地演出了三十二场，受到了日本人民热烈的欢迎，而其他国家的男女观众，也着实不少。梅先生又说起日本艺人们演出古典戏剧时，舞台上与中国旧时代的场面大略相同，乐队、歌唱者和检场的，都在台上的后半部，而前半部就在演出，与我国所不同的，演员只作道白和表演，唱由歌唱者代劳。他们的旦角儿也由男演员担任，有一位七十多岁的名艺人，有时还要扮成一个丰容盛鬋的妇女，上台去表演一下哩。我问起这回同去日本的欧阳予倩先生，也是三十年前的老友，近来身体可好？梅先生说他当年曾在日本留学，故旧很多，文艺、学术界方面的朋友都欢迎他，请他参加讲话、座谈、联欢活动。他非常兴奋，因为过于疲劳，关节痛风的旧病复发，遇到游览名胜的时候，日本朋友给他预备了一把轮椅代步，倒也方便。

桥兄这一年来正主管着苏州市的文化事业，最关心的就是梅先生去苏演出的问题，于是言归正传，重申前请，很婉转地说出苏州市五十多万人正伸长了头颈，老是盼望梅先生大驾光临，让他们一饱眼福和耳福；而我也在旁边敲着边鼓，说在私言私，就是我这苏州市五十多万人中的一人，也十多年没有欣赏梅先生的妙艺了，有时只得检出三十余年前见赠的几帧玉照看看，也算是"望梅止渴"，说得梅先生笑了起来。

桥兄忙又问起此次在上海演出后，作何打算？梅先生回说，在上海先由葆玖上演，才由他接上去演几个戏；演完之后，因各地预约在先，将作轮回演出，可能先到杭州，然后再往南昌、长沙，因为这样安排，旅途上可以节省人力与物力不少。这次演出之后，打算在下一次巡回演出中，首先就和苏州观众见面。我们就向他祝福，希望他经过了这次巡回演出，老当益壮，有以慰苏州人如饥如渴的喁喁之望。

我们畅谈了一小时，怕梅先生太累了，就起身告辞；在走下楼去时，湖帆兄忽然说了一句笑话，说今天我们四个人的年龄，恰可凑满一个"二百五"。我抡着指儿一算，他们"三马同槽"，都是六十三岁，加上我"一羊开泰"，是六十二岁，合算起来，真的险些儿变了"二百五"；幸而我们一共是二百五十一岁，已经超额了。一路上嘻嘻哈哈，走完了楼梯，直到门外，大家才珍重别去。这一次的探梅，又给予我一个轻松愉快不可磨灭的印象。

百花齐放中的一朵好花

昆剧无疑地是百花齐放中一朵古色古香的好花，在它四百余年悠久的生命史中，曾有过光辉的一页。可是近年来它那产地所在的苏州专区人民，看到昆剧却很少了。

一九五六年十月上旬，江苏省文化局和苏州市文化局主办昆剧观摩演出，在新艺剧场举行，一共是九个夜场和两个日场，这是空前未有的盛举，轰动一时。浙、皖、闽、赣、粤等省的各剧种都派代表来观摩，甚至北京和昆明方面的专家们，也不远千里而来。这标志着昆剧的复兴，已走上了光明和远大的道路。

这次演出的有浙江昆苏剧团"传"字辈的名艺人，有上海戏曲学校的学员和苏州苏剧团的学员，有苏、沪两地的昆剧名票友，并且有北方来的昆剧专家，真是璧合珠联，花团锦簇，使这文艺园地里的一朵好花，更开得大红大紫。

徐凌云、俞振飞两先生，是上海昆剧名票友中的两大台柱，最受观众的热爱，每一出场，掌声雷动，徐先生精研昆剧，已有五十年的历史，无所不能，也无所不工，这一次他在《连环记·小宴》中串王允，是老生；在《荆钗记·见娘》《梅岭》中串王十朋母，是老旦；在《借茶》《卖兴》中串张文远和来兴，是小丑；在《风筝误·惊丑》中串彩旦，多种多样，有声有色，使观众都看得出了神。他老人家在年青时常串吕布，曾有"活吕布"

的称号。我很想看看当年"活吕布"的威风，请他来一下；剧目中也已排好他串演《梳妆射戟》中的吕布了，但是临时抽去。据他对我说："毕竟是七十一岁的老头儿了，腰腿工夫都差，怎么还能串那英姿飒爽的吕布！"其实我看他腰脚还很轻健，譬如串那《绣襦记》中的书僮来兴时，忽坐忽立，忽卧忽跪，与年青人一般灵活，哪里像是七十一岁的高年？不过串起吕布来，扮相当然要差了。他的哲嗣子权也随同演出，串《贩马记》中的李奇，《望湖亭》中的颜大麻子，唱做都好，不愧是将门之子。

俞振飞先生是昆剧中的唯一名小生，风流潇洒，一时无两。他天赋一条好嗓子，调高响逸，分外动听，并且为了善于变化切音，字字都很清楚。至于他的演技，更入了神化之境，无论亮一亮相，甩一甩袖，以至台步身段，眼风笑声，和脸上表现出来的喜怒哀乐之情，都足使人欣赏。这次他串了《连环记》中的吕布，《荆钗记》中的王十朋，《狮吼记》中的陈季常，《风筝误》中的韩琦仲，更在《长生殿》中串了老生唐明皇和李太白，真是能者多劳，而劳的成绩又是首屈一指的。他和张娴合演的《玉簪记·琴挑》，更是一件美绝精绝的艺术品，是一幅活的工细的仕女画，可以比作仇十洲的得意之笔。

各位"传"字辈的名艺人，是这次观摩演出中的骨干，每一个剧目，几乎都有他们一份，或作主角，或作配角，都能显示出他们艺事的老到。我尤其欣赏张传芳的《思凡》，王传淞的《狗洞》和《活捉》，华传浩的《醉皂》和《扫秦》，朱传茗的《芦林》。传淞、传浩的表演出神入化，真是丑角儿中的一对宝货。所可惜的，传芳的脸蛋胖了一些，传茗的嗓子哑了一些，未免有美中不足之感。

其他名票友参加演出的，有王吉儒的《游园》，看了这大名，总以为是个酸溜溜的读书人，谁知却就是当年上海人所熟知的王洁女士；她饰杜丽娘，表演也很细腻；配以包世蓉的春香，牡丹绿叶，相得益彰。顾森柏、应蕴文等的《贩马记》，从《哭监》《写状》到《三拉》《团圆》，十分热闹，顾森柏饰赵宠，风度翩翩，谁也不会相信他已五十八岁了。苏州市当地的名票友，只有姚轩宇昆仲参加，演出了《搜山》《打车》，轩宇的程济，活生生地刻画出一位有肝有胆的忠臣来，的是老斫轮手。北京昆剧名家的演出，我最欣赏白云生的《拾画》《叫画》，一切的一切，都与振飞有虎贲中郎之似，不愧是北方之雄。侯永奎的《打虎》，虎虎有生气，使人有武松犹在人间的感想。

苏州市苏剧团学员们演出了《断桥》，上海戏曲学校学员们演出了《出猎》《回猎》和《芦花荡》，唱做都已入彀，博得一致的好评。我们要额手庆幸昆剧已有接班人了。

彩凤"振飞""凌云"直上，我借这两位昆剧大家的大名，为发扬光大的昆剧前途祝。

回首当年话昆剧

　　我是一个昆剧的爱好者，朋友中又有不少昆剧家，最最难忘的，就是擅长昆剧的袁寒云谱兄，当年他因反对他的父亲（袁世凯）称帝，避地上海，每逢赈灾救荒举行义演时，他总粉墨登场，串演一两出昆剧，使我印象最深的，就是那出《八阳》，他饰的是亡国之君建文帝，真的是声容并茂，不同凡俗。唱那句"把大地山河一担装"时，悲壮激越，至今还是深印在我的心版上，如闻其声。记得有一年嘉兴举行赈灾游艺会，请寒云兄去串演昆剧，他拉我同去，会场设在精严寺，节目很多。昆剧连演两夜，第一夜是《长生殿》的《小宴》《惊变》，第二夜是《折柳》《阳关》，都由平湖昆剧家高叔谦饰旦角，和他合演，相得益彰，博得了很好的评价。在上海时，我又屡次看到昆剧名票友们的会演，最突出的就是徐凌云、俞振飞两先生，可说是祥麟威凤，一时无敌。徐先生多才多艺，什么角儿都会一手，并且都很精工，在年青的时候，串演《连环记》中的吕布，曾有"活吕布"之称；最难得的，他还能串那《安天会》中的齐天大圣孙悟空，这一个跳跳蹦蹦活泼泼的猴子王，实在是不容易应付的。他要是串丑角儿吧，像《借茶》中的浪子张三郎，会演的人很多，可是和他一比，就有雅俗之分。俞先生是昆剧前辈俞粟庐先生的哲嗣，渊源家学，腹有诗书，又天赋一副好扮相，一条好喉咙，只要他一出场，就会使人精神一振，尽量地享受耳目之娱。他的一甩袖，一亮相，唱一句，笑一声，都有一种吸引人的魅力。他的杰作《贩马记》《连环记》《玉簪记》等，我都曾看过，风流儒雅，给予我一个不可磨灭的印象。后来他以名票友下海，与梅兰芳先生配演京剧，有时也演演昆剧，真是璧合珠联，出出都成了极优美的艺术品。

昆剧的基本队伍，当然要算浙江昆苏剧团中和担任上海戏曲学校教师的几位"传"字辈的名演员了。三十五年前，苏州的几位昆曲家创办了昆曲传习所，招收了十余名学生，都以"传"字嵌在名字里，地点在桃花坞的五亩园，这就是今天各位"传"字辈名演员的摇篮，是昆剧中兴的发祥之地。后因苏州方面财力不足，由上海企业家穆藕初先生接办下去，扩大了学额，学生多至五十余人，穆先生自己也是一位名曲家，提携后进，不遗余力，把这传习所办得很好。学生们学成之后，就组成了"新乐府"，后又改名"仙霓社"，先后在笑舞台、大世界、小世界、新世界等游艺场中演出，我是经常去作座上客的。那时"传"字辈的名演员都还年青，而艺术都很老练，为一般昆曲迷所欣赏，可是曲高和寡，终于没落了。

最近在苏州举行的昆剧观摩演出，真是数十年未有的盛举，也给昆剧奠定了一个复兴的基础。我抱着病，连夜前去观赏，乐此不疲，简直把病魔也打退了。徐先生年逾古稀，而俞先生也入了中年，而他们声容如旧，还是年青得很。"传"字辈的各位名演员，艺事精益求精，已达到了炉火纯青的境界，他们并且培养好了新生力量，中如包世蓉、张世菶、龚世葵等，就是许多"世"字辈的小艺人，现在都已脱颖而出，前途无可限量。

"云、飞"二三事

这一次昆剧观摩演出，轰动了整个苏州市，真是有万人空巷之盛。徐凌云、俞振飞二大家的妙艺，更是有口皆碑。我和他们俩都是二三十年的老朋友，连夜抱病看了他们的演出，喜心翻倒，可惜没有机会和他们畅谈一下。一天下午，徐、俞二先生忽然光临了我的小园，徐子权先生也惠然肯来，使我喜出望外，促膝谈心，获得了莫大的安慰。现在且不谈艺事，来谈谈他们的"私底下"。

徐先生今年七十一岁了，还是精神饱满，一些儿没有老态。他在抗日战争期间，曾害过好几年的糖尿病，因为调理得当，早已痊愈了。他生平的爱好是多方面的，而且样样都精，除了曲艺外，也爱好古玩，爱好花鸟虫鱼，和我的爱好略同。三十年前，他在康定路上有一座园子，名叫"双清别墅"，俗称"徐园"，备具亭台花木之胜，荷池假山，布置脱俗。我于文事劳动之暇，常去盘桓，顿觉胸襟一畅。曾有一个时期，他在园后辟地数弓，架木为台，供昆曲传习所的生徒们排戏演出。那时周传瑛、王传淞、朱传茗、张传芳诸名艺人，都还年青，并且还有一个后来转入商界的名小生顾传玠，他们合伙儿在这里演出，我曾看过不少好戏。徐先生爱护他们，如同自己的子侄，天天周旋其间，顾而乐之。现在"双清别墅"早已没有遗迹可寻，而我回首当年，依稀如昨日事。

徐先生后来住在愚园路，有一座旧式的厅堂，陈设十分古雅。他爱好山栀子，亲自到杭州山上去，掘取了大批苍老的干儿，回来养在水里，甚至还能开花。记得有一年，我到他那里去，见左右两个红木八仙桌上，陈列着好几十本老干的山栀子，用各色各样的瓷盆、瓷碗、瓷碟、瓷盘盛着，白石清泉，衬托着碧绿的叶子，使我眼界一清。

在这里，我也曾有一次遇见过主持昆剧传习所的企业家和名曲家穆藕初先生，他带着一只描金朱漆的大提篮，篮里安放着好几只很名贵的蟋蟀盆，都是乾嘉年间的古物。从盆里透出"曜、曜、曜"的鸣声来。原来徐先生爱好蟋蟀，穆先生也有同好，双方经常约同斗蟋蟀，一决雌雄。

俞先生的小生，真可说是当代第一，盖世无双。我们看了他演出《连环记》中的吕布，《玉簪记》中的潘必正，哪里会相信他已是五十五岁的中年人。他的爱人也是精于昆剧的，有时双双合演，相得益彰；可惜一个半月前她不幸因病去世，真是昆剧界的损失。

俞先生能书能画，也写得一手好文章。前天同来的省文化局吴白匋同志，偶然在我书桌旁翻到一本胜利后出版的《半月戏剧》，恰好刊有俞先生的一篇大作《穆藕初先生与昆曲》，真巧得很！我最爱他末了的一段："……盦临半山，门前修竹万竿，终朝凉爽；凭槛清歌，笛声与竹声相和答，翛然尘外，炎暑尽忘。……"限于篇幅，不能毕录；单读了这寥寥几句，就可知道他"腹有诗书气自华"，无怪艺事也会登峰造极了。

霜叶红于二月花

"远上寒山石径斜，白云深处有人家。停车坐爱枫林晚，霜叶红于二月花。"

这是唐代大诗人杜牧之的一首《山行》诗，凡是爱好枫叶的人，都能朗朗上口的。"霜叶红于二月花"，这七个字的名句，给予枫叶一个很高的评价。

枫别名灵枫、香枫，又称摄摄，据《尔雅》说："枫摄摄"，因枫叶遇风则鸣，摄摄作声之故。树身高大，自一二丈达三四丈，叶小而秀，有三角、五角、七角之分，也有状如鸡脚、鸭掌或蓑衣的。据说枫的种类很多，计五六十种。山枫的叶子是三角的，称为粗种，可以利用它的干，接以其他细种，易活易长。农历二月间，开小白花，结实作元宝形，掉在地上过冬，明春就长出一株株小枫来。我往往在园子里掘取十多株，合种在长方形的紫砂盆里或沙积石上，作枫林模样，很可爱玩。

枫叶入秋之后，渐渐地由绿色泛作黄色，一经霜打，便泛作红色，到了初冬，愈泛愈红，因此红叶就变成了枫叶的代名词。"红叶为媒"，是唐代的一段佳话，至今还传诵人口，那故事是这样的："唐僖宗时，学士于祐，晚步禁衢，于御沟得一红叶，有女子题诗其上；祐拾叶题句，置沟上流，宫人韩翠苹得之。后帝放宫女三千，出宫遣嫁；翠苹嫁祐，出红叶相示，惊为良缘前定。"这件事不知道是不是实有其事，如果是事实，可说是再巧也没有了。

古人爱好枫叶，纷纷歌颂，除杜牧之一首最著名外，宋代赵成德也有一首："黄红紫绿岩峦上，远近高低松竹间。山色未应秋后老，灵枫方为驻童颜。"它把枫叶夏绿秋黄以至入冬红紫各种色彩，全都写了出来。此外，历代诗人散句如："独叹枫香林，春时好颜色。""一坞藏深林，枫叶翻蜀锦。""遥看一树凌霜叶，好似衰颜醉里红。""只言春色能娇物，不道秋霜更媚人。""万片作霞延日丽，几株含露苦霜吟。"从这些诗句中，都可看出霜后的枫叶，真是如翻蜀锦，美艳已极。

日本种植枫树，有独到处，种类之多，胜于我国，他们的枫，春天里就红了，称为春红枫，据说一年四季，红色始终不变。有一种春天红了，入夏泛绿，到秋深再泛为红。我家有盆栽老干枫树一株，高一尺余，露根如龙爪，姿态极美，春间发叶，鲜妍如晓霞，日本人称为静涯枫，最为难得。又有一株作悬崖形的，春夏叶作绿色，而叶尖却作浅红，并且是透明的，也可爱得很。

苏州天平山，以石著，也以枫著，高义园、童子门一带，全是高大的枫树，入冬经霜之后，云蒸霞蔚，灿烂如锦绣；去年老友张晋、余彤甫二画师都去写生，画成了大幅，堪称一时瑜亮。今秋我虽常在探问"天平枫叶红了没有？"可是为了参加上海和苏州的菊展，手忙脚乱，不能抽身前去观赏一下。十一月下旬，中央文化部郑振铎同志来访，据说刚从天平山看枫归来，满山如火如荼，漂亮极了。我听了，羡慕他的眼福不浅。

南京的栖霞山，也以枫著称，每年深秋，前去看枫的人，络绎于途，因此俗有"春牛首，夏莫愁，秋栖霞"之说。这两年来我常往南京，总想念着栖霞，今秋因出席省文联代表大会之便，与程小青兄游兴勃发，都想一赏栖霞红叶，偿此宿愿，谁知一连好几天，都抽不出时间来，大呼负负；后来听费新我画师说，他已去过了，红叶都已凋谢，虚此一行。那么我们虽去不成，也不用后悔了。

从南京回得家来，却见我家爱莲堂前的那株大枫树，吃饱了霜，正在大红大紫的时期，千片万片的五角形叶子，烂烂漫漫地好像披着一件红锦衣裳，把半条廊也映照得红了。一连几天，朝朝观赏，吟味着"霜叶红于二月花"的妙处，虽没有看到天平和栖霞的红叶，也差足一餍馋眼了。

闲话《礼拜六》

　　一九五六年十一月十五日，江苏省第二届文学艺术工作者代表大会在南京开幕，这是江苏全省文艺界的群英会，这是江苏全省文艺工作者的大会师，仿佛舞台上一阵急急风，众家英雄，浩浩荡荡地一齐上台亮相，这场面是何等的伟大，何等的热闹！我虽是摇旗呐喊做跑龙套，也觉得十分兴奋，十分荣幸！

　　省委会文教部长俞铭璜同志向大会讲话，说起了我和四十年前的刊物《礼拜六》，说是当时我们所写的作品，到现在看起来，还是很有趣味的。我于受宠若惊之余，不由得对于久已忘怀了的《礼拜六》，也引起了好感。不错，我是编辑过《礼拜六》的，并经常创作小说和散文，也经常翻译西方名家的短篇小说，在《礼拜六》上发表的。所以我年青时和《礼拜六》有血肉不可分开的关系，是个十十足足、不折不扣的"礼拜六"派。

　　《礼拜六》是个周刊，由我和老友王钝根分任编辑，规定每周六出版；因为美国有一本周刊，叫作《礼拜六》晚邮报，还是创刊于富兰克林之手，历史最长，销数最广，是欧美读者最喜爱的读物。所以我们的周刊，也就定名为《礼拜六》。民初刊物不多，《礼拜六》曾经风行一时，每逢星期六清早，发行《礼拜六》

的中华图书馆门前，就有许多读者在等候着；门一开，就争先恐后地涌进去购买。这情况倒像清早争买大饼油条一样。

《礼拜六》前后一共出了二百期，有不少老一辈的作家，都是《礼拜六》的投稿人。前几天我就接到中等教育部叶圣陶副部长的信，问我有没有《礼拜六》收藏着。他当年曾用"叶匋"和"允倩"两个笔名给《礼拜六》写过许多小说和散文，要我替他检出来，让他抄存一份，作为纪念。又如名剧作家曹禺同志去夏来苏州访问我，也问起我有没有全份《礼拜六》，大概他也曾投过稿的。可惜我经过了抗日战争，连一本也没有了。这两位名作家，对《礼拜六》忽发"思古之幽情"，作为一个"礼拜六"派的我，倒是"与有荣焉"的。

至于《礼拜六》的评价，可以引用陈毅副总理前二年对我说的话："这是时代的关系，并不是技术问题。"

现在让我来说说当年《礼拜六》的内容，前后二百期中所刊登的创作小说和杂文等等，大抵是暴露社会的黑暗，军阀的横暴，家庭的专制，婚姻的不自由等等，不一定都是些鸳鸯蝴蝶派的才子佳人小说，并且我还翻译过许多西方名家的短篇小说，例如法国大作家巴比斯等的作品，都是很有价值的。其中一部分曾经收入我的《欧美名家短篇小说丛刻》，意外地获得了鲁迅先生的赞许。总之，《礼拜六》虽不曾高谈革命，但也并没有把诲淫诲盗的作品来毒害读者。

至于鸳鸯蝴蝶派和写作四六句的骈俪文章的，那是以《玉梨魂》出名的徐枕亚一派，"礼拜六"派倒是写不来的。当然，在二百期《礼拜六》中，未始捉不出几对鸳鸯几只蝴蝶来，但还不至于满天乱飞，遍地皆是吧？

当年的《礼拜六》作者包括我在内，有一个莫大的弱点，就是对于旧社会各方面的黑暗，只知暴露，而不知斗争，只有叫喊，而没有行动，譬如一个医生，只会开脉案，而不会开药方一样，所以在文艺领域中，就得不到较高的评价了。

秋菊有佳色

"秋菊有佳色，挹露掇其英"，这是晋代高士陶渊明诗中的名句，与"采菊东篱下，悠然见南山"两句，同为千古所传诵。陶渊明爱菊，也爱酒，常常对菊饮酒，悠闲自得。有一年重阳佳节，他恰好没有酒，坐在宅边菊花丛里，采了一把菊花赏玩着，忽见白衣人到，原来是江州刺史王弘送酒来了，于是一面赏菊，一面浅斟低酌起来。后人因渊明偏爱菊花之故，就在十二月花神中，尊渊明为九月菊花之神。凡有人特别爱菊的，就称为"渊明癖"。

我国之有菊花，历史最为悠久，算来已有二三千年了。《礼记·月令》曾有"季秋之月，菊有黄华"之句，大概那时只有黄菊一种，不像现在这样五光十色，应有尽有。到了战国时代，爱国诗人屈原的《楚辞》中，曾有"夕餐秋菊之落英"的名句。为了这一句，后人聚讼纷纭，以为菊花只会干，不会落，怎么说是落英？其实屈大夫并没有错，落，始也，落英就是说初开的花，色、香、味都好，确实可吃。

一般人都以为重阳可以赏菊，古人诗文中，也常有重阳赏菊的记载。其实据我的经验，每年逢到重阳节，往往无菊可赏，总要延迟到十月。宋代诗人苏东坡也曾经说，岭南气候不常，我以为菊花开时即重阳，因此在海南种菊九畹，不料到了仲冬方才开放，于是只得挨到十一月十五日，方置酒宴客，补作"重九会"。

明太祖朱元璋，曾有一首《菊花》诗："百花发，我不发。我若发，都骇煞。要与西风战一场，遍身穿就黄金甲。"就咏菊来说，那倒把菊花坚强的斗争精神，全都表达了出来。

明代名儒陆平泉初入史馆时，因事和同馆诸人去见宰相严嵩，大家争先恐后，挤上前去献媚，陆却退让在后面，不屑和他们争竞，那时恰见庭中陈列着许多盆菊，就冷冷地说道："诸君且从容一些，不要挤坏了陶渊明！"语中有刺，十分隽妙，大家听了，都面有愧色。

宋高宗时，宫廷中有一位善歌善舞的菊夫人，号"菊部头"，后来不知怎的，称病告归。太监陈源将厚礼聘请了去，把她留在西湖的别墅里，以供耳目之娱。有一天宫廷有歌舞，表演不称帝旨；提举官开礼启奏道："这个非菊部头不可。"于是重新把菊夫人召了进去，从此不出。陈源伤感之余，几乎病倒；有人作了曲献给他，名《菊花新》，陈大喜，将田宅金帛相报。后来陈每听此曲，总是感动得落泪，不久就死了。"菊部头"三字，现在往往用作京剧名艺人的代名词。

菊花中香气最可爱的，要算梨香菊，要是把手掌覆在花朵上嗅一嗅，就可闻到一种甜香，活像是天津的雅梨。据说最初发现时，还在清代同光年间，不知由哪一个大官，进贡于西太后，太后大为爱赏，后来赏了一本给南通张謇，张家的园丁偷偷地分种出卖，就流传出去，几乎到处都有了。花作白色，品种并不高贵，所可爱的，就是那一股雅梨般的甜香罢了。

在菊花时节，我怀念一位北京种菊的专家刘契园先生，他正在孜孜不倦地保存旧种，培养新种，获得了莫大的成就。近年来他又采用了短日照培植法，使菊花提前一个月到两个月开放，人家的菊花正在含蕊，而他的园地上已有一部分盆菊早就怒放了。

我与刘先生虽未识面，却是神交已久。去年他托苏州老诗人张松身前辈向我征诗，我胡诌了七绝两首寄去，有"松菊为朋心似月，悬知彭泽是前身""黄金万镒何须计，菊有黄花便不贫"等句。刘先生得诗之后，很为高兴，回信说倘有机会，要把他的菊种相报。我对于他老人家的种种名菊，早就心向往之了，只是从未见过，真是时切相思，如今听说要将菊种见赐，怎么不大喜过望呢？可是地北天南，寄递不便，只好望眼欲穿地期待着。今夏苏州公园的花工濮根福同志，恰好到首都去出席全国先进生产者代表大会，我就写了封信托他带去，向刘先生道候，并婉转地说我老是在想望他的"老圃秋容"。

大会结束后，濮同志回到苏州来了，说曾见过了刘老先生，并带来了菊种六十个，共三十种，分作两份，一份赠与苏州市园林管理处，一份是赠与我的。我拜领之下，欣喜已极，就托濮同志代为培植。刘先生还开了一个名单给我，有"碧蕊玲珑""金凤含珠""霜里婵娟""杏花春雨""天孙织锦""银河长泻""霓裳仙舞""武陵春色""紫龙卧雪"，等等，都是富有诗意的名称，我一个个吟味着，又瞧着那六十个绿油油的脚芽，恨不得立刻看它们开出五色缤纷的好花来。经了濮同志几个月的辛苦培养，六十个芽全都发了叶，含了蕊，到现在已完全开放，五光十色，应有尽有，真是丰富多彩，使小园中生色不少。我为了急于参加上海中山公园的菊展，就先取一本半开的黄菊，翻种在一只古铜的三元鼎里，加上一块英石，姿态入画，大书特书道："北京来的客"。

刘先生不但是个艺菊专家，也是一位诗人，虽已年逾古稀，却老而弥健，一面艺菊，一面赋诗，曾先后寄了两张诗笺给我，不论一诗一词，都以菊为题材，他那契园中的室名斋名，如"寒荣室""守澹斋""晚香簃""延龄馆""寄傲轩"等，全都离不了菊，也足见他对于菊花的热爱。

刘先生艺菊，并不墨守陈规，专重老种，每年还用人工传粉杂交，因此新奇的品种，层出不穷，真是富于创造性的。他除了采用短日照培植法催使菊花早开外，还想利用原子能，曾赋诗言志云："原子云何可示踪？内含同位素相冲。叶中放射添营养，根外追肥易吸溶。利用驱虫如喷药，预期增产慰劳农。我思推进秋华上，一样更新喜改容。"我预祝他老人家成功。

菊　展

　　在解放以前和解放以后，我参观与参加菊展，已不知多少次了，而规模之大，布置之美，菊花品种之多，要推这三年来上海的菊展独占鳌头，一时无敌。每年菊展开幕时，我总得专程到上海来参观一下。我所最最欣赏，不能忘怀的，却是一九五五年菊展中那只用白菊花搭成的和平鸽和那幅第一个五年计划的建设大地图，也全用白菊花精制而成，富有教育意义。至于名菊廊中的许多名菊，以及图案般的许多大立菊，如火如荼，如锦如绣，更使我好像《红楼梦》中刘姥姥初进大观园，直看得眼花缭乱口难言了。

　　说起菊展，还只有近百年的历史，从前却让富绅巨贾和士大夫之流，在家园里置酒赏菊，只供少数人享受。明代张岱作《陶庵梦忆》，记《菊海》云："兖州张氏期余看菊，去城五里；余至其园，尽其所为园者而折旋之，又尽其所不尽为园者而周旋之，绝不见一菊，异之。移时，主人导至一苍莽空地，有苇厂三间，肃余入，遍观之，不敢以菊言，真菊海也。厂三面，砌坛三层，以菊之高下高下之。花大如瓷瓯，无不球，无不甲，无不金银荷花瓣，色鲜艳异凡本，而翠叶层层，无一叶早脱者。此是天道，是土力，是人工，缺一不可焉。兖州缙绅家，风气袭王府，赏菊之日，其桌、其炕、其灯、其炉、其盘、其盒、其盆盎、其馔器、其抔盘大觥、其壶、其帏、其褥、其酒、其面食、其衣服，花样无不菊者，夜烧烛照之，蒸蒸烘染，较日色更浮出数层。席散，撤苇帘以受繁露。"这种单供少数人享受的菊展，却如此奢侈，是不足为训的。

清代王韬是太平天国时代的一位才子，曾在他所作的《瀛壖杂志》中记当时上海城隍庙里的菊花会。他说，菊花会多在九月中旬，近来设在萃秀堂门外，绕过了湖石，到东北角上，境地开朗，远远地就瞧见菊影婆娑，全呈眼底。沿着回阑前去，便见无数的菊花，高低疏密，罗列堂前，真的是争奇斗胜，尽态极妍。所有的花，先经识者品评，分作甲等、乙等，并划为三类，一是新巧，二是高贵，三是珍异；只因名目繁多，记不胜记。这样的菊展，总算初具规模，并且是供群众欣赏，与众同乐的了。

亡友王一之兄，生前曾客荷兰，说起荷兰人善于莳花，一九四六年秋，曾在莱汀市会堂举行菊展，会期七日，观众一万多人。他们的大种、小种菊花，多数是从我国移去的。清乾隆十五年，有一位远游亚洲的荷兰植物学家贞干，将小种的菊花带了回去，花作黄色，大概是满天星之类。清道光二十八年，英国人福均又把我国的大种菊花带去，后由法国传入荷兰；清光绪六年，荷兰人就举行了第一次的菊展。在百余年前，欧洲所有中国的菊花，不过四五十种，后来用了嫁接的方法，巧夺天工，新品种便日多一日，变成多种多样；可是所用的名称俗不可耐，往往将王后、王子、公主和达官贵人的名字移用在花上，不像我国的菊花名称，是富有诗意的。

日本的菊种本来大半也由我国传入，因为他们的园艺家善于培养，精于研究，新种之多，几乎超过我国。往年他们有许多研究种菊的集团，如秋英会、重九会、长生会等都是颇颇有名的。每年秋季，在日比谷公园中举行菊展。他们的菊花，分大型、中型、小型三种，名称也由自题，并无根据，花瓣阔大的，称之为"荷"；花瓣围簇而成球形的，称之为"厚物"；管瓣而作旋形的，称之为"抱"。花瓣分作管瓣、平瓣、匙瓣三种；每一盆菊花，至少为三枝，成三角形，三朵花头，也高低相等，三枝以上的，便作五角形或六角形，从没有独本的。批评的标准，分颜色、光泽、花体、花形、瓣质、品格、才、力、花梗、叶和未来等，共十一点，十分细致。凡入选的，奖以金杯、银杯和奖状等，得奖的引为殊荣。

一九五六年秋的上海菊展，注重菊花的品种，提高观众的欣赏力。园林管理处领导并且谬采虚声，特邀我参加，指定要有诗意的盆景，我不能藏拙，只得勉为其难，制就了"陶渊明松菊犹存"等十余点滥竽充数，至于有没有诗意，那要请观众们不吝指教了。

我爱菊花

我是一个花迷，对于万紫千红，几乎无所不爱，而尤其热爱的，春天是紫罗兰，夏天是莲，秋天是菊，冬天是梅。我在解放以前，眼见得国事日非，国将不国，自知回天无力，万念俱灰；因此隐居苏州，想学做陶渊明，渊明爱菊，我就大种菊花，简直是像渊明高隐栗里，作黄花主人。菊花最多的一年，达一千二百余盆，共一百四十余种，扬州的名种如"虎须""巧色""柳线""飞轮""翡翠林""枫叶芦花"，常熟的名种"小狮黄"等，全都搜罗了来，小园秋色，真说得上是丰富多采的。解放以后，我忙于社会活动，便种得少了。我想陶渊明如果生于今天，瞧到祖国的欣欣向荣，也该走出栗里，不再作隐士了吧。

我爱菊花，不但爱它的五光十色，多种多样，更爱它那种坚强不屈的精神，象征我国的民族性，它和寒霜作斗争，和西风作斗争，还是倔强如故；即使花残了，枝条仍然挺拔，脚芽仍然苗生。古诗人的名句"菊残犹有傲霜枝"，就给予它很高的赞颂。

我爱菊花，爱它那种自然的姿态，所以我所种的菊花，不喜欢把花枝全都扎得齐齐整整，除了一二枝必须挺直的以外，其他枝条，就让它欹斜起伏，然后翻种在瓷盆或紫砂盆里，配上一块拳石或一根石笋，作案头清供，看上去就好像一幅活色生香的菊石图。

　　像这样的菊花盆供，不但白天可以欣赏，到了夜晚上灯之后，还可在灯光下欣赏墙上的菊影，黑白分明，自然入画。明代文学家冒辟疆的《影梅庵忆语》中，也曾有与董小宛一同欣赏菊影的叙述。他说："秋来犹耽晚菊，即去秋病中，客贻我剪桃红，花繁而厚，叶碧如染，浓条婀娜，枝枝具云罨风斜之态。姬扶病三月，犹半梳洗，见之甚爱，遂留榻右。每晚高烧翠蜡，以白团回六曲，围三面，设小座于花间，位置菊影，极其参横妙丽，始以身入，人在菊中，菊与人俱在影中，回视屏上，顾余曰：'菊之意态尽矣，其如人瘦何！'至今思之，淡秀如画。"赏菊而兼赏菊影，这才算得是菊花的知己。

　　在一般菊展中，有名菊廊和品种廊，每一盆菊花都是独本，一般人称之为"标本菊"，就是菊花的标本，因为一本只有一花，所以花朵特大，花瓣花须，花蒂花心，都看得清清楚楚，可供园艺家研究，也可供画家写生，这是未可厚非的。可是我们做盆景的，却以三枝或五枝为合适，花朵不必太大，也不必一样大小，一样高低，让它参差一些，才显得出自然的姿态。要做菊花的盆景，还有一个必要条件，就是要选择矮种，叶子也不可太大，种在盆子里，才可入画；如果是高枝大叶，再加上碗口般大的花朵，那就不配做盆景了。

日本来的客

这几年来，有些日本人民，常不远千里而来，纷纷地到我国来访问。就是我这僻在苏州东南角里的一片小小园地，也扫清了三径，先后接待了三批日本来的客。

第一批是以《原子弹爆炸图》荣获世界和平奖金的丸木位里、赤松俊子夫妇；第二批是因雪舟四百五十年纪念应邀而来的山口遵春、山口春子夫妇，桥本明治、桥本璋子夫妇；第三批是日本岩波书店写真文库编辑部主任名取洋之助。这三批日本来的客，都是艺术家，难得他们先后贲临，真使我蓬荜生辉不少。

我和名取洋之助先生在一起，虽只一小时左右的时光，却在我心版上留下了一个挺好的印象。他是一位三十岁上下的青年，身体很茁壮，这一天天气较冷，还刮着风，而他身上的衣服却穿得不多，头上不戴帽，露着一头卷发，并不太黑；架着一副金丝边眼镜，分明也像我一样的近视。他的脖子里，吊着一个摄影机，正面有"NIKON"字样，很为动目，这大概是日本摄影机中的新出品吧？

菊花的时节虽已过去了，而我家的菊展却还在持续下去。说也奇怪，今年我的菊花寿命似乎特别的延长，爱莲堂的几张桌上几上和地上，还陈列着好几十盆菊花，绿色的、白色的、黄色的、紫色的、红色的、妃白色的，大型的、小型的，什么都

有，每一盆都是三朵五朵以至十余朵，有的配着小竹，有的伴以
拳石，姿态都取自然，尽力求其入画。右壁的长方几上，有一盆
悬崖形的绿菊叫做"秋江"的，名取先生最为欣赏，端详了一会
儿，就把他胸前的摄影机擎了起来，格勒一声，收入了镜头。我
们那只年高德劭的大绿毛龟，虽已经过几千百人的欣赏，却从没
有摄过影，这一次也居然上了名取先生的镜头，龟而有知，也该
引以为幸吧？

我因一向知道日本园艺家精于盆栽，年年都有不少精品，因
问起近来情形如何，据名取先生回说，他们在国内搞盆栽的还是
不少，希望我有机会前去看看。我表示将来一定要争取一个机
会，前去向他们园艺家学习；又问起《盆栽月刊》是否仍在继续
出版。在十余年以前，我曾订阅过三年，月刊中并且也有二次登
过我的盆栽摄影好几帧。名取先生回说《盆栽》仍在出版，等回
国后寄几本来给我看。我们彼此说了不少关于盆栽方面的话，译
员叶同志从中传达，很为努力，这是可感的。

名取先生一路从走廊中走去，摄取了我一满架的小型盆栽，
到了我的书室紫罗兰盦里，又把两个桌子上的许多石供、盆供，
全都收入了镜头。后来入到园中，又把地上的那株二百年的老榆
盆栽和盆景"听松图"、四株老柏"清奇古怪"等，都摄了影。
末了我正在回过半身，招待他回到爱莲堂里去休息时，冷不防一
声格勒，我也被收到镜头里去了。这天因为他还要赶往上海去参
加日本商品展览会的工作，就匆匆别去，而他那格勒格勒摄影机
的声音，似乎常在我的耳边作响。我在苏沪两住所见到的摄影专
家很多，而像他那么眼快手快的，却是从来没有见过。他拨弄着
那个摄影机，仿佛是宜僚弄丸，熟极而流。

　　丸木位里和赤松俊子夫妇，更给予我一个十分深刻的印象，至今还是怀念着。彼此相见握手之后，赤松先生先就送给我一个日本母亲大会的纪念章，白铜绿地，上面是母亲抱着孩子的图案，很为精美。母亲大会是一个和平机构，代表全日本的母亲为孩子们呼吁世界和平的。她在我的《嘉宾题名录》上签了名，又画了一个赤裸的小孩子躺在烟雾里，并题上了字句，原来她画的就是广岛牺牲在美国原子弹下的无辜赤子，意义是很深长的。丸木先生给我画了一枝梅花，作悬崖形，笔触简老得很。我一生爱好和平，系之梦寐，这两位和平使者的光临，似乎带来了一片光风霁月，使我兴奋极了。

　　山口遵春和桥山明治两先生，是日本第一流的画家，这一次是为了大画家雪舟四百五十年纪念，应邀来我国访问的。山口夫人春子长身玉立，作西洋装；而桥本夫人璋子却穿的是和服，我们已好久没有见过了。在我三个小女儿的眼中，觉得新奇得很！山口先生在我的题名录上写错了一个苏州的"苏"字，夫人立刻指了出来，请他改正。他们对于我的盆栽盆景，都看得很细致，他们也许是老于此道的，使我有"自惭形秽"之感！在园子里，他们看到了那被台风刮坏了一角的半廊，又对旁边的一株老槐树看了一眼，便微笑着说："这个倒很有画意！"我有些窘，怀疑这句话里是含有讽刺性的；但据伴同前来的谢孝思同志说："这倒不一定，他们也许是别具只眼，欣赏这残缺之美的。"我听了，心中虽作阿Q式的自慰，过了几天，即忙把这半廊修好了。

送　灶

　　江南各地旧俗，对于厨房里的所谓"灶神"，很为尊重，总要在灶头上砌一个长方形的小小神龛，将一尊用红纸描金画出来的"灶神"供奉在内，上加横额，写就"东厨司命"四字，这仪式定在大除夕举行，燃香点烛，斋以百叶、粉皮、油豆腐与香菌、扁尖、木耳等素食品，再配上橘子、乌菱、糖年糕等果饵；末了焚化一付纸做的所谓"圆段"，于是合家男女老小，叩头礼拜，称为"接灶"。

　　供奉了一年，到农历十二月二十四日晚上，就要举行"送灶"仪式，一样的点了香烛，斋了素食品和果饵；另外，又要用糯米粉裹了豆沙馅做成团子，名叫"谢灶团"，以四个作供，而最重要的，是供上用麦芽糖做成的一个糖元宝，昔人称为"胶牙饧"。怎么叫做"胶牙"呢？据说这夜灶神上天去朝见玉皇大帝，要把这一家一年来做错了的事情，告诉玉帝，当然对于这一家是大为不利的。因此异想天开，把这两种富有黏性的糯米团和糖元宝给灶神吃，胶住他的牙齿，使他开口不得，就可把做错了的事情瞒过去了。这风俗，在宋代就有了，范成大《吴郡志》中有云："二十四日祀灶，用胶牙饧，谓胶其口，使不得言。"《吴县志》也说：二十四日祀灶，名送灶，用糯米粉团和糖饼，说是灶神这一天上天时，要讲人家的过失，所以用这两件东西来粘住他的嘴。这不但是苏俗如此，杭州也有此俗。吴曼云《江乡节物词》云："春饧着色烂如霞，清供还斟玉乳茶。不用黄羊重媚灶，知君一楪已胶牙。"又朱竹垞《醉司命》词有云："炼香以烧，翦纸而焚。饧糕粉荔，杂沓上陈。"足见送灶用胶牙饧，是不止苏州一处；朱竹垞是嘉兴人，或许鸳鸯湖畔也有此俗吧？怎么叫做"醉司命"呢？据说从前是不用饧来胶灶神的牙的，而用酒糟来涂抹灶门，称为"醉司命"，用意也与胶牙饧一样，就是用酒糟来醉倒了灶神，使他上了天，无从向玉帝搬弄是非，曾有一位诗人二十四日在万安舟中赋诗云："十八滩头一叶身，人言司命醉今辰。扪心一一从头数，无过无功可告神。"这种风俗说来虽很可笑，倒也很为有趣。

送灶仪式结束时，全家礼拜恭送，然后将纸做的灶神捧在一顶纸轿里，到门外去焚化，把烬余的残纸送还神龛中，美其名曰"接元宝"。同时把先就准备了的青豆或黄豆，和好几根剪成寸许长的稻草，撒在屋顶上，叫做"马料豆"，原来是给灶神的马吃的。

清代诗人郭频伽，曾作《送灶词》，很有风趣，诗云："白米出磨如玉尘，饾饤作饼甘入唇。青竹灯檠缚舆轿，红笺剪碎糊车轮。愿侯上天莫逡巡，祝侯之来福我民。勃谿诟谇侯不闻，男呻女吟侯不嗔。常时突烟有断绝，有时膈脯烧湿薪。侯居我家亦云久，亮如鲍叔知我贫。上天高高帝所远，虮虱小臣纵疏懒。平生所事不欺人，何况我侯皆在眼。今朝再拜前致词，富且不求余可缓。有酒在瓶肴在盆，故事聊以糟涂门。安知司命不一醉，我已独酌余空樽。千家送神爆竹齐，小儿索饭门东啼。"这是一首绝妙的讽刺诗，灶神如果解事，也将忍俊不禁。一结更是仁人之言，音在弦外，意味深长。

歌颂诗人白乐天

我们现在作诗、作文、作小说，总要求其通俗，总要为工农兵服务，这才算得上是人民文学；如果艰深晦涩，那就像天书一样，还有什么人要读呢？唐代大诗人白乐天，虽生在一千多年以前，倒是一位深解此意的先进人物。据说他老人家每作一诗，先要请一个老婆婆解释一下，问她："懂得么？"她回说："懂得的。"就把这首诗录下来，如果不懂，他就将诗句换过。所以古今人每谈到白乐天的诗，总说是老妪都解。白氏《与元微之书》有云："……自长安抵江西，三四千里，凡乡校、佛寺、逆旅、行舟之中，往往有题仆诗者；士庶、僧徒、孀妇、处女之口，每有咏仆诗者。"这也足见他对于自己诗句的明白通俗，接近群众，不由得要自鸣得意了。当然，他的诗也有并不通俗的，不过并不太多。

白名居易，乐天其字，太原人，生于唐代大历七年，元和二年进士，迁左拾遗，后因获咎贬江州司马，那首有名的长诗《琵琶行》，就是在这时候作的。元和十五年召还，历官至刑部尚书；而最为我们所熟知的，就是他先任杭州太守，后又任苏州太守；苏杭向有天堂之称，他倒像做了天堂的看守人。我们现在每游西湖，游山塘，总得到白堤上去蹓跶一下，欣赏堤上的红桃绿柳，大家都会感念他老人家的遗爱；原来苏杭的两条白堤，都是他在任时造起来的。到了晚年，以诗酒自娱，因号醉吟先生；又因居住香山，自称香山居士。他以会昌六年去世，享年七十有五。乐天真是一个乐天派，所以有人说他生平作诗二千八百余首，多数是快乐的诗，关于饮酒的就有九百首之多。至于那首唱遍旗亭的《长恨歌》，还是成于高中进士之前，时年三十五岁，正是精力充沛的时候。

一九五七年春，为了纪念他老人家诞生一千一百八十六年，南北各地诗人们纷纷集会赋诗，给他祝寿。三月四日，苏州市方面由老诗人杨孟龙先生招邀诗友，在拙政园宴集，虽然天不作美，风雨交作，仍有十四人出席，最有趣的，是姓氏无一相同，而把年龄统计起来，竟得一千零十四岁。席上诗人们逸兴遄飞，赋诗饮酒，女诗人汤国梨先生首唱，赋五律一首；我虽不是诗人，也胡诌了七绝四首：

"凄绝《新丰折臂翁》，痏瘢在抱几人同。香山佳什都能解，老妪居然字字通。"（《新丰折臂翁》系《长庆集》中新乐府二十首之一，为反战而作。）

"千有余年弹指过，弥纶四海诵遗篇。那知乌拉山边客，也拜诗人白乐天。"（苏联有白诗译本，传诵一时。）

"甘棠遗爱至今留，堤上垂杨蘸碧流。装点湖山凭好句，使君应谥白苏州。"（《长庆集》中有《吴中好风景》《苏州柳》等多首，均为歌颂苏州而作。）

"联翩裙屐集名园，诗圣前头寿一樽。风雨萧骚浑不管，梅花香里各销魂。"（远香堂上方举行梅花展览会，予亦有"鹤舞""凤翔""梅月图"等十余点参加展出，颇为诸诗人所赏。）

白乐天任苏州太守，虽只短短的一年，而政绩却很不差，公正廉明，爱民如子，因此他去任时，人民都依依不舍，涕泣送行。当时刘禹锡赠诗，曾有"苏州十万户，尽作婴儿啼"之句；而他自己的诗中，也有"何乃老与幼，泣别尽沾衣""一时临水拜，十里随舟行"等句，足见他确是一位靠拢人民而为人民所爱戴的好官了。

上甘岭下战士强

抗美援朝战争，早已胜利了，而当年我们志愿军那种惊天地、泣鬼神的战绩，记忆犹新；尤其是上甘岭一役，给予我们一个永远不可磨灭的印象。当上甘岭坑道战最炽烈的时候，我天天百脉偾张地看着报纸上登载的前线消息，点点滴滴，全都不肯放过，看过之后，还要详细地讲给家里人听，对于敌人那种疯狂、惨酷的进攻，没一个不切齿痛恨。那时我那最小的女儿"小白兔"还只四岁，也在她的小心窝里烧起了怒火，向她的母亲说道："美国赤佬坏得很，我要去打他们；妈，你不要跟！"这三句话，妙在第三句，我至今还记得，在朋友们跟前，总是津津乐道的。

在上甘岭战役中，不知涌现了多多少少的战斗英雄，替我们六亿人民保家卫国，献出了宝贵的生命；然而他们的血不是白流的，终于获得了最大的胜利，给敌人敲响了丧钟，不得不觍颜求和了。在那无数的战斗英雄中，我曾写了三首语体诗，歌颂黄继光烈士，歌颂陈治国烈士，歌颂邱少云烈士，每一首的结句是这样的："好一位舍身报国的英雄啊！您的荣誉无穷，您的生命无穷；您永远活在我们千千万万人的心中！"记得在某一次苏州市人民代表大会上，我曾把这三首诗朗诵了一下，全场三百多位代表，也都激昂慷慨起来。

不但是那许多烈士们壮烈牺牲的英雄事迹，使我们感激涕零，就是当时战地上零零碎碎的小故事，也表现了英雄们高度的道德品质，使人深深地感动。例如，一只苹果的故事，就足以教训一般只知有己不知有人的自私自利的人们；记得那时我也写了一首语体诗，作为我的座右铭：

上甘岭下坑道长，

上甘岭下战士强。

志愿军某部第八连奉命来御敌，

坑道战打得有力量。

一连坚守十多日，

无奈是人多少食粮。

有水有粮先让伤员们吃，

每个人都有一副好心肠。

第七连的一位运输员，

冒着炮火把食粮弹药送前方。

他带有一个解渴的苹果舍不得吃，

要送给坑道里的战士们尝一尝。

进坑道，见连长，献上了苹果喜洋洋。

连长想起了步行机员舍不得吃，

他为了辛苦喊话应该尝一尝。

步行机员想起了战士们舍不得吃，

他们为了辛苦战斗应该尝一尝。

战士们想起了伤员们舍不得吃，

他们为了战斗负伤应该尝一尝。

伤员们想起了连长舍不得吃，

他为了辛苦指挥应该尝一尝。

一只苹果在人人手上绕圈子，

递去递来没主张。

末了还是连长出主意，

说大家辛苦大家尝。

一口口的各自啃一些，

觉得格外鲜甜格外香。

大家的脸上嘴上挂着笑，

坑道里全是一片祥和日月光。

上甘岭现已摄成电影上映了，那些生龙活虎的英雄们，给我们上大课来了，看了这一场电影，真的是胜读万卷书；我们大家打起精神，一同上大课去！

不断连环宝带桥

苏州原是水城，向有"东方威尼斯"之称，所以城内外的桥梁，也特别的多，唐代大诗人白居易任苏州刺史时所作一诗中，曾有"绿浪东西南北水，红阑三百九十桥"之句，可以为证。我于那许多桥梁中印象最最深刻的，要算是葑门外的那条宝带桥。桥身很长，共有环洞五十三个，记得我幼时曾一个个数过，数第一遍时似乎多了一个，数第二遍时，却又似乎少了一个，总是不能数得准确。

宝带桥坐落在葑门外东南方，距城十五里左右，正当运河的西面，瞧它横亘在澹台湖和运河的中间，有如一道长虹。查考它起建的年代，还是在唐代元和年间，足足有一千一百多年了。运河本是汉武帝时开的，它的头和尾亘震泽东墙一百多里，风浪冲激，船只通行不利，因此唐代刺史王仲舒筑了一个塘，就在河的西岸，现在成了东南的要道。然而河的支流，断堤而入吴淞江，再入于海，这堤还是不够缓和风浪，因此就造起一条长桥来，王刺史卖掉了他平日所束的宝带，充作造桥的工料费，宝带桥的名称，就是这样得来的。

在反动统治期间，桥身残破，从未修葺，勉支残局；抗日战争时，又被日机轰炸，遍体创痍，五十三个环洞，也已面目全非。可怜这一条虹卧五湖的宝带桥，好像一个害着五痨七伤的病人，只是躺在那里苟延残喘罢了。直到最近，救星来了，不但医好了重病，并且返老还童似的年青起来。原来一九五六年四月间，市建设局先做好了勘测检查的工作，五月里就开始修理，由上海同济大学道路桥梁系教授们指导一切，做到了又好又省的地步。所用金山石，由二十几位熟练的石工，加工细做，力求美观，于是宝带桥顿时起死回生，面目一新了。桃花水涨时，你如果以一叶扁舟，在五十三环洞中穿来穿去，这是多么够味啊！最近法国电影演员《勇士的奇遇》主角菲利浦和他的夫人来苏游览，见了宝带桥，也大为欣赏，因为这条砖桥有这么长，有这么多的环洞，是他们从来没有见过的。

古人诗词中，对于宝带桥都有赞美的话，如明代诗人王宠句云："春水桃花色，星桥宝带名。鲸吞三岛动，虹卧五湖平。"袁袠句云："分野表三吴，星桥控五湖。天河乌鹊起，灵渚彩虹孤。"清代薛氏女《苏台竹枝词》云："翡翠双飞不待呼，鸳鸯并宿几曾孤。生憎宝带桥头水，半入吴江半太湖。"我也为了爱宝带桥的美，想把它写得美一些，因仿元人所作《西湖竹枝词》体，作了四首《宝带桥竹枝词》："鸳衾独拥春宵冷，昨夜郎归喜不禁。宝带桥边郎且住，欲求宝带束郎心。""春水斟门泊画桡，月圆花好度春宵。郎情妾意谁堪比，不断连环宝带桥。""宝带桥边柳似金，兰桡欸乃出桥阴。卧波五十三环洞，那及侬家宛转心。""卧波五十三环洞，烟雨迷离数不清。恰似郎心难捉摸，情深情浅未分明。"朋友们，让我们来为这新宝带桥欢呼歌唱吧。

七罂八盖

我六岁丧父，出身于贫寒之家，自幼儿就知道金钱来处不易，立身处世，应该保持勤俭朴素的作风；滥吃滥用，那是败家子的行为，将来不会有好结果的。

记得十六岁的时候，我正在上海民立中学做苦学生，免费求学。平日见我那位青年守寡的母亲，仗着针线所入，抚养我们兄弟三人和一个妹妹，夜以继日地劳动着，实在太辛苦了，想怎样帮助她一下。因此，趁着暑假期间，根据一本从城隍庙旧书摊上头来的《浙江潮》杂志中一节法国恋爱故事，编了一个五幕的剧本，定名"爱之花"，用了"泣红"的笔名，寄给商务印书馆，侥幸地竟被采用，刊登于《小说月报》创刊号中，分四期刊完，得银圆十六枚，真使我喜出望外，连忙交与母亲。母亲见我在求学时期，居然会挣起钱来，当然也高兴得很；但她舍不得用，除把三块钱买了一石米外，就把其余十三块钱托人存到钱庄里去。

她对我说："你这钱是把心血换来的，我怎么舍得用；何况我们向来仗着我的针线换饭吃，从来没有多余的钱，现在可以把这笔意外的财香积储起来了。要知不论是什么人，都应该把多余的钱积储一些；譬如有七只罂，总须有八只盖，才觉得绰绰有余，如果只有六只盖，那么盖来盖去，总是不够，那就不好办了！"

　　母亲的这个教训，深深地记住在我的心坎上，老是不能忘怀。所以我一辈子就记着这"七凑八盖主义"。卖文所入，除了应付日常生活费用外，总得储蓄一些，以备不时之需。我储蓄了二十年，相等于四个五年计划，才买下了苏州四亩地的园居，在抗日战争以前，从上海奉母迁苏，让她老人家享了七年的清福。这笔零存整取的钱用掉以后，又急起直追，省吃俭用地挤出钱来，重新从事储蓄。这二十余年来，我就依靠这一支"常备军"，在生活战线上作战，母、妻和一子先后去世，我把储蓄的钱给她们作丧葬费用；二子四女先后结婚，我也把储蓄的钱多多少少给他们作嫁娶费用。按月收入不敷所出时，我也就把储蓄的钱，贴补生活费用，总可应付过去。这就可见我所信奉的"七凑八盖主义"真是无往不利的。

　　在解放以前，银行未必可靠，币值又动荡不定，我于储蓄上虽得到不少帮助，但也不无损失。解放以来，人民银行安如泰山，物价稳定，更加强了我储蓄的信心，不但是利在个人，利在一家，并且有助于国家社会主义建设，又何乐而不为呢？

　　朋友们，你们不见蜜蜂吗？采得百花成蜜后，也要积储起来，我们俨然是万物之灵，难道可以不如那小小的蜜蜂吗？朋友们，快快合理地安排好家庭生活，把精打细算所得，快快去参加储蓄吧！

　　储蓄储蓄，先要节约，七凑八盖，大可信服，积少成多，自然富足，有备无患，何等安乐！有利于己，有功于国。

盆栽盆景一席谈

这些年来，不知以何因缘，我家的花草树木，居然引起了广大群众的注意，一年四季，来客络绎不绝，识与不识，闻风而来，甚至有十二个国家的国际友人，也先后光临，真使我既觉得荣幸，也觉得惭愧！

一般人对于种在盆子里的花草树木，统称为盆景，其实是有分别的。凡是普通的花草树木，随便地种在盆子里的，例如菊、月季、杜鹃等等，只能称为盆植。如果是盆栽，那就要树干苍老，枝条经过整理，形成了美的姿态，方才合格。至于盆景，那么除了将树木作为主体外，还要配以拳石或石笋，和广东石湾制的屋、亭、桥、船、塔与人物等等，作为点缀，大小比例，都要正确，布置得好像一幅画一样。此外，还有一种，就是水石，以石为主体，或横峰，或竖峰，用水盘盛了水来供着，也要点缀几件石湾制的小玩意，如能种些小树在适当的地方，那就更好了。我家的园子里和屋子里，便经常陈列着盆植、盆栽、盆景和水石，供人观赏，仿佛一年到头地在开展览会。

我家的盆栽，有好多株是一二百年的老干和枯干的花木，如一株单瓣白梅、二株柏树、二株榆树，有的枯干长满苔藓，有的干已中空，成了一个大窟窿，来客们见了都啧啧称怪，以为像这样一二百年的老树，怎么能在盆子里活着呢。至于数十年和一二十年的，那是太多了，中如一株会结桃子的桃树、二株满开小白花的李树、二株垂丝海棠、一株紫藤、一株红薇、二株紫薇、一株蜡梅、二株鸟不宿、一株银杏、一株罗汉松、三株三角枫、一株石榴、一株四季桂，都是比较名贵，而为我所喜爱的。还有树干不易粗壮而树龄已在一百年以上的，如一株枝叶纷披、结子累累的枸杞，曾参加上海菊展，并且已由科学教育电影制片厂用彩色片收入了镜头。又如一株名叫"雪塔"的山茶，开花时一白如雪。还有一株三干展开的紫杜鹃，这是清代相国潘祖荫家的故物，年来每逢暮春时节，开满了上千朵的花，如火如荼，鲜艳夺目，朋友们见了，都欢喜赞叹不置。盆梅中也有不少树龄已达数十年的，如一株半悬崖形的玉蝶梅、一株开花最迟的送春梅、二株老干屈曲的朱砂梅、一株干粗如壮夫双臂的大绿梅、一株干已半枯而欹斜作势的单瓣白梅；而最最名贵的，是苏州已故名画家顾鹤逸先生手植的一株树龄一百余年枯干虬枝的绿萼梅。这许多老干枯干的盆树，都是树木中的"古董"；我把多种多样的旧陶盆栽种着，古色古香，自然脱俗。它是我家的至宝，也是一切盆栽中的至宝；我希望它们老当益壮，一年年地活下去。

我对于盆景，也有特别的爱好，恨不得每天都有一种新作品，因为这与画家作画一样，可以表现自己的艺术性的。我的盆景，一方面是自出心裁的创作，一方面是取法乎上，仿照古人的名画来做，先后做成的，有明代唐伯虎的《蕉石图》、沈石田的《鹤听琴图》、夏仲昭的《竹趣图》和《半窗晴翠图》、清代王烟客的《新蒲寿石图》等，这与国画家临摹古画同一意味，而是我所独创的。仿照近人名画来做的，有张大千的《松岩高士图》，因为这是一个小型的盆景，岩石不大，那一前一后两株悬崖的松，是用草类中的松形半支莲来替代的。自己创作的，有《听松图》《梅月图》《紫竹林》《竹林七贤》《枯木竹石》《田家小景》《孤山放鹤图》《枫林雅集图》《归樵图》《散牧图》《陶渊明松菊犹存》等，这些盆景，除了把各种树与竹作为主体外，再配以广东石湾与佛山制的陶质人物与亭、台、楼、阁、塔、船、桥梁、茅屋等小玩意，大小比例，必须正确，才能算是盆景中的上品。水石有仿宋代大画家范宽的《长江万里图》一角、元代大画家倪云林的《江干望山图》，自己创作的有《桃花源》《观瀑图》《香雪海》《独秀峰》《赤壁夜游图》《欸乃归舟图》《严子陵钓台》《雁荡大龙湫》等，全用白端石、玛瑙石和矾石、紫砂、白瓷等水盘来装置，并且也与盆景一样，适当地配以小树和石湾制的陶质人物、茅亭、船只、屋宇等等，瞧上去便更觉生动。这一批水石盆供，曾一度展出于拙政园，取毛主席《沁园春》名句"江山如此多娇"作为总题，曾博得观众不少的好评。

有朋自远方来

古人道得好："有朋自远方来，不亦乐乎！"远方来了朋友谈天说地，可以畅叙一番，自是人生一乐，何况这个朋友又是三十余年前的老朋友，并且足足有三十年不见了，一朝握手重逢，喜出望外，简直好像是在梦里一样。

记得是某一年秋天的一个月明之夜，在上海旧时所谓"法租界"的一幢小洋房里，有南国剧社的一群男女青年正在演出几个短小精悍的话剧：《父归》啊，《名优之死》啊，都表演得声容并茂，有光、有热、有力，真的是不同凡俗。那导演是个瘦长个子的年青人，而模样儿却很老成；头发蓬乱，不修边幅，一面招待我和那些特邀的观众，一面还在总管剧务，东奔西走，而脸上的表情，也紧张得很。一口湖南话，又快又急地从舌尖上滚出来，分明是个与《水浒》里"霹雳火秦明"同一类型的人物。这年青人就是现在中国戏剧家协会主席田汉同志，也就是这次从远方来的老朋友。

这是一九五六年九月间一个秋高气爽的日子，还只清早六点多钟，就有一位苏州市文联的同志，赶到我家里来，说昨晚上田汉同志到了苏州，现在西美巷招待所中候见。我一得了这天外飞来的喜讯，兴奋得什么似的，料知这位现代的"霹雳火秦明"是不耐久待的，于是捺下了手头正在整理的盆景，急匆匆地赶往西美巷去。

一位头发花白而身材微胖的中年人从沙发上站起来，和我紧紧地握住手，除了他那面目还能辨认出是田汉外，其他一切都和三十余年前大不相同了。那时他正热烈地和几位文化界同志谈着地方戏剧上的种种问题。我不愿打搅他们，恰见那位研究舞蹈的专家吴晓邦同志也在座中，就和他讨论起我国的舞蹈新事业来。

我们正在谈着谈着，却见田汉同志已站了起来，忙着说道："来！来！我们大家玩儿去！"只因其他同志恰好都有别的任务，就由我和交际处的李瑞亭处长作陪，同行的还有两位上海戏剧家协会的干部吴谨瑜、凤凰和田汉的秘书李同志；一行六人，分乘两辆汽车，向灵岩进发。

我和田、凤、李秘书合乘一车，颇不寂寞。凤凰同志原是十余年前的电影小明星，我初见她时，她还只十岁，恰像一头娇小玲珑的雏凤，而现在玉立亭亭，已是一个二十七岁的少妇了。这时我和田同志就打开了话匣子，从回忆过去，再说到现在，真是劲头十足，田同志说他是生成的"劳碌命"，经常在外边跑来跑去，最近在安徽合肥看地方戏的会演，几天里看到了庐剧和从湖北输入的黄梅戏，而安徽旧有的徽剧却没有了，这是一件莫大的憾事！这一次已和当地文化部门商讨发掘徽班老艺人复兴徽剧的办法，使它发扬光大起来。我向他传达了上月在江苏省人民代表大会上所听来的关于艺人们生活的情况。

我们谈谈说说不觉已到了灵岩，田同志一下了车，就一马当先，大踏步赶上山去，脚上虽穿着皮鞋，却如履平地。他比我虽然年青一些，也已五十八岁了，而"霹雳火秦明"的脾气，依然不变。他在山上到处流连，到处留影，到处都有兴趣，足足游赏了两小时，在寺门口买了一只大型的元宝式柳条篮子，亲自拎着，飞一般地奔下山去。据他说要把这篮子送给他那位在文工团里工作而正在扬州演出的爱女，作为此次游苏的纪念。

这时已是正午了，我们不但忘倦，并且忘饥，又一同游了天平。田同志对于亭榭楼阁中的楹联都很欣赏，请李秘书一一抄录下来。在白云精舍中大啜钵盂泉水，放了二十六个铜子在杯子里，水还没有溢出，足见水质的醇厚。大家跑上一线天，田同志拉了我和凤凰，合拍了一张照，就步步登高，由下白云而到达中白云；他远望"万笏朝天"光怪陆离的无数奇石，叹赏不已。因为时间的限制，就只得放弃了上白云，恋恋不舍地下山来了。

他虽将于明晨离苏赴锡，可是游兴很浓，还要一游园林；先到我家看了盆景和盆栽，又请吴同志替我们合拍了几张彩色照，已经四点钟了；就由中共市委会文教部长凡一同志夫妇俩伴同去游拙政园、寒山寺、虎丘等处，直到七点多钟方始回来，出席了凡一同志的宴会，再预备去看评弹和苏剧。田同志喜滋滋地对我说："今天时间虽匆促，但我还在寒山寺里叩了几下钟哩。"

上海大厦剪影

凡是到过上海的人，看过或住过几座招待宾客的高楼，对于那座十八层高的上海大厦，都有好感。去秋我曾在上海大厦先后住过十二天，天天过着丰富多彩的文化生活，在我一九五六年的生命史上，记下了极度愉快的一页。这巍巍然矗立在苏州河畔的上海大厦，简直是我心灵上的一座幸福的殿堂。

永恒的景仰与怀念，不是时间的浪潮所能冲淡的，何况又加上了一重永恒的知己之感。十月十四日鲁迅先生灵柩的迁葬仪式，与十九日先生逝世二十周年的纪念大会，终于把我从百忙中吸引到了上海。感谢文化局陈虞孙副局长的一片盛情，招待我在上海大厦第十二层楼上的十四号室中住下。俗有十八层地狱之说，而这里却是十八层的天堂。

跨上了几级石阶，走进了挺大的钢门，就是一个穿堂，右边安放着大小三张棕色皮面的大沙发，后面一块搁板上，供着一只大花篮，妥妥帖帖地插着好多株粉红色的菖兰花，姹婳欲笑，似乎在欢迎每一个来客。

右首是一个供应国际友人的商场，但是自己人也一样可以进去买东西，所有吃的、穿的、用的，形形色色，全是上品，如入山阴道上，目不暇接。我向四下里参观了一下，觉得不需要买什么，就买了两块"可口糖"吃，我的心是甜甜的，吃了糖，我的嘴也是甜甜的了。

左首是一个供应西点、鲜果、烟酒、糖食和冷饮品的所在，再进一步，是一座大厅，供住客作文娱的活动，设想是十分周到的。第一层楼上，是大小三间食堂，一日三餐，按时供应，定价很为便宜，有大宴，也有小吃，任听客便。据交际处吴惠章同志对我说：这里的四川菜和维扬菜，都是上海第一流。

记得往年这里名称"百老汇大厦"时，我常和苏州老画师邹荆盒前辈到来吃西餐，一瞥眼已在十年以前了。如今邹老作古，我却旧地重游，非先试一试西餐，以资纪念不可；因此打了个电话招了大儿铮来，同上十七层楼去，只见灯火通明，瓶花妥帖，先就引起了舒服的感觉。我们点了几个菜，都是苏联式的烹调，很为可口；又喝了两杯葡萄酒；醉饱之后，才回到十二层楼房间里去。

这是一个挺大的房间，明窗净几，简直连一点尘埃都找不出来。凭窗一望，只见当头就是一片长空，有明月，有繁星，似乎举手可以触到。低头瞧时，见那一串串的灯，沿着弧形的浦滨伸展开去，直到很远很远的地方；并且也看到了浦东的万家灯火，有如星罗棋布。我没有到过天堂，而这里倒像是天堂的一角，晚风吹上身来，不由得微吟着"琼楼玉宇，高处不胜寒"了。

当晚在十一层楼上会见了神交已久的许广平先生，她比我似乎小几岁，而当年所饱受到的折磨，已迫使她的头发全都斑白了。许先生读了《文汇报》我那篇《永恒的知己之感》，谦和地说："周先生和鲁迅是在同一时代的，这文章里的话，实在说得太客气了。"我即忙回说："我一向自认为鲁迅先生的私淑弟子，觉得我这一枝拙笔，还表达不出心坎里的一片景仰之忱。"

这是第一度住在上海大厦，过了整整七天的幸福生活。第二度是十一月三日，为了被邀将盆景盆栽参加中山公园的菊展，由园林管理处招待我住在十四层楼的五号室中，真的是"前度刘郎今又来"了。这回还带了我的妻文英同来，作我布置展出的助手；并且为了今年是我们结婚十周年，也算是举行了一个西方人称为"锡婚式"纪念。

这五号室仍然面临苏州河，正中下怀，而且比上一次更高了两层，更觉得有趣；从窗口下望时，行人车辆，都好似变做了孩子们的玩具，娇小玲珑。黄浦公园万绿丛中的花坛上，齐齐整整地满种着俗称嘴唇花的一串红，好似套着一个猩红色的花环，构成了一幅美丽的图案画。大大小小的船只，像穿梭般在河面上往来，帆影波光，如在几席间，供我们尽量地欣赏。

一床分外温暖的厚被褥，铺在一张弹簧的席梦思软垫上，让我舒舒服服地高枕而卧，迷迷糊糊地溜进了睡乡，做了一夜甜甜蜜蜜的梦。老实说，我自有生以来，还是破题儿第一遭宿在这么一座高高在上的楼房里，俗说"一跤跌在青云里"，我却是"一瞑睡在青云里"了。

为了要参加苏州拙政园的菊展，小住了五天，只得恋恋不舍地辞别了上海大厦，重返故乡。呀！上海大厦，我虽并不喜爱这软红十丈的上海，但我在你那里小住了十二天之后，对于你却有偏爱，因为你独占地利之胜，胜于其他一切的高楼大厦，我希望不久的将来，仍要投入你的怀抱。

把我的花和瓜种到苏联去

今年四月十四日，曾在上海一张报上看到苏联一位退休老人艾依斯蒙特同志的来信，希望得到一些中国花籽，使他的窗前开放出远道而来的花朵。当时我曾怦然心动，想把我去年所收的几种花籽送给他。但是转念一想，苏联的土壤和气候跟苏州不一样，我把花籽送去播种，不知道能不能开出花来呢？何况他老人家说是使他的窗前开出远道而来的花朵，分明是没有园地的，种在盆子里，又比较的难一些。这么一想，我就把这意思打消了。

谁知不上几天，却接到了报纸编辑部的来信，说我研究花卉，历有年所，花籽品种，数量必多，对于苏联爱花人的热望，想能予以满足云云。这封信的力量很大，立刻鼓动了我，忙把今年清明节边播种后剩余的几种花籽检出来；这些花籽，本来是打算送与其他爱花人的。

我那剩余的花籽中，就有三种凤仙花的名种，一种是五色复瓣的，在一株上开出几种颜色的花朵来，十分娇艳。一种叫做"喷砂"，也是复瓣的，在白色或浅红色的花瓣上，透出许多鲜红的细点，有如喷上朱砂一般。另一种是粉红色的复瓣，花心是浅绿色的，也很名贵。凤仙的花形很像飞凤，因此又名金凤花，宋代词人晏殊赞美它，曾有"九苞颜色春霞萃，丹穴威仪秀气攒"之句，足见它在草花中，可说是佼佼者。此外，我又检出火黄色的矮种鸡冠花子和红色叠瓣的夜繁花子多粒，一并送去，它们像凤仙花一样，都是容易栽种，容易开花的。

把这五种花籽送与苏联朋友，觉得太少了些，因此我又检出了几种瓜籽。一种是前年从狮子林得来的双景瓜，是观赏瓜中的异种，瓜形很小，上圆下尖，上半作绿色，下半作黄色，因名"双景"，种在盆子里，插一根竹子，让瓜蔓爬上去，可作案头清供。一种是甘肃的白兰瓜，我在去夏出席江苏人民代表会议时吃到，其甜如蜜，把瓜籽带回来试种，今夏能不能尝新，尚未可必。另三种是我国旧有的红色和白色的北瓜，有浑圆、有椭圆、有扁圆而三鼎足的，种在盆里，可以让瓜蔓爬到窗上或墙上去。我把这五种花籽、五种瓜籽，奉送给苏联朋友，含有十全十美之意，祝颂他老人家栽花得花，种瓜得瓜。并附小诗二首，以表寸心：

"中苏携手欢情畅，同气连枝似一家。愿祝莫斯科下土，年年开遍凤仙花。"

"玲珑娇小态夭斜，金碧交辉双景瓜。瓜瓞绵绵团结紧，中苏盟好恰如它。"

石公山畔此勾留

"石公山畔此勾留，水国春寒尚似秋。天外有天初泛艇，客中为客怕登楼。烟波浩荡连千里，风物凄清拟十洲。细雨梅花正愁绝，笛声何处起渔讴。"

这一首诗，是七十年前诗人易实父游石公山时所作，而勒石嵌在归云洞石壁上的。

太湖三万六千顷，包涵着洞庭东西二山，湖上共有七十二峰，而以西山的石公山为最美。十年以前，我曾和范烟桥、程小青二兄同往一游，饱览了湖山之胜，并且饱啖了枇杷和杨梅，简直是乐而忘返。

今年六月中旬，苏州市文联动员部分作家前往东西山去体验生活，其中有我和小青，并《新苏州报》滕凤章和文联秘书段炳果二同志。第一天游了东山的雨花台、龙头山和紫金庵，第二天便坐汽轮上石公山去。

石公山周围约二里，高三十三公尺，在西山东南隅，三面沿湖，山上大半是略带方形的顽石，好像是小朋友们玩的积木一样。我们上了山，向东走了一段路，就瞧见一个洞，洞口刻着"归云洞"三字，高约二丈，相传有石挂在洞口，"如云之方归"，因此得名；中立装金的观音像，面部全已风化，倒像害着皮肤病。再向前进，便是石公禅院，背山面湖，地位极好，可是一进侧门，从草堆里走上浮玉堂和翠屏轩，见有的屋顶揭去，有的柱子欹斜，随时有倒塌的可能；地上不是断砖破瓦，便是荆棘乱草；四面壁上，全是游人所涂的字，乱七八糟的，不堪属目，前人称为"疥壁"，一些儿不错。禅堂虽然比较完整，而佛龛尘封，钟鼓无声，堂前有几株石榴，正满开着花，却如火如荼，分外地鲜妍可爱。高处有来鹤亭，传说当年曾有白鹤飞来投宿，可是现在那样子也岌岌可危，即使有鹤，怕也不敢飞来了。这时正下着雨，我们还是鼓勇直上，谁知山径上已有一座亭子塌在那里，拦住了去路，只得废然而下。

仍沿着禅院外的山路前去，找到了夕光洞，洞很浅，顶上斜开一罅，可见天日；一边有大石，像倒挂的塔，据说夕阳照射时，光芒夺目。过去不多路，有云梯，石块略作梯级模样，可是不能上去。再进见有一块硕大无朋的石壁，刻着"缥缈云联"四字，原来这就是联云嶂，上有剑楼，高四五丈，中间有一条石弄，旧名风弄穿云涧，俗称一线天，也有些像苏州天平山的一线天，仿佛是神工鬼斧劈开来的。记得当年我和小青曾勇敢地攀登上去，我还做了两首诗，其一是："奇石劈空惊鬼斧，天开一线叹神工。先登风弄骄风伯，更上层崖叩碧穹。"其二是："步步艰难步步愁，还须鼓勇莫夷犹。老夫腰脚仍轻健，要到巉岩最上头。"而现在"风弄"似乎也改了样，顶口已被野树堵住；我们只得望而却步，再也没有当年的勇气了。

踏着碎石东下，转到湖边，有一大片平坦的石坡，可容数百人坐卧其上，这就是明月坡。三五月明之夜，可在这里望月，光景十分美妙。我也有一首诗："静里惟闻欸乃声，轻舟如在画中行。此心愿似明明月，明月坡前待月明。"远处有明月湾，相传是吴王玩月之所。在明月坡前接近湖水的所在，有奇石两块，像人一般站在那里，俗称"石公石婆"；当年我也胡诌了一首诗赞美它们："双石差肩临水立，石公耄矣石婆妍。羡他伉俪多情甚，息息相依亿万年。"

这一天我们在湖边听风听雨，流连很久，觉得太湖真美，石公山也真美；可惜现在已变做了一座荒山，未免减色。最近蒙古人民共和国代表团曾去游览，因此我敢在这里大声疾呼，呼吁有关方面赶快抢修，使石公山恢复本来面目，以壮观瞻。

夏天的瓶供

　　凡是爱好花木的人，总想经常有花可看，尤其是供在案头，可以朝夕坐对，而使一室之内，也增加了生气。供在案头的，当然最好是盆栽和盆景；如果条件不够，或佳品难得，那么有了瓶供，也可以过过花瘾。对于瓶供的爱好，古已有之，如宋代诗人张道洽《瓶梅》云："寒水一瓶春数枝，清香不减小溪时。横斜竹底无人见，莫与微云澹月知。"徐献可《书斋》云："十日书斋九日扃，春晴何处不闲行。瓶花落尽无人管，留得残枝叶白生。"方回《惜研中花》云："花担移来锦绣丛，小窗瓶水浸春风。朝来不忍轻磨墨，落研香粘数点红。"这与我的情况恰恰相同，紫罗兰盦南窗下的书桌上，四时不断地供着一瓶花，瓶下恰有一方端研，花瓣往往落在研上，我也往往不忍磨墨，生怕玷污了它，足见惜花人的心理，是约略相同的。

　　说到夏天的瓶供，我是与盆供并重的。从园子里的细种莲花开放之后，就陆续采来供在爱莲堂中央的桌子上，如洒金、层台、大绿、粉千叶等，都是难得的名种。我轮替地用一只古铜大圆瓶，一只雍正黄瓷大胆瓶和一只紫红瓷窑变的扁方瓶来插供，以花的颜色来配瓶的颜色，务求其调和悦目。单单插了莲花还不够，更要采三片小样的莲叶来搭配着，花二朵或三朵，配上了三片叶子，插得有高有低，有直有欹，必须像画家笔下画出来的一样。倘有一朵花先谢了，剩下一只小莲蓬，仍然留在瓶里，再去采一朵半开的花来补缺，这样要连续插供到细种莲花全部开完后为止。在这一个多月的时间里，我把这一大瓶高花大叶的莲花，用树根几或红木几高供中央，总算不辜负了"爱莲堂"这块老招牌；而上面挂着的，恰又是林伯希老画师所画的一幅《爱莲图》，更觉相映成趣。

除了瓶供的莲花之外，还有瓶供的菖兰。菖兰的色彩是多种多样的，有白、红、淡黄、深黄、洒金、茄紫诸色，而我园有一种深紫而有绒光的，更为富丽。我也将花与瓶的颜色互相配合，互相衬托，花以三枝、五枝或七枝为规律，再插上几片叶，高低疏密，都须插得适当，看上去自有画意。有时瓶用得腻了，便改用一只明代欧瓷的长方形小型水盘，插上三五枝小样的菖兰，衬以绿叶，配上大小拳石两块，更觉幽雅入画了。

我爱用水盘插花，觉得比用瓶来插花，更有趣味。除了菖兰，无论大丽、月季、蜀葵等，都是夏天常见的，都可用水盘来插，不过叶子也需要，再用拳石或书带草来一衬托，那是更富于诗情画意了。爱莲堂里有一只长方形的白石大水盘，下有红木几座，落地安放着，我在盘的右边竖了一块二尺高的英石奇峰，像个独秀峰模样，盘中盛满了水，散满了碧绿的小浮萍；清早到园子里，采了大石缸中刚开放的大红色睡莲二三朵，和小样的莲叶三五张，回来放在水盘里，就好像把一个小小的莲塘，搬到了屋子里来，徘徊观赏，真的是"心上莲花朵朵开"了。每天傍晚，只要把闭拢了的花朵撩起来，放在露天的浅水盆中过夜，明天早上，花依然开放，依然放到水盘里，天天这样做，可以持续三四天。

明代小品文专家袁宏道中郎，对于插花很有研究，曾作《瓶史》一书，传诵至今，并曾流入日本。日本人也擅长插花，称为"花道"，得中郎《瓶史》，当作枕中秘宝，并且学习他的插花方法，自成一派，叫做"宏道流"。他们对于夏天的瓶供，如插菖兰、蝴蝶花、莲花等，都很自然；可是对于国家大典中所用以装饰的瓶供或水盘，却矫揉造作，一无足取了。谱嫂俞碧如，曾从日本花道女专家学插花，取长舍短，青出于蓝，每到我家来时，总要给我在瓶子里或水盘里一显身手，和她那位精于审美的爱人反复商讨，一丝不苟。可惜她已于去年暮春落花时节，一病不起；我如今见了她给我插过花的瓶尊水盘，如过黄公之垆，为之腹痛！

上海花店中，折枝花四季不断，倘要作瓶供，真是取之不尽，用之不竭，并且有不少插花的专家，可作顾问，家庭中明窗净几，倘有二三瓶供作点缀，也可以一餍馋眼，一洗尘襟了。

热　话

一九五七年七月下旬，热浪侵袭江南，赤日当空，如张火伞。有朋友从洞庭山邻近的农村中来，我问起田事如何，他说天气越热，田里越好，双季早稻快要收割了，今年还在试种，估计每亩也可收到四五百斤；农民兄弟们从来不怕热，都在热情地工作着，争取秋收时再来一个大丰收。我们住在城市里，吃饭莫忘种田人，既说是天气越热，田里越好，那么我们就熬一熬热吧。

大热天我家爱莲堂和紫罗兰盦中，仍然不废盆供瓶供，都是富有凉意的。一个霁红窑变的瓷瓶中，插上一朵大绿荷，配着三片小荷叶，自有亭亭玉立之致。一只不等边形的石器中，种着五枝高高低低的观音竹，真使人有"不可一日无此君"之感。一只椭圆形的紫砂浅盆中，种着三株小芭蕉，配着一块雪白的昆山石，绿叶婆娑，使人心头眼底都觉得清凉起来。此外，如菖蒲、水石之类，也是最合适的炎夏清供。

扇子是夏天的恩物，几乎一天也少不了它，所以俗有"六月不借扇"一句话。在多种多样的扇子中间，我尤其爱檀香扇，因为扇动时不但是清风徐来，并且芳香扑鼻；包天笑先生旧有诗云："小扇玲珑玉臂凉，聚头佳谶画鸳鸯。檀奴宛转怀衫袖，刻骨相思透骨香。"苏州的檀香扇，在手工艺品中居第一位，每年输出几十万柄，还是供不应求，苏联和人民民主国家的士女们甚至排队购买，一到了手，就爱不忍释。我们不要轻视了这柄小小的檀香扇，它在社会主义建设中也贡献了一些力量。

在大热的几天里，一天到晚，总可听得蝉声如沸，小园里树木多，所以蝉也特别多，便织成了一片交响乐，简直闹得人心烦意乱。天气越热，蝉也越闹，清早就闹了起来，直闹到夕阳西下时，还是无休无歇。听它们的声音，似乎在唤"知了，知了"，所以蝉的别名就叫知了。但不知它们成日地唤着知了知了，到底知道了什么。昨天孩子们从枫树上捉到了一个蝉，尽着玩弄，不知怎样把它的头弄掉了，可是它还在嘶叫，足见它的发声器得天独厚。国药中有一味知了壳，可治喉哑，大概也就为了它发声特响之故。

从前每逢暑天，街头巷口，常可听到小贩们一声声唤着卖冰，自远而近，又自近而远，这是生活的呼声。自从有了机制的棒冰，就取而代之，再也没有卖冰的了。北京卖冰的，用两个铜盏相戛作响，比南方卖冰的更有韵致。此风由来已久，清代乾嘉年间，即已有之，王渔洋诗中，曾有"樱桃已过茶香减，铜碗声声唤卖冰"之句。周稚圭也有一首《玲珑玉》词："蓉阙樱残，早添得、韵事京华。玻璃沁碗，唤来紫陌双叉。妙手叮当弄巧，胜肩头鼓打，小担声哗。停车。裁油云、隔住玉沙。　　暗想槐熏倦午，正窗闲雪藕，鼎怯煎茶。碎响玲珑，问惊回好梦谁家。屏间珠喉轻和，有多少铃圆磬彻，低唱消他。晚香冷，伴清吟、深巷卖花。"一九五一年夏，我曾到过北京，早就不听得卖冰的铜盏声了。

西瓜是暑天的恩物，吊在井里浸了半天，然后剖开来吃，甘凉沁脾，实在胜似饮冰。从前苏州、扬州一带，人家往往做西瓜灯玩，把一个圆形的西瓜，切去了顶上的一小部分，将瓜瓤逐渐挖去，只剩了薄薄的一层皮，就用小刀子雕了花边，大都分成四部分，在每一部分中雕出花鸟、山水，或作梅兰竹菊，或作渔樵耕读，十分工致。在瓜的内部，安放一个油盏，晚上点了火，挂起来细细欣赏，真好玩得很。清代词人冯登府，曾作《瓜灯词》，调寄《辘轳金井》云："冰园两黑。映玲珑、逗出一痕秋影。制就团圆，满琼壶红晕。清辉四迸。正苏井、寒浆消尽。字破分明，光浮细碎，半丸凉凝。　　茅庵一星远近。趁豆棚闲挂，相对商茗。蜡泪抛残，怕华灯夜冷。西风细认。愿双照、秋期须准。梦醒青门，重挑夜话，月斜烟暝。"我以为用平湖枕头瓜作灯，更为别致，好事者何妨一试。

暑天的香花，以茉莉、素馨、夜来香、晚香玉为最，簪在衿上或插在瓶中，就可香生不断；我最爱前人咏及这些花的诗句，如："酒阑娇惰抱琵琶，茉莉新堆两鬓鸦。消受香风在凉夜，枕边俱是助情花。""已收衣汗停纨扇，小绾乌云插素馨。暗坐无灯又无月，越罗裙上一飞萤。""珠帘初卷燕归梁，浴罢华清理残妆。双鬓绿云三百朵，微风吹度夜来香。"读了之后，仿佛有阵阵花香，透纸背出。

清代有一位诗人，病暑气急，想登雪山、浴冰井而不可得，因此把一块雪白的玉华石放在左旁，名之为"雪山"，又把一只盛满清泉的白瓷缸放在右旁，名之为"冰井"。他就把一张竹榻放在中间，终日坐卧其上，顿觉暑气渐消，凉意渐来，仿佛登雪山而浴冰井了。这是一种唯心主义者的消暑法，亏他想得出来。

清凉味

苏州市园林管理处从今年八月十五日起在拙政园举行盆桩展览会。早在半月以前，就来要我参加展出，我当下一口答应了。因为这些年来，拙政园每有展览会，我原是有求必应，无役不与的。但我想到那种枯干老桩的盆树，拙政园有的是，并且多得很，那么我拿些什么东西去展出呢？于是大动脑筋，想啊想的想了一天，终于想出一个避重就轻的新花样来。

配合着这个乍凉还热的新秋天气，我决计准备一些含有清凉味的竹子、芭蕉、芦荻、菖蒲、杨柳、爬山虎和水石等，作为出品。一连忙了几天，共得十九点，请几位写得一手好字的朋友，在各种彩笺上写了标签，注明名称和含有诗意的题句；又请林伯希老画师画了一小幅竹子、芭蕉、菖蒲三清图，在一旁题上"清凉味"三字，就作为我这次出品的总称。我希望观众看了之后，凉在眼底，更凉到心头，真能享受到一些清凉味。

"清凉味"展出的所在，是拙政园西部三十六鸳鸯馆，面临池塘，有一对对鸳鸯拍浮其中，这场合是挺美的。一只红木长台上，居中供着一大盆"紫竹林"，拳石的一旁，立着一尊佛山窑的观音像，手捧杨枝水瓶，好一副庄严宝相。左旁是一盆五株合种的芭蕉，有人小步蕉阴，神态悠闲得很，题名"小绿天"。右旁高供着一盆垂柳，长条临风披拂，使人想起"杨柳岸晓风残月"的名句。

长台前的贡桌上，中央一个长方形浅盆中，种着二十余枝芦荻，就题名"芦荻岸"，岸上芦荻丛中，有两只白鹅，正在低头刷翎；岸边有小池，铺满着浮萍，全是水乡风物。此外，盆景有仿明代沈石田的《鹤听琴图》，山洞的两旁，种着三枝文竹，洞口有老者正在鼓琴，一头白鹤在旁听着，似是知音。一只不等边形的歙石浅盆中，斜立着一座峭壁，顶上有爬山虎一株，枝叶纷披；壁下石坡上，正有渔夫持竿垂钓，活画出一幅"渔家乐图"。一只长方形汉砖浅盆中，有英石壁立，坐着一尊无量寿佛，座前满种菖蒲，题名"蒲石延年"。其他如"枯木竹石""新蒲寿石""空山高隐图"等，都是尽力求其入画，而又带着清凉味的。

我这次展出的盆竹，如果排队点起名来，共有十种，如紫竹、斑竹、文竹、棕竹、观音竹、寿星竹、凤尾竹、飞白竹、佛肚竹，而以金镶碧玉嵌竹最为别致，每根黄色的竹竿上每隔一节都嵌着一条粗绿纹，如嵌碧玉一样。古人说"宁可食无肉，不可居无竹"，我也有同感，并且爱它一年四季，都带着清凉味。

留听阁一带地区，全是本园出品，林林总总，美不胜收，枯干的红薇多盆，正在烂漫地开着花，如锦如绣。最特出的，是那株树龄五百余年的老榆桩，好像是一座冠云峰模样，使人叹为观止。这是该园组长于智通和技工朱子安两同志，今春从广福深山中掘来培养而成，不知费却了多少心力，才得此成果。会期共十六天，吸引了不少观众，上海、无锡的一般盆栽专家都来观赏，大有宾至如归之概。

农村小景放牧图

我生长在城市里，几十年来又居住在城市里，很有些像井底之蛙，只看到井栏圈那么大的一片天，实在是所见不广。偶然到农村里去走走，顿觉视野拓宽了，胸襟也拓宽了。见了农民兄弟，跟他们谈谈说说，又获得了一些农作物上的新知识，并且体会到一粥一饭，真是来处不易。凡是住在城里的人，吃饭不要忘了种田人啊。

这两年来，曾经到过几次农村，苏州枫桥的曙光合作社，给予我一个最深刻的印象，蓬蓬勃勃，充满了朝气。我于视察之余，更流连光景，最爱看的，便是牧童放牛，孩子们各自骑在牛背上，安闲地唱着山歌，在田坡上缓缓踱去，构成一幅挺美的画面。回家以后，就做了一个盆景，在一只浅浅的小长方红沙盆里，栽了一高一矮两株小榆树，配上几块小阳山石，而在树阴下的草坪上，放着两只广东石湾窑的小牛，牛背上各有一个牧童：一个背着笠子，双手撑在牛背上，翘起了一只脚；一个伏着牛背，像要泻落下去似的。他们的身上都穿着红衣，衬托了那榆树上的绿叶，分外好看。我给这盆景题了个名儿，叫做"放牧图"，曾展出于上海中山公园的展览会，最近在北京出版的俄文版《人民中国》刊物上，刊登了我的一篇论中国盆景艺术的文章，也就把这"放牧图"的摄影作为插图。此外，我又做过一个"农村小景"的盆景，在一丛小笋子下，有几个农民在种田；而在一片塘的旁边，有一个牧童坐在牛背上，那只牛正蹲在地上休息，模样儿安闲得很。我爱好这两个盆景，因为我爱好农村里的牛，爱好农村里的牧童。

农村里的牛和牧童，是活生生的画，当然可爱。就是画到了画里去，也觉得非常可爱。记得前两年曾在苏州一位收藏家那里，见到一个手卷《风雨奔犊图》，据说是梁代一位高僧所画的，画中雨横风斜，烟雾迷蒙，一头牛正迎着风雨向前狂奔，脖子里还带着一根挣断了的绳子，后面有一个牧童在没命的追赶，满面现出紧张和恐慌的神情，画面既十分生动，笔触也十分高逸，至今深印在我的心头眼底，不能忘怀。

不但是画，就是昔人诗里的牛和牧童，也觉得可爱。如宋代陆游《买牛》云："老子倾囊得万钱，石帆上下买乌犍。牧童避雨归来晚，一笛春风草满川。"又无名氏《牧童》云："草铺横野六七里，笛弄晚风三四声。归来饱饭黄昏后，不脱蓑衣卧月明。"清代的周镐《牧童》云："春原一路草抽芽，新学吴讴唱浣纱。晚笛数声牛背滑，满村红雨落桃花。"这三首诗中都有"笛"，足见从前的牧童都会吹笛，我想现在新农村里的牧童，搞过了多种多样的文娱活动，吹笛是不算一回事了。

又清代顾绍敏《牧牛词》云："秧针短短湖水白，场头打麦声拍拍。绿杨影里系乌犍，双角弯环卧溪碧。晚来驱向东阡行，蹢角上牛鞭两声。短童腰笛唱歌去，草深扑扑飞牛虻。但愿我牛养黄犊，更筑牛宫伴牛宿。年丰不用多苦辛，陇上一犁春雨足。"这一首诗真所谓"诗中有画"，借着牛和牧童作主题，写出农村景物，简直像一幅画那么生动，不但是写出种种动态，还写出种种音响；末四句更写出了对于增产和丰收的期望，表达出农民们的乐观主义精神。

现在有许多知识分子，为了要实现农业发展纲要四十条，纷纷到农村去参加体力劳动了。愿他们于工作余暇，尽量地欣赏农村里的一切景物，会作画的可以从事写生，会作诗的可以多写些歌颂新农村的诗歌文章，那么不但在农作物上得到丰收，在文艺上也可争取丰收了。